中國語言文字研究輯刊

三　編

許　錟　輝　主編

第 15 冊

清代訓詁理論之發展
及其在現代之轉型（中）

鐘　明　彥　著

花木蘭文化出版社

國家圖書館出版品預行編目資料

清代訓詁理論之發展及其在現代之轉型（中）／鐘明彥 著

— 初版 — 新北市：花木蘭文化出版社，2012〔民101〕

目 4+222 面；21×29.7 公分

（中國語言文字研究輯刊　三編；第 15 冊）

ISBN：978-986-322-060-2（精裝）

1. 訓詁學　2. 清代

802.08　　　　　　　　　　　　　　　　101015996

ISBN-978-986-322-060-2

9 789863 220602

中國語言文字研究輯刊

三　編　　第十五冊　　　　　ISBN：978-986-322-060-2

清代訓詁理論之發展及其在現代之轉型（中）

作　　者　鐘明彥

主　　編　許錟輝

總 編 輯　杜潔祥

出　　版　花木蘭文化出版社

發 行 所　花木蘭文化出版社

發 行 人　高小娟

聯絡地址　新北市永和區中正路五九五號七樓之三

　　　　　電話：02-2923-1455／傳眞：02-2923-1452

網　　址　http://www.huamulan.tw 信箱 sut81518@gmil.com

印　　刷　普羅文化出版廣告事業

初　　版　2012 年 9 月

定　　價　三編 18 冊（精裝）新台幣 40,000 元

清代訓詁理論之發展
及其在現代之轉型（中）

鐘明彥　著

目次

下　冊

第五章　清代訓詁理論之深化
——王氏父子

王氏父子二人之學術，論者向不區別，本文亦不例外，蓋伯申之學乃克紹箕裘，而其一生著作大抵亦不離石臞之引導也，在《經義述聞》、《經傳釋詞》中，伯申自敘曰：

> 引之過庭之日，謹錄所聞於大人者以爲圭臬，日積月累，遂成卷帙。既又由大人之說觸類推之，而見古人之詁訓有後人所未能發明者，亦必有必當補正者，其字之假借，有必當改讀者。不揆愚陋，輒取一隅之見附於卷中，命曰《經義述聞》，以志義方之訓。（〈經義述聞序〉）

> 引之自庚戌歲入都侍大人質問經義，始取《尚書》二十八篇紬繹之，而見其詞之發句、助句者，昔人以實義釋之，往往詰籟爲病，竊嘗私爲之說而未敢定也。及聞大人論《毛詩》「終風且暴」，《禮記》「此若義也」諸條，發明意恉，渙若冰釋，益復得所遵循，奉爲稽式，乃遂引而伸之，以盡其義類，自九經三傳及周秦西漢之書，凡助語之文，遍爲搜討，分字編次，以爲《經傳釋詞》十卷。（〈經傳釋詞序〉）

此二書乃伯申著述之代表，從中可以得知，伯申之學不僅在操作上是石臞之發

明引申，在態度上亦完全奉持石臞爲圭臬者。龔自珍曾轉述伯申之語：

> 又聞之公〔伯申〕曰：「吾之學未嘗外求師，本於吾父之訓。」先是
> 兵備公〔石臞〕校定晚周諸子、太史公書，一時言小學者宗之。公
> 所著書三十二卷，謂之《經義述聞》。「述聞」者，乃述所聞於兵備
> 公也。（〈工部尚書高郵王文簡公墓表銘〉，《王氏六葉傳狀碑誌集》，
> 卷一，《高郵王氏遺書》，頁 13）

蓋亦實情。甚且如陳鴻森先生所考證：

> 今考王氏父子事歷，知其時王念孫休致在家，專意於學，壹以著述
> 爲事。由其與諸友往來書札，可知《述聞》三刻本較二刻本所增諸
> 條，其實多出王念孫之手。而 1930 年代，傅斯年先生曾購得王念孫
> 《呂氏春秋雜志》稿本，以校《讀書雜志》，今本王引之呂書案語十
> 條，其中七條稿本則爲王念孫所校。此實物證據顯示，王念孫蓋頗
> 以己說託名王引之。今驗《述聞》初刻之本，已可考見其跡。（〈阮
> 元刊刻《古韻二十一部》相關故實辨正——兼論《經義述聞》作者
> 疑案〉）〔註1〕

則二王之間更無分辨了。因此即便其中容有些微差異，在整體治學結構中，視
之爲一，亦可不爲無由。

第一節　學術體系

一、爲學宗旨

　　王氏父子與東原雖然同朝，並且石臞又是東原門下，然則質實而言，二者
之學術理念實不相同。前面曾經提及，東原重視義理一事，其實是不爲考據學
派所認同的，以是儘管有洪榜、段玉裁等人爲之申辯，不可否認地，東原的《疏
證》確實成爲絕響。《疏證》乃東原視爲「不得不作」的生平最大著述，而其二
大高弟，所謂段王之學，卻一路專在文字訓詁。二相比較下，果然如朱笥河所

〔註1〕該文本發表於第三屆國際暨第八屆清代學術會議，會後陳師鴻森幾度修訂，本文
　　　所據爲陳師 2004 年 2 月 16 日修訂稿。承陳師特意寄贈，實不勝感激，謹此說明，
　　　並藉此聊表謝忱。

謂「戴氏所可傳者不在此」？〔註2〕王氏所傳既不在此，是核心之相異，而體系自將隨之而異構。具體而言，本文以爲東原大抵仍是朱子一路，漢宋兼采；而王氏則已純然專於考據家數了。

自然本文並沒有忽略晚期的東原對朱子不無斥責，不過應該注意的是，那些斥責多出自《疏證》，其中所涉及的純是義理內部的認知。至於重讀書、談考據以通經聞道的治學進程卻是頗爲一致的。如果檢視二者言論，不難發現二者不僅意見一致，甚至在文字、譬喻上亦頗見雷同，在此且略舉其要者以窺見一般：〔註3〕

（一）聞道

讀書將以求道，不然，讀作何用？今人不去這上理會道理，皆以涉獵該博爲能，所以有道學、俗學之別。（《性理大全書·學十一·讀書法一》，卷五十三）

看文字須是切己，則自體認得出，今人講明制度名器，皆是當然，非不是學，但是於自己身上大處卻不曾會，何貴於學。（《朱子讀書法》，卷四）

明彥按：參見東原〈答鄭丈用牧書〉、〈鉤沉序〉等。蓋東原乃堅持爲學必守乎聞道之志者。

（二）主人奴僕之喻

聖經字若箇主人，解者猶若奴僕。今人不識主人，且因奴僕通名方識得主人，畢竟不如經字也。（《性理大全書·學十二·讀書法二》，卷五十四）

明彥按：參見段玉裁〈戴東原集序〉。此與東原「轎中人」、「轎夫」之喻如出一轍。

（三）考據以通經

學者觀書，先須讀得正文，記得注解，成誦精熟。註中訓釋文意、事物、名件，發明經旨相穿紐處，一一認得，如自己做出來底一

〔註 2〕洪榜語，見其〈戴先生行狀〉。

〔註 3〕其詳者，更見本章附錄。

般，方能玩味，反覆向上有通透處。若不如此，只是虛設議論，如舉業一般，非為己之學也。曾見有人說《詩》，問〈關雎〉篇，於其訓詁名物全未曉，便說「樂而不淫、哀而不傷」。某因說與他道：「公而今說《詩》只消這八字，更添『思無邪』三字，共成十一字，便是一部《毛詩》了，其他三百篇皆成渣滓矣。」因憶頃年汪端明說沈元用問和靖：「伊川《易傳》何處是切要？」尹云：「體用一源，顯微無間，此是切要處。」後舉似李先生，先生曰：「尹說得好，然須是看得六十四卦，三百八十四爻都有下落，方始說得此話，若學者未曾子細理會，便與他如此說，卻是誤他。」予聞之悚然，始知前日空言，無實不濟事，自此讀書益加詳細。（《朱子讀書法》，卷一）

明彥按：參見東原〈與是仲明論學書〉、章學誠〈與族孫汝楠論學書〉等。此明通經為聞道之必經，而通經必根柢於小學度數等考據之學，蓋與東原所謂「識字」之義不有二致。

（四）鑿空

讀書之法無他，唯是篤志虛心，反復詳玩為有功耳。近見學者多是卒然穿鑿，便為定論，或即信所傳聞，不復稽考，所以日誦聖賢之書而不識聖賢之意，其所誦說，只是據自家見識杜撰成耳。（《性理大全書・學十一・讀書法一》，卷五十三）

明彥按：參見東原〈鉤沉序〉。東原乃深斥鑿空並以「緣詞生訓」、「守訛傳繆」為其弊者。

（五）儒雜佛老

世變俗衰，士不知學，挾冊讀書者既不過誇多鬥靡以為利祿之計。其有意於為己者，又直以為可以取足於心，而無俟於他求也。是以墮於佛老虛空之邪見，而於義理之正、法度之詳，有不察焉。（《讀子讀書法》，卷一）

明彥按：參見東原《疏證》、〈答彭進士紹升書〉、段玉裁〈戴東原生生年譜〉等。東原屢斥之儒學雜糅佛老者，朱子已深知矣。

　　僅此五項，實已概括東原治學之特徵，所謂「由字以通其詞，由詞以通其道」之考據進程，在朱子身上已具其粗胚，所不同者，在這個理路中，東原稍側考據，而朱子更重聞道耳。

　　東原與朱子的異同，頗令人嗅出時代潮流的移轉。事實上，在乾嘉時期向堅守聞道之志的東原本是一個異數，環繞在東原周遭的，已然是一片純考據的氛圍。如段玉裁《戴東原集・序》：

> 蓋其興起者盛矣，稱先生〔東原〕者，皆謂考覈超於前古。始玉裁聞先生之緒論矣，其言曰：「有義理之學，有文章之學，有考覈之學；義理者，文章、考覈之源也。熟乎義理，而後能考覈、能文章。」玉裁竊以謂義理、文章未有不由考覈而得者。……。先生之治經，凡故訓、音聲、算術、天文、地理、制度、名物、人事之善惡是非，以及陰陽氣化，道德性命，莫不究乎其實。蓋由考覈以通乎性與天道。既通乎性與天道矣，而考覈益精、文章益盛。（《戴東原集》）

這一段論述，懋堂明是在東原「義理者，文章、考覈之源」的架構下特別又強化考覈的地位。不論如胡適所以為之解人不易得，〔註4〕抑或余英時所說，懋堂乃有意在考證學家面前迴護東原者，〔註5〕皆表示懋堂，或其所處的時代背景，是考覈、義理分流而特重考覈者。〔註6〕

〔註4〕胡適謂：「戴震明說義理為考核文章之源，段玉裁既親聞這話，卻又以為考核是義理、文章之源，這可見得一解人真非容易的事。」（《戴東原》，頁1045）

〔註5〕參見《論戴震》，頁140～142。

〔註6〕依錢穆所舉例證，懋堂〈娛親雅言序〉之言曰：「抑余又以為考覈者，學問之全體。學者所以學為人也，故考覈在身心性命、倫理族類之間，而以讀書之考覈輔之。今之言學者，身心倫理不之務，謂宋之理學不足言，謂漢之氣節不足尚，別為異說，簧鼓後生，此又吾輩所當大為之防者。然則余之所望於久能者，勿以此自隘，有志於考覈之大而已矣。」（段玉裁，《經韻樓集》，卷八）其以為懋堂在理念上大抵仍是漢宋兼采者，宜可信也。（參見《三百年》，頁319～320）然則儘管有此信念，懋堂窮其一生，仍未能在義理上有所窺探，故其晚年乃有深悔：「歸里而後，人事紛糅，所讀之書又喜言訓故考核，尋其枝葉，略其本根，老大無成，追悔已晚。」（〈博陵尹師所賜朱子小學恭跋〉，《經韻樓集》，卷八）這種現象或者呈現出考覈之無涯，致懋堂皓首霜鬢，仍未能通乎義理；或者表示在懋堂心中，考覈之

又如洪榜〈上笥河朱先生書〉：

> 頃承面諭，以狀中所載〈答彭進士書〉可不必載，性與天道不可得
> 聞，何圖更於程、朱之外復有論說乎？戴氏所可傳者不在此。榜聞
> 命唯唯，惕於尊重，不敢有辭。退念閣下今為學者宗，非漫云爾者，
> 其指大略有三：其一謂程朱大賢，立身制行卓絕，其所立說，不得
> 復有異同，疑於緣隙奮筆加以釀嘲，奪彼與此。其一謂經生貴有家
> 法，漢學自漢，宋學自宋，今既詳度數，精訓故，乃不可復涉及性
> 命之旨，反述所短以捨所長。其一或謂儒生可勉而為，聖賢不可學
> 而至，以彼矻矻稽古守殘，謂是淵淵聞道知德，曾無溢美，必有過
> 辭。（《戴震全書》，冊七，頁 139）

這段議論，大抵呈現了朱筠的態度。[註7] 而「為學者宗」的朱筠，可以在這些
理由下獲得認同，刪去東原行狀中的義理成份，自然也在一定程度上反映出乾
嘉漢學家的一般理念。洪榜所述三項已頗為明確，從中自是可以見出漢、宋之
間的壁壘分明，而本文在此更要指出的是，這種區別竟也引起學術目的的異
趨，將聞道之志歸諸宋學，而漢學只宜趨向稽古。是東原考據而通經，通經而
聞道的串聯歷程因而被易為並聯，甚且互不相通的兩個範疇矣。而這一點，即
使是維護東原的洪榜也不例外（或是不敢違拗），故其結論仍要透過將東原之義
理歸入考據方能獲得肯定：

> 夫戴氏論性道，莫備於其論孟子之書，而所以名其書者曰《孟子字
> 義疏證》焉耳。然則，非言性命之旨也，訓故而已矣，度數而已矣。
> （同上引）

這種風氣，是東原背後的真實樣貌，也是王氏父子置身的時代潮流。根據王氏

地位、緩急仍先於義理。要之，其結果是義理一事、聞道之志在其時已漸趨概念
化，不復能落實矣。

〔註7〕余英時以為洪榜此乃「揣測」之詞，「未必盡符朱筠的本意」。然則細究余氏所持
理由，或者由於洪榜「退念」、「大略」等語彙的意味，以及堅信朱筠「袒漢蔑宋」
之考據學家立場耳。如就書中舉證之效力來看，其「揣測」的程度恐怕更甚於洪
榜也。（參見《論戴震》，頁 117～121）因此相較於「頃承面諭」的洪榜而言，吾
人殆無由過慮而輕疑之矣。

父子之自表，二人之學雖出自東原，在這一點上並不與時代有其異趨。

> 余自壯年，有志於鄭許之學，考文字、辨音聲，非唐以前書不敢讀
> 也。（王念孫，〈群經識小序〉，《王石臞先生遺文》，卷二）
>
> 余與容甫交，垂四十年，以古學相砥礪。余爲訓詁文字聲音之學，
> 而容甫討論經史。（王念孫，〈汪容甫述學敘〉，《王石臞先生遺文》，
> 卷二）
>
> 引之受性樗昧，……。年二十一，應順天鄉試，不中式而歸，亟求
> 《爾雅》、《說文》、《音學五書》讀之，乃知有所謂聲音、文字、訓
> 詁者。越四年而復入都，以己所見質疑於大人前，大人則喜曰：「乃
> 今可以傳吾學矣。」遂語以古韻二十一部之分合，《說文》諧聲之義
> 例，《爾雅》、《方言》及漢代經師詁訓之本原。（王引之，〈經義述聞
> 序〉）

此三者蓋出於石臞之言，前者自表志業，乃鄭許文字、音聲之學；次者則以容
甫（汪中）之研經史相對於己身之治訓詁文字，是石臞乃專意攻治小學者可無
疑，故後者所自表之「吾學」皆不外乎此。至其子伯申，則此意更明：

> 自珍爰述平日所聞於公〔伯申〕者，曰：「吾之學於百家未暇治，獨
> 治經。吾治經，於大道不敢承，獨好小學。夫三代之語言與今之語
> 言，如燕、越之相語也。吾治小學，吾爲之舌人焉，其大歸曰用小
> 學說經、用小學校經而已矣。」（龔自珍，〈工部尚書高郵王文簡公
> 墓表銘〉）

可知聞道一事對伯申而言，已然順理成章地置之於學術之外了。「大道不敢承」
云云，或者隱約透露其中心態，蓋與洪榜所言朱筠之意：「聖賢不可學而至」者
可以相應。〔註8〕

〔註8〕又錢穆《三百年》中曾引述懋堂〈與王石臞書〉之言：「今日之弊，在不當行政事，
而尚剿說，漢學亦與河患同。然則理學不可不講，先生其有意乎？」（頁320）段、
王同爲東原門下，二人相交甚深，是懋堂非不知王學者。此書婉言相詢石臞之有
意與否，似隱含勸說之意也。而此種勸說，自然是將石臞定位在謹守漢學分際者
耳。唯此書僅見錢穆引述，不見《經韻樓集》（含劉盼遂補編）及《昭代經師手簡》
（初編、二編）收錄，在未確定來源前，不敢遽以爲證，姑置此參考。

二、爲學途徑

　　王氏父子二人在治學上的議論並不多面，亦不多見。大抵只在〈段若膺說文解字讀敘〉中可以看到石臞的一段表述：

> 吾友段氏若膺於古音之條理，察之精、剖之密，嘗爲《六書音均表》，立十七部以綜覈之，因是爲《說文解字讀》一書，形聲、讀若，一以十七部之遠近分合求之，而聲音之道大明。於許氏之說正義、借義，知其典要，觀其會通，而引經與今本異者，不以本字廢借字，不以借字易本字，揆諸經義，例以本書，有相合、無相害也，而訓詁之道大明。訓詁聲音明而小學明，小學明而經學明，蓋千七百年來無此作矣，則若膺之書之爲功也大矣。〔註9〕

　　這一段表述雖爲懋堂《說文解字讀》而作，衡之二王之學術表現卻也並無二致，宜非只爲應酬之語。在這段敘述中，石臞先分別陳述了聲音之道與訓詁之道，隨即會合二者，以爲造就小學可明之二大要素，而小學明又爲經學明之必須階段。大體看來，這個進程與東原「文字──語言──心志」或者「訓故──古經──理義」的進程不有或異，更以二人的師弟交誼來看，吾人可大膽地以爲石臞應即源出東原者。然而同則同矣，二人的志向畢竟有別，以是如仔細比對，亦可見出其間的異趣。

　　首先，在治學的目的上，東原「心志」、「理義」的一端，在石臞身上已直接排除，經學成了最終的目的；其次在訓故至通經的一面，如前章所述，東原的考據實際上包含了語言文字以及寄託在語言文字背後的知識本身，然而石臞則愈發強調小學的地位，令語言文字承載了絕大部份的考據責任。

　　表面上看來，這二個異點顯示二王格局的狹隘性，就前者而言，緣於聞道之志的擱置，使得治經本身成了最終目的。如依東原的標準來看，固是未能建立大本，只堪與其「輿隸」相往來耳。〔註10〕就後者而言，驗諸其實際的學

〔註9〕 見王念孫，〈段若膺說文解字讀敘〉，《王石臞先生遺文》，卷二。又，據劉盼遂意，《說文解字讀》即《說文解字注》之前身也。見《高郵王氏父子年譜》，頁32。

〔註10〕 章學誠〈書朱陸篇後〉：「凡戴〔東原〕君所學，深通訓詁，究於名物制度，而得其所以然，將以明道也。時人方貴博雅考訂，……，以謂戴之絕詣在此，……。戴見時人之識如此，遂離奇其說曰：『余於訓詁、聲韻、天象、地理四者，如肩輿

術表現，卻也令人懷疑，這一個治經的理念恐怕仍只是其儒家身分下的一種制約、慣常性的宣稱，因爲在其著作中，儒家的經典並不佔有更多的比例，反而是小學成了主體，而以之普遍施用於一切之周秦古籍。雖然不能確定二王對此狀態之自覺與否，具體的現象是，治經的目的在操作過程中被淡化了，而幾爲一種「純理論性」的存在。於是吾人可以說，對王氏父子而言，解經（更精確地說，解釋古籍）的步驟，乃自校訂板本始，以至經義大明止。而自始至終，則端賴於小學之發用。是上引伯申之自稱述「用小學說經、用小學校經」者，亦宜如斯理解。在經的範疇模糊之後，小學儼然成爲二王學術的眞正核心。

質實而言，由校勘、小學二者以通經的進程，可說是半個東原，乃全然涵蓋在東原結構之中而略無異致，因此或可不必在此贅言複述。本文以爲，此中更值得注意的，恐怕還在於潛藏在變化下的內在意義，此約略可以從兩個角度來看待。其一，就思想意義而言，這代表漢、宋分流的確立，而程朱思想在東原不獲認同，後繼無人下，正式退出漢學領域、退出主流。這一點，吾人可以從學術承傳的脈絡上來理解，在這個脈絡中，倘以東原做爲中心，是其上乃遠承朱子、近接亭林；其下則開啓段氏、二王之學。如果在漢學的立場上看，自然可以發現考據思潮由復甦而至巔峰的一路發展。只是如此地理解其實是以漢、宋對立，分繫於二大陣營前提下的結果，如果將焦點置於這演變過程中的個人身上，其情況恐不如是。質實而言，朱子乃宋學中不廢考據之人；亭林雖以史學爲主，卻仍具義理歸向；而東原則顯在考據陣營中獨標聞道之志者。雖然其中比例輕重略有不同，不可否認的，是此三人之整體主張固乃漢、宋兼備而不偏執一端者。本文以爲這才是儒家思想的常態，以及完整的樣貌，所謂「尊德性」、「道問學」二者，該是「一體」之兩面、本末之配合，如余英時所謂：

> 和尊德性相對的，還有「道問學」的一方面，……。這本來是儒家的兩個輪子，從《大學》、《中庸》以來，就有這兩個輪子，不能分的。儒家傳統中還有其他的名詞和這兩個輪子相應的。比如說「博

之隸也。余所明道，則乘輿之大人也。當世號爲通人，僅堪與余輿隸通寒溫耳。』」（《文史通義・內篇》，頁 275）

學」和「一貫」，或者「博」與「約」，或者「聞見之知」和「德性
之知」，或者「居敬」和「窮理」，這些都是成套的，你不能把它割
裂開來看。(《論戴震》，頁348～349)〔註11〕

以此檢視段王三人，懋堂固然義理上未見著力，然畢竟在理念上仍作此想，至
王氏父子，則已然敬而遠之、不敢志此。本文以爲這種堂而皇之的偏廢其實正
透露著價值體系的澈底改易。換句話說，儒家的一貫體系，已如朱筠所主張
的，正式地被劃分爲「漢學自漢，宋學自宋」，這代表其價值體系的崩解。隨後
在各自維護其理論的合理性、甚至地位正統的立場下，必然以其原有的信念爲
核心，又分別構成獨立的價值系統與治學目標。以宋學而言，性命之旨的體
察、躬身實踐的人格，可能是致力的目標；對於漢學，也許訓故度數的博雅、
實事求是的精神才是其推崇的典範。上引朱筠之意：「今既詳度數，精訓故，
乃不可復涉及性命之旨，反述所短以揜所長。」可謂即此心態之呈現。在此二
系統各自成形後，其間的壁壘只能更加分別，終至使得漢學純漢，宋學純宋，
而東原所堅守著的一點義理理想也終將澈底排除。毋可諱言的，如此發展對儒
學而言，自不令人樂見，而針對漢學，更不見得正面，因爲儘管宋學可能涉入
玄虛，然而純就理論而言，漢學專意「學文」，不免忘卻「行有餘力」之前提
矣。

這種局面的形成，恐怕不能單純地以爲是漢宋對立的結果，因爲潛藏在對
立背後的，是兩個涇渭分明的價值體系。須注意的是，這兩個體系是原有的一
貫體系分裂後的結果，因此，這個現象背後更潛在的學術意義便有進一步探索
的必要。在此，吾人可以方東樹之語做爲切入點：

漢學家皆以高談性命，爲便於空疏，無補經術，爭爲實事求是之學，
衍爲篤論，萬口一舌，牢不可破。以愚論之，實事求是，莫如程朱。
以其理信，而足可推行，不誤於民之興行。然雖則虛理，而乃實事
矣。漢學諸人，言言有據，字字有考，只向紙上與古人爭訓詁形聲，
傳注駁雜，援據群籍證佐，數百千條。反之身己心行，推之民人家

〔註11〕在此要稍加說明的是，余氏雖如此表述，然畢竟仍區別漢、宋爲二系者，而本文
　　　則強調，這種「成套」是在一人、一家內部的相依、互存，而不是兩方各執一端
　　　的競爭或配合。

國，了無益處，徒使人狂惑失守，不得所用。然則雖實事求是，而
乃虛之至者也。(《漢學商兑》，卷中之上，頁276)

從這一段辯駁可以窺出，漢學家向以爲漢實宋虛，而宋學家則辯稱宋實漢虛，
二者並不在同一標準下衡其虛實。換句話說，所謂的虛實其實乃取決於其看待
知識的態度，或是知識的驗證方式，而不是客體、知識的本身。更具體的說。
同是體會心證，漢學家以爲渺茫無依，宋學家卻可謂淪肌浹髓；同是博雅考訂，
漢學家以其言言有據，可以檢測而爲實事，宋學家卻以之外於身家，無益民生
而爲虛論。因此虛實篩選與結果，皆已爲理論所前定矣。以是，回溯晚明前清
這一段學術發展趨勢，自鑿空之議起，便引發學界一路走向蹠實之渴望與努力，
考據之學便是在這股潮流下興起，而被引爲對治鑿空的不二法門。可以推想的
是，這一個原本做爲工具性質的思維模式，逐漸爲大眾接受、信任之後，遂成
爲一種仲裁的機制，合於此則實則是；不合於此則虛則非。事實上，今日對科
學之信賴正是其例。這種發展原是令人樂見的，如果它的定位正確。然而若是
過度發展，以至超出其可能承載之限度、「權責」，自不免捨本逐末。可惜的是，
儒家躬行實踐的一端並不合其「實事」的標準，以致終於被排除在漢學的藩籬
之外。從這個角度來看，吾人可以說，二王，以及朱筠諸人的意見，正代表著
方法論的反客爲主，取代了儒學本來的一貫系統；是蹠實的要求驅逐了聞道的
目標。梁啓超曾謂：

吾常言：“清代學派之運動，乃‘研究法的運動’，非‘主義的運
動’也。”(《學術概論》，頁39)

就此而言，可有另一種體認。

如此的結果自是有利有弊。站在儒家、經學，或者思想的立場來看，這種
現象不免令人嘆息。然而緣於其與經學逐漸地拉開了距離，便也造就了其脫離
附庸的地位，而有走向獨立學科的可能，擺脫了經學思想的控制，而語言文字
的性質、特點也才獲得被客觀認識的機會。顯然，普遍接受科學「信仰」的現
代，對此似乎是更爲樂見的。

其二，就理論意義而言，二王僅從事於可至「十分之見」者，卻因此造成
整體意義上「十分之見」的不可能。在上一章中，本文曾以爲東原認識了語言
的局限，因此更擬透過語言背後的知識本身以確定、並充實語言之內涵者，這

是東原所謂之「識字」義。依此概念類推，則寄託在經籍文字上的，其實即是義理，因此東原的《七經小記》有《原善》一篇，因此東原的聞道途徑有「絜情」一項。在訓詁考據以及「以情絜情」二項工夫的相證下，經義的理解才能精確而飽滿。而亦如本文所指出的，在這個進程中，其理論的完整性是可以認同的，然而「以情絜情」一項畢竟又留下一個心知默會的玄虛空間。

這樣一個進程在漢、宋決裂的影響下，二王取消了聞道之志，同時也取消了透過義理解讀經文的路徑。吾人未可斷言這樣的結果是否在二王心中造成矛盾，緣於在名物度數的一面，二王仍具「即物」的實驗精神，在《高郵王氏父子年譜》中，劉盼遂謂：

> 劉嶽雲《食舊德齋雜著》〈與潘伯琴書〉引王氏引之《廣雅疏證》，
> 而繼之曰：「聞王氏作《廣雅疏證》，花草竹木、鳥獸蟲魚，皆購列
> 於所居，視其初生與其長大，以校對昔人所言形狀。」（頁 14）

是二王並非全然繫乎語言文字者。或者因為實事求是的要求太過強烈，以致在義理的一面存有寧捨而勿虛的心態。要之，現實、具體的狀況是，二王畢竟謹守考據實證的一面，以致在理論上出現了難以避免的局限。雖然二王之解經不涉義理，並且大體亦只著眼於經文的語言意義，不做言外的闡發，然而並不將因此而可以不受影響。因為一個字詞的意義是在「上下文」中被確定的，特別是哲學思想中的「術語」，常常是在各家學說中有其自覺的特殊約定，它雖然不會離開一般性的語言意義，然而更重要的卻是諸家賦予的思想內涵，畢竟「道路」、「道理」等解釋並不能說明儒家的「道」究為何指，更不能區別儒、道間「道」的差異。二王既強調只由小學入手，自於後者無補，而少了義理內涵的支持，文字的解讀可否完整，甚至正確，恐怕也值得令人懷疑了。因此本文認為，東原的進程一傳至二王手中，變成一個純考據的途徑，這不僅使得通經失去宗旨，同時也造成理論的不能完整，致令經解的效度不得具足。

第二節　治學方法與訓詁運用

總括而言，二王之治學乃以治經為目的，而以小學為手段。除此，雖然二王在言論上少見表露，不過就其實際之操作而言，固可知二王乃極為重視板本之校勘者，事實上，王氏四種中的《讀書雜志》，便是一部校勘學的典範。

〔註12〕這三門學科的配合，如依一般的理解，或是亭林、東原的理路，總是先校勘以確定板本，而後通過訓詁小學以完成經籍的理解。然而此在二王則略有不同，前文中曾經提及，治經一事雖仍爲二王標舉的學術理念，然而卻已是一種概念性的存在，未能相應地落實。在此，如果更細審石臞所謂「余爲訓詁文字聲音之學」（見上引），以及伯申之「用小學說經、用小學校經」（見上引）二句，固可窺出二王專門之業實在小學一端。以是在如斯前提下，吾人可以大膽的推測，在二王的治學結構中，雖然先校勘，後訓詁，後解經這一個治經歷程的順序沒有大異，然則二王更加強調校勘出現的疑難有賴於訓詁的解決，而經文的理解亦全繫乎訓詁的確定，以是不覺中使校勘與治經二者同爲對治的課題，而小學則獨立成爲一個前沿的技術學科，先明小學，而後用以校勘、用以解經，這種現象可說是考據精神更進一步的突顯。只是，在這樣的理解下，仍要稍加說明的是，本文所謂獨立，僅是在範疇上認爲它可以被單獨地研究而已，並不是說小學就此有其自身的學術意義，而等同於近似語言學，或是可能的其他學科。相反地，小學爲經學服務的目的依然是不變的，以是小學中的研究課題仍舊要寄託在「如何正確解經」的目標下，而不會是語言本身、構成要素的學術理解。

一、研究精神

在正式進入二王訓詁操作前，本文擬先略爲指出二王治學態度的特徵，因爲這個特徵在不小的程度上影響其訓詁重心與訓詁結構的實際取向。

前此論及二王治學態度、學風者在所多有，如舒懷：

一、崇尚學術，淡於名利。……

二、講求眞理，反對盲從。……

三、求眞求新，作而不述。……

四、實是求是，言必有據。……

五、文辭簡樸，不枝不蔓。（《高郵王氏父子學術初探》，頁31～46）

黃愛平：

〔註12〕如管錫華《校勘學》即謂：「他〔石臞〕在校勘上最見功力的是《廣雅疏證》和《讀書雜志》二種。……。後者是史子集十八種古籍的訓詁、校勘筆記。此書向來被認爲是校勘史上的最典範著作。」（頁57）

其一，博大精深。……

其二，貫通裁斷。……

其三，謹嚴篤實。……

其四，歸納總結。（〈乾嘉學者王念孫王引之父子學術研究〉，頁515
～517）

抑是方俊吉：

一、務根基，正門徑。……

二、重條理，詳分析。……

三、明句讀，精校讎。……

四、審聲音，申古義。……

五、析詞性，辨虛實。……

六、博采證，慎闕疑。……

七、謹歸納，善發明。……

八、觸類旁通。（〈高郵王氏學述〉）

這些歸納可謂已詳且細矣，它們大體涵蓋了二王治學的全盤面貌，同時所列舉
特點，也都有其據依。然而在這些描述中，似乎仍令人覺得不夠伏帖，主要原
因也許在於這些歸納多著眼於檢視二王自身，而未能在特定的時空中去呈現、
突顯二王，以致於其中多項特質，可在二王身上發現，然移諸其他考據學家，
或是一般傑出學者，亦不外是。如「謹嚴篤實」、「重條理，詳分析」……等，
本為治學之必要條件。而如果將這些特色用以表述東原，似乎也難發覺有何不
妥，事實上，若鮑國順所歸納東原之五項治學精神：

一、空所依傍實事求是。

二、精審貴化嚴謹不苟。

三、循古經戒鑿空。

四、不墨守不立異。

五、識大體求根本。（《戴震研究》，頁192～204）

便與上述幾無或異。雖說二人本為師徒，然畢竟不是一體，以是如果吾人只是
盡可能詳盡地發掘、分析二王，卻因此造成二王愈與東原之不辨，是否便該懷
疑，這究竟是掌握了二王，還是湮沒了二王？在一群考據學者之中。

　　因此，本文不欲再去做這種「鉅細靡遺」的鉤勒，只想著重指出其中影響其學術操作，以及具有時代意義的風格要素。而這，主要是其實事求是的「研究」精神。

> 藉悉大兄先生言旋珂里勳履康泰，並快讀大著，諸條辯章舊聞、實事求是，凡有所見，皆由三復經文而得，誠非墨守者所可同日語也。
> （王念孫，〈與朱郁甫書〉，《王石臞文集補編》）

> 捧讀大著《禮記訓纂》，根據注疏而參以後儒之說，使讀者飲水而知源，實事以求是，洵為酌古準今之作，有功經學甚鉅。（王念孫，〈與朱武曹書〉，《王石臞文集補編》）

實事求是，為二王常見之詞，上引二例皆為石臞用以表彰朱彬之語，隱約透露石臞之學術標準，而以下伯申之語則表現出此一特徵固為王氏所自持者。

> 大人又曰：「說經者期於得經意而已，前人傳注不皆合於經，則擇其合經者從之，其皆不合，則以己意逆經意，而參之他經，證以成訓。雖別為之說，亦無不可。必欲專守一家，無少出入，則何邵公之《墨守》見伐於康成者矣。」故大人之治經也，諸說並列，則求其是；字有假借，則改其讀。蓋孰於漢學之門戶而不囿於漢學之藩籬者也。
> （王引之，〈經義述聞序〉）

則實事求是之精神無疑乃得為王氏之家學。

　　然而同在這個形容詞下，二王所呈現的態度畢竟仍與亭林、東原等前輩不同，蓋二王在此，「研究」的企圖是更加積極的。這可以從二王對待漢學的立場來做為窺探。

　　誠如一般所認為的，清初的學風主要對治的是理學的空疏，因此，「鑿空」一詞常為時人所斥，同時一味的蹈實，也使得一批學者寧守故訓，亦不敢空談。這種現象在東原身上尚得見之，然而在二王議論中卻已少有，取而代之的，竟是對漢學的頗有微詞。如王引之〈與焦理堂先生書〉：

> 惠定宇先生考古雖勤而識不高、心不細，見異於今者則從之，大都不論是非。如說《周禮》「邱封之度」顛倒甚矣，它人無此謬也。來書言之，足使株守漢學而不求是者爽然自失。（《王文簡公文集》，卷四）

此說蓋回應焦循所謂：

> 東吳惠氏爲近代名儒，其《周易述》一書，循最不滿之。大約其學
> 拘於漢學之經師，而不復窮究聖人之經。（〈焦循致王引之書〉，《昭
> 代經師手簡箋釋》，頁 208）

是知二人對漢人之訓詁已不再輕信，對漢學家之株守亦已深感不滿。這種現象
自然顯示漢學地位的穩定，以是乃不再專反宋學，以「實」爲貴，而能在內部
隱現一種反省的力量。〔註13〕只不過這種反省並不將引起對宋學的重估，在考
據風氣正盛的乾嘉，只會「後出轉精」地漸棄「求古」，而更趨於「求是」。因
此，在此吾人看見向以「求古」見稱的惠棟之受到伯申、焦循的批評也就不足
爲奇了。

而伯申之語如此，蓋亦不離石臞之意，如上引伯申之「述聞」，所謂「孰
於漢學之門戶而不囿於漢學之藩籬」，正是此意，而「前人傳注不皆合於經」，
「雖別爲之說，亦無不可」者，亦正展現一種「空所依傍」、直指問題的研究精
神。

然則二王研究精神的展現尚不僅此，與亭林「著書不如鈔書」之意相反，
二王之考據乃在啓人之疑竇，而以著作爲主，在陳奐所轉述的言談中：

> 先生〔石臞〕曰：「凡學者著書，必於所託者尊，或逕後人不能諟正，
> 則董理之。……。至於考證典籍，俟他年爲之，則發端已得，而成
> 功較易。然必讀經十年，校經十年，始可與言著書也。」（陳奐，〈王
> 石臞先生遺文編次序〉）

可見其有爲後學釋疑的責任，而語氣間亦隱含考證著書爲讀經校經之必須者。
此二點自是一體兩面，甚至互爲因果，〔註14〕是舒懷所謂：

> 王氏著述以作而不述爲宗旨，以求眞求新爲目的，意在昌明學術，

〔註13〕雖說二王與東原之時代甚近，欲言風氣之轉移不免突兀。然如前所述，東原的時
代，考據本爲主流，東原反是異趨。或者緣於東原欲與宋學爭勝，固仍以宋學爲
對象，而屢有鑿空之譏；至二王則已「漢學自漢」者，其所檢討，則可不復涉入
宋學。

〔註14〕就一般理路而言，本是讀經有疑，而後考據。然而在以考據導向的讀經過程中，
考據反而隱約成爲目的，而後用以釋疑。

嘉惠後人。(《高郵王氏父子學術初探》，頁 36)

蓋非無據。而這種態度在下列事蹟中更可清楚見出。

> 盼遂按，《廣雅》一書出于曹魏，遠不如《爾疋》、《說文》、《方言》
> 之精。先生初亦有意從事於三書，故先作《說文攷異》(或名《說文
> 攷正》)，而當時段若膺已成《說文解文〔字〕讀》五百餘卷，知難
> 驟與爭鋒，故麤成二卷而即棄去。《方言》則有戴氏《疏證》，雖有
> 可補苴，然大體既得，所餘鱗爪，其細亦甚，故成《方言疏證補》
> 一卷，即復中止。至於《爾雅》，同時有邵二雲作《正義》告成，已
> 體大思精，而郝蘭皋之作《義疏》，實昕夕過從先生，問雅故、商體
> 製(此事爲晉城郭允叔先生跋郝蘭皋校本《顏氏家訓》中語)，先生
> 於此書遂不再措思焉。至此乃決然舍去以上三書，別啓新塗，而得
> 《廣雅》與《集韻》爲之主幹，以闡發其所自得，咸潛淹於此，迨
> 《廣雅疏證》成，則日月已邁，《集韻》之業終歸虛願矣。間嘗譬之
> 石渠之疏《廣雅》，如劉先主之帝巴蜀，誠以中原無用武之地，故遜
> 入險阻而辟夷行，卒之政理民和，極蕩蕩便便之致，持以校夫馳騁
> 平原康衢者，其成功之難易詎不遠哉？(劉盼遂，《高郵王氏父子年
> 譜》，頁 14)

> 王氏著述，一貫羞於與人雷同。王念孫年輕時定古韻二十一部，書
> 已上板。後數年，得見段玉裁《六書音韻表》，與自己的二十一部說
> 大多暗合，就將自己的著述棄而不出。(舒懷，《高郵王氏父子學術
> 初探》，頁 36～37)

在一般的情況下，或者是治學的理路設定中，讀書治經乃以聞道爲目的。
即令二王不敢承此大志，蓋亦不能否認治經的基本工作，是要透過理解聖人言
語，以掌握聖人的思想。因此，如果聖人之意可以被正確的理解，那麼本不須
要求創見；而如果肯定眞理的不變性，那麼每一個正確的理解(或者更實際地
說，是取徑相同的理解)，理論上則應是相同的。要之，恆久不易的眞理與求新
求異的創見，本就存在一定的矛盾性。

在上述石臞的態度中，吾人確實看見了立異的傾向，果如梁啓超所言，這
是一種「走偏鋒」的行爲：

以石臞的身分，本該疏《爾雅》才配得上，因爲邵疏在前，恥於蹈

襲，所以走偏鋒，便宜了張稚讓。(《學術史》，頁 256)

雖然梁氏的語氣中褒過於貶，然而本文仍必須客觀地指出，「走偏鋒」一詞自已
透露石臞心態實際的本末倒置，脫離了經學的本旨。至於之所以如此，以及後
人之所以仍稱道的原因，無非是考據精神的過度發展，以及科學思想的高度崇
拜，故而模糊了座標，見樹不見林，只知在工具性、技術性的價值系統下去批
判、評量，而竟忽略了學術自身的本然宗旨與目的。不可諱言的，這雖然造就
了小學的發展，然則經學卻由是而名存實亡。清代學術發展至此，眞可謂爲考
據學之時代矣。

至是，吾人可以說二王實是眞正具有「研究」精神的學者。這是二王做爲
乾嘉代表的特徵，也是其與亭林、東原最根本之相異處。

最後，本文還要附帶提及的是，這個研究精神高度發用的結果，不僅使得
漢人故訓的重要性降低，同時連經籍本身也成爲一種較爲客觀的文獻材料，不
再具有絕對的權威性與不可懷疑性。這具體呈現在《經義述聞‧通說》中「經
義不同不可強爲之說」一條：

> 引之謹案，講論六藝，稽合同異，名儒之盛事也；述先聖之元意，
> 整百家之不齊，經師之隆軌也，然不齊之說，亦有終不可齊者，作
> 者既所聞異辭，學者亦弟兩存其說，必欲牽就而泯其參差，反致涸
> 殺而失其本指，所謂離之則兩美，合之則兩傷也。(王引之，《經義
> 述聞‧通說下》，卷三十二，頁 29)

至其例證：

> 《大戴禮》〈五帝德篇〉以鯀爲顓頊子，〈帝繫篇〉以鯀爲顓頊五世
> 孫。此不可強合者也，而解者欲合爲一，則於〈帝繫〉刪「五世」
> 二字以從〈帝德〉。又或於〈帝德〉「高陽之孫」，解高陽爲顓頊之後，
> 以從〈帝繫〉矣。(王引之，《經義述聞‧通說下》，卷三十二，頁
> 30)

固可確定這種懷疑乃針對經籍本身，而不僅是傳注而已。

是知二王在此已可以站在經籍成書的歷史過程中去理解經籍的狀態，這顯
然使得經籍可以被更爲合理、平實的對待。以是一經之中，或諸經之間的牴牾

現象，可以被客觀地檢討、承認。影響所及，則直接衝擊到的，是「五經通貫」的鬆動，使得五經的通貫只能因其時代而具有語言學與文獻學的意義，至於東原、亭林以上所堅持諸經義理的一貫性，已隱然出現了缺口。雖然這個缺口因為二王，以至漢學家的不涉義理而不將浮現，然而卻不能忽略其在學術意義與操作上可能造成的潛在影響。因為這其實代表了二王與東原的衝突，而如果以東原之通貫而行二王之通貫，自不免將「溷殽而失其本指」了。

二、訓詁理論

（一）因聲求義

二王的訓詁進程，可以伯申〈經籍纂詁序〉之所言一窺大要：

> 訓詁之學，發端于《爾雅》，旁通于《方言》，六經奧義、五方殊語，既略備于此矣。……。展一韻而眾字畢備，檢一字而諸訓皆存，尋一訓而原書可識，所謂握六藝之鈐鍵、廓九流之潭奧者矣。夫訓詁之旨，本於聲音、揆厥所由，實同條貫。……。後之覽是書者，去鑿空妄談之病而稽于古，取古人之傳注而得其聲音之理，以知其所以然，而傳注之未安者，又能博考前訓以正之，庶可傳古聖賢著書本旨，且不失吾師纂是書之意與。（《王文簡公文集》，卷三）

就中可以得出這樣一個理路：

其一，訓詁之要求，必須避免鑿空而於古有據，並且在據古的同時，又不能株守，而應該察其由、明其理。

其二，據古之主要材料仍在於《爾雅》、《方言》等辭書，以及古人傳注。

其三，前述材料的操作可能存在二個問題，一是不知其然，一是不知其所以然。換句話說，前者乃解釋未妥，而後者雖可理解，卻不知何以如此。此二者均可能造成理解的不充分，甚至誤謬。

其四，二王以為，知其所以然之樞紐在於「聲音之理」。所謂「同條共貫」者，乃在肯定語言孳生發展的前提下，超越字形，而說明某詞何以得有某義。至於詞義未明、未妥者，亦可藉此而推測得之。

其五，以是經義之闡明繫乎訓詁，而訓詁之工作繫乎聲音，由是二王將訓詁的主要核心導向語言系統的建立，而其線索，則在音與義二端。

　　因此，由此理路逆推，先由音、義二軸建立語言系統，而後可以說明、而後可以推測任一詞義之然與所以然，而詞義可明，則經義亦可隨著而明。如此便構成二王訓詁具體的操作進程。緣於這個進程背後的理據，乃是透過古訓、辭書所建立的語言系統，以是一方面它是有據的（古訓），一方面它又是有因（語言）的，故而可以避免鑿空，又不落於墨守。

　　質實而言，在這個進程中，可以明顯見出二王實際的學術核心乃在語言系統的建構。這個工作一般乃統稱之為「因聲求義」者。確實，在二王的論述中，吾人可以常常看到這一個概念，甚至，更大膽的說，二王的學術便根本端繫乎此，以是只要論及訓詁，而此說必然被二王一再地強調。如石臞〈廣雅疏證序〉、〈程易疇果臝轉語跋〉、〈段若膺說文解字讀序〉以及伯申〈經義述聞序〉、〈經籍纂詁序〉、〈春秋名字解詁敘〉等，皆有是意。而如伯申〈王南陔中丞困學說文圖跋〉：

> 南陔語引之曰：「小學之要在訓詁，訓詁之要在聲音，知字而不知聲，訓詁或幾乎隱矣。此無他，聲中有意也。善學《說文》者，觀字之緣聲而得其意。」引之曰：「謹受教矣。」……。由南陔之言以治《說文》，則聲音文字訓詁一以貫之；不由乎南陔之言，則緣聲、讀若，與訓之生於聲音者舉不可見矣。雖有字，吾得而識諸？南陔方為《困學說文圖》以自勵，乃為述其意如此。（《王文簡公文集》，卷三）

則雖借南陔之口，而與二王家學固無二致。

　　然則所謂「因聲求義」者，究竟何指？廣義的說來，似乎只要顧名思義，「利用讀音相同或相近的字來訓釋詞義的方法」〔註15〕，諸如聲訓、語源、假借、連語、轉注等本質不同、來源相異之若干現象等皆可能含糊地被歸類於此。本文並不以為這將是二王「因聲求義」的全部內容，或者核心主張，以之兜攏二王，實際上只是將二王融入一個更大的概念範疇而已，在理解二王的同時，也模糊了二王。因此雖然本文不反對以「因聲求義」一詞去描述二王的訓詁概念，然而更重要的是，在這概念底下，其具體的內涵、技術究竟為何，恐怕是更值

〔註15〕此陳煥良語，陳氏將「因聲求義」等同於「音訓」，並定義「音訓」如是。見其《訓詁學概要》，頁130。

得進一步去釐清與掌握的。

　　就此，吾人可以留意以下這段資料：

> 敘曰：名字者，自昔相承之詁言也。《白虎通》曰：「聞名即知其字，
> 聞字即知其名。」蓋名之與字，義相比附，故叔重《説文》屢引古
> 人名字，發明古訓，莫箸於此，觸類而引申之，學者之事也。夫詁
> 訓之要，在聲音、不在文字，聲之相同相近者，義每不甚相遠，故
> 名字相沿，不必皆其本字，其所假借，今韻復多異音。畫字體以爲
> 説，執今音以測義，斯於古訓多所未達，不明其要故也。今之所説，
> 多取古音相近之字以爲解，雖今亡其訓，猶將罕譬而喻，依聲託義
> 焉。爰考義類，定以五體，一曰同訓，……；二曰對文，……；三
> 曰連類，……；四曰指實，……；五曰辨物，……。因斯五體，測
> 以六例，一曰通作，徒字爲都、籍字爲鵲之屬是也；二曰辨訛，高
> 字爲克、狄字爲秋之屬是也；三曰合聲，徐言爲成然，疾言爲旃之
> 屬是也；四曰轉語，結字子蓁、達字子姚之屬是也；五曰發聲，不
> 紐爲紐、不畏爲畏之屬是也；六曰並稱，乙喜字乙、張侯字張之屬
> 是也。訓詁列在上編，名物分爲下卷。眾箸者不爲贅設之詞，難曉
> 者悉從闕疑之例，上稽典文，旁及謠俗，亦欲以究聲音之統貫，察
> 訓詁之會通云爾。（王引之，〈春秋名字解詁敘〉，《王文簡公文集》，
> 卷三）

在這篇文章中，伯申在肯定名與字二者間意義聯繫的前提下，欲以《春秋》中
人名爲材料，尋繹其具體意義關係，以爲理解古語的又一途徑。

　　由其文脈推之，伯申之材料乃《春秋》人名，操作方式自亦不離「因聲求
義」之方，依此而伯申歸納出二項結論，其一曰五體，其二曰六例，前者可謂
名、字間內在的意義配合方式，〔註16〕而後者則是外在的名稱構成方式。換句
話說，前者乃內容，後者爲表現，內容僅在義之一端，而表現則涉乎形（文字）
與音、義（語言）之配合。以是觀察六例，便可發現伯申透過文字以探求語言
的跡象，而「因聲求義」之用，亦且在於其中。

〔註16〕舒懷《高郵王氏父子學術初探》：「『五體』指名與字意義上的五種聯繫。」（頁
　　　　18）

至六例內容，以其自爲說例推之，約略如下：

1. 通作：假借
2. 辨訛：形訛
3. 合聲：合音
4. 轉語：語變
5. 發聲：語詞
6. 並稱：名字連言〔註17〕

若依其文脈所示，吾人似乎便要以此六者爲「因聲求義」之內容了，是二王之說，範圍乃略無節限，而定義頗廣矣。然而倘進一步審視其內容，則情形恐不如是。

事實上，在此六例中，可無疑義謂之「因聲求義」者，蓋僅通作、轉語二者耳。辨訛、並稱二者則不賴音聲推定，可謂無涉，以是有疑義者，乃發聲、合聲二項。就合聲而言，蓋本爲語氣之設，可不與音韻直接相涉，然合二字爲一聲，不由音韻展轉之間探之，實亦不能得者，謂之「因聲求義」亦無不可。事實上，二王正復如是：

> 皆一聲之轉也。諸者，之於之合聲，故諸訓爲之，又訓爲於。旃者，之焉之合聲，故旃訓爲之，又訓爲焉，〈唐風‧采苓〉，《箋》云：「旃之言焉也。」（《廣雅疏證》，卷五上，頁 12）

此例爲石臞《疏證》中釋「諸、旃，之也」一條，諸爲之於合聲、旃爲之焉合聲，而石臞以「一聲之轉」爲說，可知其確實以之爲「因聲求義」，並且視爲轉語之一端。至於發聲者，如莊雅州先生以爲：

〔註17〕本文前五項之理解與舒懷同，其《高郵王氏父子學術初探》謂：「『六例』指名與字字面上的六種聯繫：假借（『徒』、『都』假借，『籍』、『鵲』假借）、形訛（『高』訛作『克』，『狄』訛作『秋』）、合音（『成然』合音爲『旃』）、轉語（『結』與『縸』，『逵』與『姚』皆一聲之轉）、發聲（『不』、『無』無義，並爲發聲詞）。」（頁18）唯第六項，本文依《經義述聞》卷二十三之謂：「喜，名也；乙，字也。文十一年《傳》《正義》曰：『古人連言名字者，皆先字後名，故稱乙喜。』猶晉解侯字張，而《左傳》稱張侯。」以爲名與字皆可爲單，「並稱」實爲名、字二者之連言，非如舒氏所釋：「二字（如『乙喜』、『張侯』）並稱爲名，單稱前者（如『乙』、『張』）爲字。」（頁18）以「並稱」、「單稱」而爲名、字之別也。

實詞的虛化，往往是借來代替語言中較抽象的詞義，關於無本字的
假借，而且由於音同或音近的字都有可能假借，遂形成異字同義的
現象。所以要探求虛詞詞義及其用法，捨因聲求義是難以奏效的。
（〈論高郵王氏父子經學著述中的因聲求義〉）

並引王力之說爲證：

王引之在《經傳釋詞》中，雖沒有明顯地主張聲近義通，實際上仍
然貫徹了這個原則。試看他的詞條安排：卷一、卷二是影、喻母字；
卷三、卷四是影、喻、曉、匣母字；卷五是見系字；卷六是端系字；
卷七是來、日母字；卷八是精系字；卷九是照系字；卷十是脣音系
字。這決不是只爲了檢查的便利；主要是爲了體現聲近義通的原則。
（《中國語言學史》，頁 188）

是虛詞亦可能是二王「因聲求義」之施用對象。然而其一，如前所述，二王強
調「訓詁之要，在聲音」之意隨處可見，可說凡及此意者，而二王便不煩詞贅。
果其有心施於虛詞，而於釋虛詞之專書《經傳釋詞》中卻未及申述，不免令人
懷疑；其二，就莊先生之說而言，其所闡釋，乃假借之意；而所引王力之論，
所重既是詞條安排，理宜強調各虛詞間之聯繫，而不在虛詞本身之訓解，殆亦
繫乎轉語之意，二者本不相同，是莊先生之理解也許仍有商榷處。在沒有確定
證據前，吾人實應謹守闕疑之義。只是在這些選項中，或者仍能保守地估計，
發聲之謂，可能不爲「因聲求義」；而如攝諸「因聲求義」者，大抵亦不脫假借、
轉語之二端。

因此，總括地說來，此六例，若非與音聲無涉，便即轉語、假借，及其衍
伸之應用。以此返視文理，則伯申所釋「因聲求義」之內容：「聲之相同相近者，
義每不甚相遠」與夫「其所假借，今韻復多異音」亦只專指二端而已。

雖然這段資料的範疇只局限在「春秋名字」，而其五體實已涵蓋多數的義通
現象。並且相較於二王其他的論述而言，六例的歸納亦更詳細地呈現了「因聲
求義」的實際內容。儘管吾人尚不能以此論定二王「訓詁之旨」，卻不妨礙這可
以是個具體而微的縮影，而在縮影中，實在也有不小的信心可以推測二王「因
聲求義」的立足點大抵只在轉語與假借而已。甚至，如更進一步尋繹，則此二
者實在也可以視爲一體之二面。以下，擬更窺探其大要。

（二）轉語

從二王的學術淵源來看，很難說二王之轉語，不是從東原而來。只是二王論及轉語，似乎罕及乎東原，亦幾無闡述東原之意者。是二王之於東原之轉語，「述」「作」之間，或者可有商榷處。

論者言及二王轉語理論，大抵所著重者皆爲類此之資料：

> 竊以詁訓之旨，本於聲音，故有聲同字異、聲近異同，雖或類聚群分，實亦同條共貫，譬如振裘必提其領，舉網必挈其綱，故曰本立而道生，知天下之至嘖而不可亂也。此之不寤，則有字別爲音、音別爲義，或望文虛造而違古義，或墨守成訓而昧會通，易簡之理既失，而大道多岐〔歧〕矣。今就古音以求古義，引申觸類，不限形體，苟可以發明前訓，斯凌雜之譏，亦所不辭。其或張君誤采，博考以證其失；先儒誤說，參酌而寤其非。以燕石之瑜補荆璞之瑕，適不知量者之用心云爾。（王念孫，〈廣雅疏證序〉）

> 蓋雙聲疊韻出於天籟，不學而能由，經典以及謠俗如出一軌，而先生獨能觀其會通、窮其變化，使學者讀之，而知絕代異語、別國方言無非一聲之轉，則觸類旁通而天下之能事畢矣。故《果臝轉語》實爲訓詁家未嘗有之書，亦不可無之書也。（王念孫，〈程易疇果臝轉語跋〉，《王石臞先生遺文》，卷四）

以是實際上所掌握到的訊息，多局限在「引申觸類，不限形體」、「同條共貫」等義。由是更推出，並肯定二王「由語音求以語義」，以及「語言孳生」等二項進步的語言學成就。不可否認，以此二概念理解二王轉語，似乎不將有誤，然而同時也難以避免的，在今日的知識範疇中，更配合伯申所謂「取古人之傳注而得其聲音之理，以知其所以然」（〈經籍纂詁序〉），便很容易直接導向了語源學的比附，而這卻也正是讓人所不能深感踏實者。因此本文在此所欲強調理會者，宜暫且放開語源學的框架與「塑造」，而就二王本身體系，去探求其轉語背後的語言結構。

首先，可以注意到的是石臞在《廣雅疏證》中的一些片斷：

> 凡物之異類而同名者，其命名之意皆相近。（《廣雅疏證》「軶謂之軏」條，卷七下，頁7）

蓋凡物形之短者，其命名即相似，故屢變其物而不易其名也。（《廣雅疏證》「短也」條，卷二下，頁 21）

凡事理之相近者，其名即相同。（《廣雅疏證》「疾也」條，卷六上，頁 41）

在這些言論中，石臞肯定了事理之屬性相同（近）者，而其命名亦同（近）。雖然石臞保守地表示音與義的限度可同可近，不過那可能是就具體語言現象而言，對石臞而言，造成如斯現象的原因其實是物名的「假借」，故理論上根本便是同一語言也：

凡此者或同聲同字，或字小異而聲不異。蓋即一物之名，而他物互相假借者往往而有。故觀於蠦蜰而知蘆菔之必不誤也。菔與蜰，特一聲之轉耳。（《廣雅疏證》「蘆菔也」條，卷十上）

須留意的是，石臞此處之「假借」實指某物「名稱」為同屬性之他物所借，是為語言，而非字形，因此不能等同於六書的專名，而只能理解為常義耳。

據此，以為二王的轉語，如以符號表示，則應如下述：

假設：

1. A 為語言，具音與義，義表事理之屬性，而音為最早與該義配合之語音。

2. 〔 〕、（ ）、〈 〉分別為三種事理名稱之字形。三者可能相同，亦可能小異。

3. （ ）為最早命名之本字，（A）為因具 A 屬性而以 A 命名之某事理。

則二王以為之轉語現象應如下圖：

古　〔A〕←（A）→〈A〉
　　　↓　　↓　　↓
今　〔A〕　（A）　〈A〉

其中：

1. 就古而言，（A）名先出，而〔 〕、〈 〉二事理，因屬性與（A）相同近，故亦以 A 名之而構成〔A〕、〈A〉。而〔 〕、〈 〉在字形的表現上可能與（A）同或不同。

2. 從上述之過程而言，可知，儘管事理不同，然只要屬性相同，而其名稱便可能相同，因為藉以命名之語言實同為 A。

3. 不同事理的名稱，在字形的呈現上容有或異。然不論同與不同，因時、地之遠隔而令後人不辨，致〔A〕、（A）、〈A〉三者於今并然不相屬，是語言間「同條共貫」之理亦不可復識。

以此而視諸石臞之例，若《釋大》所謂：

> 喬，高也。故矜謂之驕，馬六尺謂之驕，長尾雉謂之鷮，禾長謂之稿，蕎長謂之蕎，大管謂之簥。（《釋大》，第一，頁 2）

便是以喬為（A），而用以分別為矜、馬、雉、禾、蕎、管等命名，而有驕、驕、鷮、稿，驕、簥等詞，以符號表示，則可寫成 "A"、【A】「A」『A』、〈A〉、《A》六者。因此，如「不限形體」，則不難見出，其義皆為高，其音同為喬，是音、義全同，固為一語：A。

因此本文以為，二王之轉語，其實指的是文字或同或異，而聲音同近的「同義詞」。這些同義詞，也許在時、地遠隔下，其音、義容有稍易；也或者因其指稱不同事理，於字形略見同異。然而果能剔除這些變因，固可發現，若干轉語其實原只是一語，故石臞乃有語謂「絕代異語、別國方言無非一聲之轉」也。而在此轉語概念下，二王「因聲求義」之主旨，其實可藉其〈廣雅疏證序〉中「就古音求古義，引申觸類，不限形體」三語為之說明。蓋「不限形體」者可謂其假借，旨在超越文字，回到語言本身去解讀語言；而「引申觸類」則可稱其轉語，意在取消語言之引申，亦即褪去語境與具體客體所附加之義素，而語言之本來面目可見。〔註18〕這二種變化大抵皆有賴時、空轉移的「養成」，因此欲明此本然，便必須返之於尚未變化的古語時代，「就古音」，而「求古義」。倘能如此，則自可提領挈綱、「同條共貫」。

循此而下，吾人亦不難理解，二王「因聲求義」之方，實只在聲音之道與訓詁之道二端，故石臞敘懋堂《說文解字讀》乃謂「訓詁聲音明而小學明，小學明而經學明」，文字之學、本形本義之說全不為其所重也（說見下）。

本文以為，這才是二王「因聲求義」說的本質。以下，擬更就如是理解所衍生的若干疑慮稍加說明。

〔註18〕純就王氏之本旨言，此二語之分別可不如此井然，本文在此只是借語說明耳。

1. 操作之「同義」

上述的詮釋，大抵是站在理論的角度去揣度二王的轉語，以下則更從其實踐之內容、論證之邏輯以說明其轉語實爲同義諸語。

（1）義項之類推

在此所謂義項之類推，指的是被視爲轉語之諸詞，其內涵與外延應該全同，因此其義項與用例可彼此類推。具體而言，可有二層意義，一是被視爲轉語的甲、乙二詞，所同義者不只一個義項。以是甲若有二義，則乙亦應具有二義；一是某事理以甲爲稱，亦可能以乙爲稱。前者如：

> 契字從大，凡物之開者，合之則大；物之合者，開之則大，故契有
> 開、合二義，而同歸於大。契、券聲之轉，故券字亦有開、合二義。
> （王念孫，《釋大》，第二，頁2）

以「契」有開、合二義，而「券」爲其轉語，故亦有開、合二義。

後者如：

> 岡，山脊也；亢，人頸也。二者皆有大義，故山脊謂之岡，亦謂之
> 嶺；人頸謂之領，亦謂之亢。彊謂之剛，大繩謂之綱，特牛謂之犅，
> 大貝謂之魟，大瓮謂之瓨，其義一也。岡、頸、勁，聲之轉，故彊
> 謂之剛，亦謂之勁，領謂之頸，亦謂之亢。（王念孫，《釋大》，第一，
> 頁1）

岡、頸、勁、亢並爲轉語，而有大義，故彊有剛（岡）、勁二名；領有頸、亢二名；山脊有岡、嶺（頸）二名。

而如下例：

> 佳者，善之大也，〈中山策〉「佳麗，人之所出。」高誘注云：「佳，
> 大；麗，美也。」《大雅・桑柔》箋云：「善，猶大也」故善謂之佳，
> 亦謂之介；大謂之介，亦謂之佳。佳、介，語之轉耳。（王念孫，《廣
> 雅疏證》「大也」條，卷一上，頁3）

就轉語本身言，可謂佳、介爲轉語，而同有善、大二義。反之，就釋詞言，亦可謂善有佳、介二名，大亦有佳、介二名。

大抵就源詞與孳生詞之比較言，不論其引申之聯繫若何，二者既化分爲二詞，必然在音或義上容有稍異，而二王於音轉之理溯其古音之同；又於義項之

兼證其古義之合，蓋以其上古本爲同語也。

（2）轉語之互用

此所謂轉語之互用者，其實即是異文中的同義現象，謂其同義，所以可在具體語境中交替爲用。如：

> 《說文》：「賀，以禮物相慶嘉也。」嘉與賀古同聲而通用。〈覲禮〉：「予一人嘉之。」鄭注云：「今文嘉作賀。」〈晉語〉「賀大國之襲與己」、《說苑·辨物篇》賀作嘉，皆是也。嘉、皆一聲之轉，字通作偕。〈小雅·魚麗〉曰：「維其嘉矣。」又曰：「維其偕矣。」〈賓之初筵〉曰：「飲酒孔嘉。」又曰：「飲酒孔偕。」偕亦嘉也。解者多失之。（王念孫，《廣雅疏證》「嘉也」條，卷五上，頁9）

賀、嘉、皆（偕）並爲轉語。而賀與嘉、嘉與偕又曾爲異文互用，是在語境中二者語義得爲相等。又：

> 齊高彊，字子良。良亦彊也。良與梁古字通。《墨子·公孟篇》「身體彊良」，即彊梁也。〈吳語〉：「夫吳，良國也，能博取於諸侯。」良國，彊國也。良又爲勉彊之彊。〈楚語〉蔡聲子謂湫舉曰：「子尚良食」，言子尚其彊食。彊食者，努力加餐之謂也。《考工記·梓人》曰「強飲強食」是其義。（王引之，〈春秋名字解詁〉上，《經義述聞》，卷二十二，頁8）

良與彊爲轉語，因此高彊以良爲字，取其「同訓」之意。同時良與彊，不僅在「彊國」義相等，又且在「勉彊」義不二，是二者實同一語。

（3）《方言》《釋名》皆同義

《方言》之成書，大抵如揚雄之自述：

> 故天下上計孝廉及內郡衛卒會者，雄常把三寸弱翰，齎油素四尺，以問其異語，歸即以鉛摘次之於槧，二十七歲於今矣。而語言或交錯相反，反覆論思，詳悉集之，燕其疑。（〈揚雄答劉歆書〉，《方言》）

因此其內容主要在於漢時之方言。至其訓釋方式，則如胡師楚生所謂：

> 魏建功氏在他的《方言研究講義》（引見周祖謨氏〈方言校箋序〉）中，曾爲《方言》的這種訓釋方式，取了一個「標題羅語法」的名

字，先依照《爾雅》或當時通行的經詁去標立題目，然後依此標題
去向那些孝廉衛卒探問其方言殊語，而羅列於此標題之上。(《訓詁
學大綱》，頁 289)

則其主要的溝通對象大約在於漢時之方言與先秦雅言二者。

　　漢時之方言，其實是相對漢時雅言以外的各地異語，以是它實際上是個「方言群」。就常理看，各地方言分化的時點與演化速度不一，其保留古語的程度自然也不盡相同，未可一概而論。其次，以「漢時」、「方言」與「先秦」、「雅言」相較，實際上是兼有時、地二層隔閡的，除非二王假定漢時方言分化的時點皆在先秦。然則由於容許先秦音轉的可能，以是二王如此認定的可能性幾乎沒有（說見下），於是，如果漢時諸方言與雅言不在先秦同為一語，那麼便必須認為其間音義宜有變異。然而吾人所見二王對《方言》的運用卻是不考慮這些變異的，如：

> 踞朆者，《方言》：踞、朆，力也，東齊曰踞，宋魯曰朆。朆，田力也。」……。戴先生《方言疏證》〔卷六〕曰：「朆通作旅，《詩・小雅》「旅力方剛」是也。毛《傳》：「旅，眾也。」失之。〈大雅・桑柔篇〉云「靡有旅力」，〈秦〉云「番番良士，旅力既愆。」，〈周語〉云：「四軍之帥，旅力方剛。」義並與朆同。朆、力一聲之轉。今人猶呼力為朆力，是古之遺語也。(王念孫，《廣雅疏證》「力也」條，卷二上，頁 2)

此以朆、力一聲之轉，朆與旅通，而以「力」義解釋《詩》、《書》、《春秋》之「旅」字。是知其對方言轉語的認知應該便是同義詞了。

　　其次，就《釋名》而言，劉熙明謂其所釋為「所以之意」(〈釋名序〉)，而構成一部聲訓的專書。大體而言，這種聲訓乃屬狹義之聲訓，旨在推因、求源。而所推之因，一般可有二種理解，一是客觀的語源，一是主觀的哲學詮釋。前者主於義之一軸以言語言孳生，〔註 19〕後者則在本來名稱上刻意賦予其他思想內涵，因此不論何者，劉熙聲訓中釋詞與被釋詞雙方必然不為同義詞。

〔註 19〕一般所謂語言孳生，約即二王所謂轉語，只要音與義其中一方有變，便可視為另一語詞。然由劉熙之理論與實踐來看，其所重者其實只在義之一端而已。

同樣地，這種差異在二王的操作中同樣是被忽略的，如：

> 尾者，《説文》：「尾，微也。」《釋名》與《説文》同。云：承脊之
> 末，稍微殺也。《史記・律書》云「南至於尾」，言萬物始生如尾也。
> 〈堯典〉「鳥獸孳尾」，《史記・五帝紀》作「微」。《論語》「微高生」，
> 《漢書・古今人表》作「尾」。尾、微聲義並同，故古書以二字通用。
> （王念孫，《廣雅疏證》「尾也」條，卷四下，頁 4）

> 《釋名》云：「據，居也。」〈晉語〉「今不據其安」，韋昭注亦云。（王
> 念孫，《廣雅疏證》「據也」條，卷五下，頁 1）

此二例並以《釋名》之訓爲證，而佐以古訓用例者，理應是將其視爲可能互訓
之同義詞的。而擴及他書所見聲訓，二王亦一視同仁：

> 護者，《春秋繁露・楚莊王篇》云：「湯之時，民樂其救之於患害也，
> 故曰護。」護者，救也。《白虎通義》云：「湯曰大護者，言湯承衰，
> 能護民之急也。」護與護通。戶者，《説文》：「戶，護也。」《釋名》
> 云：「所以謹護閉塞也。」挾者，上文云：「挾，輔也。」《方言》：「挾，
> 護也。」郭璞注云：「扶挾將護。」（王念孫，《廣雅疏證》「護也」
> 條，卷四下，頁 17）

> 《管子・水地篇》云：「水者，萬物之準也。」《白虎通義》云：「水
> 之爲言準也，養物平均，有準則也。」水與準古同聲而通用。《考工
> 記・輈人》：「輈注則利準」、「栗氏權之，然後準之。」故書準並作
> 水。（王念孫，《廣雅疏證》「準也」條，卷五下，頁 6）

（4）多源之共存

向者以語言孳生概念批判聲訓之隨意性者，最顯見、而爲後人屢屢訾病之
一項，便是一詞而有多源之現象，而這一點，在二王的轉語中竟也可見：

> 鳴者，〈夏小正〉《傳》云：「鳴者，相命也。」《春秋繁露・深察名
> 號篇》云：「古之聖人，鳴而命施謂之名，名之爲言鳴與命也。」名、
> 鳴、命，古亦同聲同義。（王念孫，《廣雅疏證》「名也」條，卷三下，
> 頁 24）

石臞引述董仲舒之言而爲證據，是其亦不反對名、鳴、命三端之共同聯繫者。

如果二王眞以語言孳生概念看待聲訓，應該不會發生如此疏忽，因此或可推測二王應該有其自身運用聲訓的視點（說見下），具體而言，則以爲聲訓所表現的只是「同聲同義」的現象而已。

綜合上述四項，應可確定二王在操作上，確實是以同義詞的概念看待轉語的，而其背後反映的意義，則是以諸轉語之實爲一語之用。

2. 同語之本質

在此應該先強調的，是本文所謂「同義」者，乃不論後人之認知，而是針對二王在其理論下的理解，亦即同一語言也。以是儘管諸多例子在現代語言學的理解下並不爲同義，卻不妨礙吾人如是去理會二王學說。以下擬更說明二王「同語」之定位。

在此不妨以胡繼明在《《廣雅疏證》同源詞研究》中，整合自王寧與孟蓬生的「義素分析法」做爲理解的框架。

> 在詞源意義的分析上，我們採用王寧先生提出的義素分析法。這是王寧先生將西方詞義學的義素概念引入漢語詞源研究領域而形成的一種全新的同源詞詞義關係的分析方法。王寧先生從詞義結構的角度，把漢語詞義的内部因素區分爲表層使用意義和深層隱含意義。把詞的深層隱含意義稱作"核義素"或"源義素"，它是詞義中體現詞義特點的部分，是小於義位（義項）的單位；把詞的表層使用意義稱作"類義素"，它是體現詞的事物類別的部分，它也是小於義位（義項）的單位。並指出：「同源詞的類義素是各不相同的；而核義素是完全相同或相關的。」（頁 53）
>
> 當分析對象是由名詞、形容詞、動詞等不同詞性構成的一組同源詞時，孟蓬生先生主張用範疇義素代替類義素。（頁 54）
>
> 王寧先生說：「同詞性的同源詞的意義關係是建立在核義素相同的基礎上，它們因類義素的對立互補而區別爲不同的詞，不同詞性的同源詞一般不具有類義素的對立互補，而它們的核義素卻是直接相關的。就源詞與派生詞而言，源詞的意義直接被吸收作派生詞的核義素。這時，派生詞的造詞理據也就直接含在源詞的意義中了。」（頁 54～55）

雖然本文不見得完全贊同其在同源詞上的施用，不過這個方法呈現了許多學者自覺或不自覺的，理解同源詞「義通」的模式，而確實有助於區別同源詞間義項中的微異。

簡而言之，同源詞間「義通」的現象包含了同與異二者，同者指的是義項中構成系聯、引發孳生的義素，即王寧所稱之「核義素」；而異者則謂某詞具體施用於不同語境、為不同事理命名而隨之複合、固定於義項內的義素，即前述「類義素」與「範疇義素」之謂。在這個概念下，吾人可以說，核義素其實是義項的「本體」成份，而類義素、範疇義素，甚至還可能出現的其他類似的義素，則是義項的「附著」成份。

以是回到語言發展以及語用的立場來看，本體成份是語言發展、施用中自始至終不變的主體；而附著成份其實是因語境不同而產生的臨時義素，這個義素可能隨著使用頻率的多寡而影響其固定性，而對造成義項不同的變化。一般說來，如果在某一語境的使用頻率不高，吾人只會執其本體，透過上下文去確定它的具體指稱，對義項不會造成任何影響。而隨著使用頻率的增高，則該語境可能會產生較為專用的附著成份而與本體逐漸固定，形成一個獨立義項，此即一般所謂之引申義。最後這個義項可能因時空變化而使音、義與原詞微別，或是在字形上增加偏旁而形成專字，〔註20〕則便標示著此義項脫離原詞獨立，而正式成為一同源詞了。

以此而衡諸二王轉語的同義，其實是就核義素的層次來說的。故如《釋大》：

> 衍，大也。故廣謂之衍，長謂之衍，盛謂之衍，多謂之衍，水溢謂之衍，澤謂之衍，下平謂之衍，山阪間謂之衍。（第六，頁1）

乃以「大」為核義素，而統合「衍」字在諸多語境下的施用。特別是「衍」字在諸語境中形、音皆不別，若澤、下平、山阪之專名，可為之另詞，而廣、長、

〔註20〕此二現象並非涇渭分明，而時常交互影響、相伴發生。其中，前者純就語言而謂，是一般聲近（同）義通（同）現象；而後者乃就文字言，亦即龍師所謂之轉注字。大抵初生之轉注字既增加偏旁形成專字，儘管音、義仍可與原詞互通，然則單一義項的文字化本來便可視為新詞獨立的指標，同時分化後的義項在使用範疇上亦較原詞專門、狹隘，因此理應視為二詞。而在這個意義上，轉注字之形符其實即類義素、範疇義素之具象化也。

盛、多、水溢之形容，實可視之爲引申義。更以此而視「祁」字之轉：

> 祁，大也。故衆多謂之祁，老謂之耆，長謂之耆，彊謂之耆，馬鬣
> 謂之鬐，魚脊上骨謂之鰭。（第三，頁1）

雖形、音、義皆有微異，亦不妨礙可以是同一邏輯下的認知。

　　因此可說，在這個層次上，隨語境而附加的臨時義、引申義，乃至轉語在本質上是一致的，併可視爲某一義項的變體。胡師楚生謂：

> 訓詁上所注重的是詞彙在文句中彼此聯系時所表現的意義，但是，
> 如果不了解詞彙在孤立時的本義和假借義，那麼，許多引申義和通
> 假義的情形便也不易確切地掌握到，所以，詞彙的本義和假借義（尤
> 其是本義），在詞義的研究上，仍然是極端重要的。（《訓詁學大綱》，
> 頁23）

本文以爲二王之論轉語，亦是在同樣的邏輯下，而更強調執簡御繁之理者。亦即，如果排除了時空、語境等諸多變因，便可統合諸多變體，而歸納出一個「同條」之核義素，倘執此核義素以訓釋諸般語境，則可無入而不「共貫」了。

　　3.「同條」之定位

　　在前述中，本文以爲溝通轉語所得之共相，實是王寧所謂之核義素。並且從發生的意義來看，這個核義素所代表的語言，似乎即是語源。因此諸多學者便直接將之視爲語源學，而有今日同源詞之謂，如：

> 王念孫吸收了右文說的合理成分，擺脫了傳統右文說的束縛，認識
> 到形聲字“聲中有義”的特性，以聲音爲綱，通過對一系列形聲字
> 聲符的排比歸類，特別是解讀了“同一聲符”可以構成多組同源詞
> 的現象，揭示了一組組同源詞的語源意義，補充豐富了同源詞的研
> 究方法。王念孫的這些研究同源詞的方法，被後來科學的詞源學所
> 借鑒。（胡繼明，《廣雅疏證》同源詞研究》，頁573）

　　不可否認地，如果以現代語源學的概念去框架二王之轉語說，確實有許多若合符節的成份。然而一個學術的建立，除了技術系統、思維模式的類同之外，更重要的，恐怕還在其目的的設定或是構成的本質。此猶如同源詞之語根，即有音義皆同的二詞，在語根不同的情況下，也只能視爲偶合，不得繫爲

同源。以視二王之轉語，既然在目的與本質上，皆與現代語源學有其根本差異，勉強牽合，恐亦不免要指鹿為馬了。

在前此的論述中曾經指出，二王之轉語並不排斥多「源」共存；而「衍」字之例多有引申之義存焉。前者有違語言孳生之原則，而後者則尚未獨立成詞。二者皆與現代語源學就「詞與詞之間」，「求語源」、繫同源之基本概念有著明顯的矛盾。這種矛盾很難以二王「語言概念不清楚」為由帶過，較可能的推測，還是應該認為在二王的理論中根本不以為忤。以下更就目的與操作二端論二者之有別。

就目的言，固然本文仍以為，在二王之學術中，小學有獨立的傾向，然而不可諱言者，小學之主要目的，仍在於解經一事。以是二王「就古音以求古義」，所謂「古」者，具體指的應是先秦聖人撰作經籍的時代，而不是其它。這一點可以從二王論古音義之取材可見。如：

> 訓詁之學，發端于《爾雅》，旁通于《方言》，六經奧義，五方殊語，既略備於此矣。（王引之，〈經籍纂詁序〉，《王文簡公文集》，卷三，頁 8）

> 念孫少時服膺顧氏書。年二十三，入都會試，得江氏《古韻標準》，始知顧氏所分十部猶有罅漏。旋里後，取三百五篇反覆尋繹，始知江氏之書仍未盡善，輒以己意重加編次，分古音為二十一部。（王念孫，〈荅江晉三論韻學書〉，《王石臞先生遺文》，卷四，頁 1）

前者論義，以《爾雅》為訓詁之發端；後者析聲，以《詩經》為音韻之據依。是只要能以聖人時代之語言以解聖人之經，而訓詁之功已足矣。

在如是立場下，吾人其實未見二王需要求語源的動機。相反地，石臞〈程易疇果臝轉語跋〉中「絕代異語、別國方言，無非一聲之轉」之概念，實已基於一貫之理，而取消了時、地居間所造成之影響。因此所得是否為語源、語根，對二王而言似乎不是問題。

程瑤田《果臝轉語記》，其後有銘曰：

> 轉語胡始，姑妄言之，迺釋果臝，遂以先之。何先何後，厥終厥初，如攜如取，信筆而書。來今往古，四方上下，大夫學士，老嫗稚子；典冊高文，鄙諺里語，胡不攷焉，茲為遺矩。

是程氏亦不以此爲意也，此略可爲二王轉語不論先後之旁證。

至於二王仍有如斯之話頭：

> 取古人之傳注而得其聲音之理，以知其所以然。（王引之，〈經籍纂詁序〉）

其「所以然」者，較合理的理解應是由同條共貫之理，以解諸般轉語之義，未必即是語源。蓋前者可爲共時系統，就整體語言的有機系統以說明個別語詞使用的意義，二者層次不同；〔註21〕而後者則爲歷時系統，就語言孳生的概念去尋繹語源，說明某詞音義之所由，屬於同一層次。

其次，就操作言，雖然二王的轉語仍以語言引申的概念做爲聲近義通現象的理論基礎，同時由諸多轉語間所歸納出的一貫音義又極容易被視爲一種「本來面目」，二種前提的結合很可能便造成一個探求語源、語根的假象。如阮元之〈釋門〉便貿然而有此意：

> 凡事物有間可進，進而靡已者，其音皆讀若門。或轉若免若每若敏若孟，而其義皆同，其字則展轉相假，或假之於同部之疊韻，或假之於同紐之雙聲，試論之。凡物中有間隙可進者，莫首於門矣。（《揅經室集》，頁 25～26）〔註22〕

這種莽撞的認知在今日語言概念逐漸清晰後自是少見。然而只抓住語詞產生時代之難言，以修正語源學，大抵亦只將求語源轉爲繫同源耳。此看似更接近二王之轉語說了，不過，本文以爲其間仍有著本質上的差異。

〔註21〕此略同於索緒爾「整體語言」（langue，或譯爲語言）與「個體語言」（parole，或譯爲言語、言說）中的一個差異。索緒爾謂：「於整體語言內，我們擁有可聯想或喚起的符號的總和，然而這類動作只能經由言說（個體語言）才會發生。」（《普通語言學教程》，頁 80）依此，吾人可說個體語言爲具體使用語言的行爲，而整體語言則是說話中所藉以表達意思的那一整個音聲符號系統。事實上，索緒爾分辨二者之概念頗爲精細，本文在此的借用並非其整體義涵，僅針對此一分別說明二王之轉語理論實可視爲在整體語言系統中去理解個人（聖人、經書）語言使用的意義耳。

〔註22〕雖然阮元有此理解，然而亦有程瑤田知其先後難定，未可遽以爲源者，是不可依此以爲二王、或清儒皆做如是認定。而從二王自出的議論看，固仍應該視爲易疇一類也。

一般而言，就語源學之概念來系同源，儘管可以不別諸同源詞的先後，然而那是技術的限制使然，就理論而言，詞義的引申發展是複雜、多向的，以是如果不能理出其間的脈絡，而疏忽了其中應該系聯的環節，便可能使得同源詞的系聯不夠完整，甚至不可靠。如任繼昉所謂：

> 同一詞族中的根詞、同族詞與語根的關係，並不是等距離的，而是有親有疏、有遠有近的。例如，直接由語根*kl–生發的根詞"果贏"和由此孳乳的同族詞"栝樓"，其音義來自"骨碌"聲響的跡象十分明顯；繼而孳乳的"蛞螻"、"螺贏"、"果贏"，其語源意義就已經所剩無幾，以致於現代一般人已經難以察覺其音義來源了；由以再孳衍出的"穹隆"、"昆侖"、"佝僂"，再孳乳出的"角落"、"窟窿"、"康㝩"，其語源意義已消失殆盡，與語根的關係已十分疏遠了，恐怕連一些有訓詁修養的人也可能不肯輕易認可它們與"骨碌"的關係吧。（《漢語語源學》，頁 150）

雖然就現實的技術層面而言，這一個孳生系列的系聯未必具有足夠的可靠性，然而這一類的孳生發展類型卻是符合邏輯的。在這個例子中，可想而知地，孳生的過程必然不會只是一時一地的，而經過一連串的孳生，而其音義必然要與語根漸行漸遠，以是如果未能確實掌握其來龍去脈，那麼語根與末端孳生詞的系聯便將出現極大的困難。因此真要站在語源學的角度考量，又聲稱可以不別時代先後，而能完成同源詞的系聯，其實不免自欺欺人。

反之，回到二王之轉語，則考慮的面向其實是不同的。前述曾經指出，二王的轉語乃是同一語言的變體，因此溝通轉語的目的，主要是尋繹諸變體、即轉語間共同的核義素。就此而言，它是超越時空，而不須考慮其引申序列的。於是落實到操作概念上，二王只需掌握語言的二大要素，即音與義，證明諸詞間在上古音、義的全同，便可確定其本為一語。如《釋大》中，石臞具體的操作步驟其實並不考慮引申，而只是蒐集同義之詞，而以聲為繫，通其輾轉耳。如王國維所述：

> 正書清稿。取字之有大義者，依所隸之字母彙而釋之，并自為之注。……。然雅詁之繁，固不能一一為之疏釋，先生蓋特取《爾雅》首數目釋之，以示聲義相通之理，使學者推而用之而已。（〈高郵王

懷祖先生訓詁音韻書稿敍錄‧釋大七篇二冊〉,《觀堂集林》,卷八,
頁 397～398)

移以證之《釋大》之例:

> 祁,大也。故眾多謂之祁;老謂之耆;長謂之者;彊謂之者;馬鬣
> 謂之鬐;魚脊上骨謂之鰭。(王念孫,《釋大》,第三上,頁 1)

> 汪,大也。故水深廣謂之汪;池謂之汪。汪、滃、泱聲之轉,故大
> 水謂之泱,亦謂之滃,亦謂之汪。(同上,第五下,頁 2)

> 京,大也。故天子之居謂之京;十兆謂之京;高丘謂之京;方倉謂
> 之京;大廡謂之廬。(同上,第一上,頁 2)

知所言可不爲虛。

除此而外,石臞所稱道易疇之《果贏轉語記》者,大抵亦有同恉。殷寄明
曾述其例曰:

> 程瑤田的《果贏轉語記》,是研究"果贏"一詞的龐大詞族的專門之
> 作。"果贏"本是人們口頭語中一個描摹圓形物的詞,此二字是模
> 擬詞的聲音的。程氏根據聯綿詞的雙聲疊韻線索,考證了二百多種
> 圓形物的名稱在文字形體上雖有差異,但其聲韻都與"果贏"相同
> 或相近,從而認爲這二百多個詞是由同一語源所孳乳出來,並由此
> 闡發了語詞音義通轉的道理和事物命名的規律,云:"聲隨形命,
> 字依聲立,屢變其物而不易其名,屢易其文而弗離其聲。"(《漢語
> 語源義初探》,頁 13)

在如此的操作中可以發現,不論二王或易疇,都是在一個共時的平台下系聯轉
語的,易言之,諸轉語之先後不在考慮範圍,而轉語間的所生、孳生亦不爲所
重,唯一強調的,只是音近、義同二個條件而已,這顯然亦與語源學的要求不
符,不僅不會是有意求語源者所將構想,而其操作同樣亦不能唐突地借用到同
源詞的系聯上。

至是回到二王自身的理路,自然不宜再將其共貫「同條」者視爲語源。而
由其假設同一語言的立場,以及在諸多變體中歸納同一聲義的操作來看,本文
以爲龍師宇純在考釋文字中所主張之「基因」(basic factor)概念,更能見其眞

義。〔註23〕以是可以說，不論就目的、抑是結果言，二王之因聲求義、溝通轉語，大抵旨在「求基因」耳。

4. 語轉之層次

在前面的討論中，本文曾經指出二王轉語說的二個前提。其一，二王所謂之「古」基本上是先秦經典時代；其二，二王之轉語原來本即一語。這兩個前提乍見之下，似乎各自獨立，然而論及音轉範疇時，不難發現，其間卻隱約出現矛盾。意者，二王之溝通轉語，乃旨在恢復轉語背後的那一個共同語言（基因），因此必須證明諸轉語在尚未分化的「古」代音義全同，才能確定其並非二語。而二王既將「古」代定位在先秦經典時期，那麼諸轉語在先秦，理論上似乎便必須假定成一個音義全同的狀態為是。然則事實並不然，在二王的操作中，儘管引證的是先秦的資料，吾人仍看見諸轉語間音義的縫隙：音有通轉，以及類義素的相異。這似乎不是一個合理的現象。自然，吾人沒有足夠的理由去懷疑二王對此沒有自覺，同時也不能籠統地以一個「時代局限」帶過，那似乎不該發生在這麼粗糙的地方。因此本文仍嘗試從二王的理論中去揣度其可能之理解。

首先，就「義」的一面而言，這是比較沒有問題的。因為在二王的轉語說中，儘管時空會造成語義的變化，然而新的語義其實是舊詞原有的核義素與其施用於事理中所產生的類義素的結合，故其語義雖有不同，卻在核義素上仍維持與原詞的重合。就此而言，時空可能造成的影響，只在附加的類義素而已。因此如前所述，二王轉語之「同義」，乃純就核義素的一端而言，在不考慮類義素變化的立場下，時空的影響自然亦可以不計。

其次，在「音」的一面，其變化就顯得較為多元。緣於一個字音的音節結構，包括聲母、韻頭、韻腹、韻尾等，都可能各自發生變化，以是在諸轉語間並不能歸納、亦不能假設一個共同的基因，因此在時空的影響下，便不得不面對語音可能的差異，這便造成音轉存在的空間。

二王既然肯定經典時代已有轉語的發生，那麼便可以假設二王確實承認有一個更早的「原始語言」的存在。以是配合二王以為轉語形成的原因，其演變模式可推測圖示如下：

〔註23〕龍師宇純之「基因」說已見上述，此不贅言。

（1）轉語成因

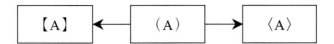

（2）單詞語變層次

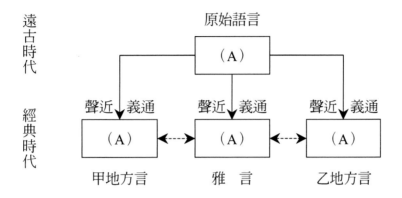

　　此爲同一語詞在時空遷移下的自然變化，其中「原始語言」（以下簡稱「原」）爲早於經典時代，轉語尚未分化時期之語言原貌；「雅言」（以下簡稱「雅」）爲經典用語，是訓詁主要致力的對象；「甲地方言」（以下簡稱「甲」）、「乙地方言」（以下簡稱「乙」）代表經典時代之各地方言。一般而言，原始語言既衍成雅言與方言，則其中必然有其一定的音、義變化，緣於各地方言變化的速度頗不一致，而變化的程度亦難以明確估計，因此本文暫以「聲近義通」約略表示之。

　　於是會合二者，則可如下者：

（3）轉語語變層次

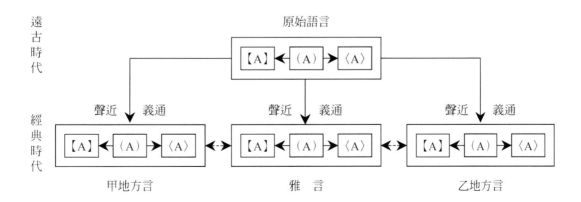

這自然只是一個頗為單純的雛型，如果更考慮方言與雅言間、方言彼此間，甚至外來語的交互影響，則其音轉義變的程度只會更加複雜。為方便討論，這裏僅就此一雛形窺其大要。

在這一個簡易的雛形中，如果具體估量其間的語轉層次，情形其實不會只是表面所見的這般單純，以下，本文則嘗試呈現其間的幾個主要層次與脈絡。

① 原始語言時代，【A】＝（A）＝〈A〉：音同義同。

② 若加入時間因素：

(a) 原（A）≒雅（A）；原【A】≒雅【A】；原〈A〉≒雅〈A〉：聲近義通。

(b) 雅（A）≒雅【A】、雅〈A〉：聲近義通。

(c) 原（A）與雅【A】、雅〈A〉：

原（A）≒雅（A）≒雅【A】、雅〈A〉：聲近義通＋聲近義通。

(d) 原（A）與雅〈A〉：（同上）：聲近義通＋聲近義通。

(e) 甲、乙地方言可依此類推。

③ 再增加地理變因：

(a) 甲地方言與雅言並無直接聯繫，其聯繫乃透過原始語言而建立，故甲（A）與雅（A）：

甲（A）≒原（A）≒雅（A）：聲近義通＋聲近義通。

(b) 甲（A）與雅【A】：

甲（A）≒原（A）＝原【A】≒雅【A】：聲近義通＋聲近義通。

或者：

甲（A）≒甲【A】≒原【A】≒雅【A】：聲近義通＋聲近義通＋聲近義通。

此可見操作路徑不同，而語轉程度亦不相同。一般系源多先各自溯其古音而後論其音義之同近，宜屬前者。

(c) 乙地方言與雅言、甲地方言之情況亦可類推。

是可知同一方言中的轉語，與各方言間的轉語，其變化的層次並不一致。而儘管只經過一個階段的語變，而轉語之間音義的變化實已隔了二層。

二王於此僅以籠統地以聲近義通的原則帶過，其實頗不精確。吾人難以確

知二王對此之自覺程度，倘若大膽地推測，也許可有以下二個原因。

其一，對「古」之概念並不精確。雖然吾人不須懷疑二王對「時有古今、地有南北」的語言認知，然而在這個語言變遷的概念下，其對所謂古、今的概念，語言變化的實際狀態等的掌握，究竟到如何的程度，卻不是毫無疑義的。事實上，二王「就古音以求古義」的概念所針對的，只是以該文獻撰作時代的語言去解釋該文獻耳。落實到經學，「古」指的主要是先秦經典時代，這從二王論音重《詩經》、得義本《爾雅》可以確知。然而古、今本是一個相對的概念，以清與先秦對照，而今古可以確然，若就先秦與先秦以上之遠古相較，對清而言，其今古界限也許便不會被同樣地強調。於此，吾人可以由二王及清儒看待漢代傳注的態度類推。如：

> 自漢以來，說經者宗尚雅馴，凡實義所在即明箸之矣。而語詞之例則略而不究，或即以實義釋之，遂使其文扞格而意亦不明。（王引之，〈經傳釋詞序〉，《王文簡公文集》，卷三，頁 6）

此雖批評漢儒於虛詞之不解，然大體是肯定漢儒說經之雅馴者。而〈與焦理堂先生書〉中，則又以惠棟為例，而以為株守漢學之不宜。

> 惠定宇先生考古雖勤而識不高、心不細。見異於今者則從之，大都不論是非。如說《周禮》「邱封之度」顛倒甚矣，它人無此謬也。來書言之，足使株守漢學而不求是者爽然自失。（王引之，《王文簡公文集》，卷四，頁 1）

故中庸之道，乃「孰於漢學之門戶而不囿於漢學之藩籬者也。」〔註24〕大抵清儒以漢人距古未遠，存有師法，以是有如惠棟之流，乃唯唯尊信漢師故訓者。而如二王之期於求是，多半亦似東原一輩，僅在態度上保持一個尊重而不盲從的空間而已。以是儘管清人已知漢與先秦不同，然而卻不見企圖，去具體、精確地分辨二者的差異。

漢代之於先秦，尚有文獻可以比對，而清儒已無意細究其同異，至先秦而上，則文獻無徵，清儒又如何考究其變化？要之，對清儒而言，所謂之「古」，大抵以先秦為核心，而其上之遠古與其下之漢，皆只為概括之涵攝。以是二王雖然可以將原始語言推至遠古時代，並且也明白遠古與先秦之語言有別，然而

─────────────

〔註24〕王引之，〈經義述聞序〉。

卻極可能不會精確地估量，只籠統地保持距離，容許音轉發生的空間以做為因應而已。〔註25〕

其二，考據技術之局限。不可否認地，在文獻有限的窘境中，所謂的上古音系統，在清儒的努力下，從亭林的十部一直到石臞的二十一部，〔註26〕已是一路篳路藍縷的過程。時至今日，不論材料的開發，以及技術的創造，依然不見突破性的發展，致使清儒的成果迄今仍鮮有能推進者。若裘錫圭所謂：「文字是記錄語言的符號」（《文字學概要》，頁 1），確然。對於有文字記錄的語言，其音系的構擬已是困難重重，一旦面對缺乏記錄的語言，恐怕真要令人一籌莫展了。因此即使二王確知原始語言之與先秦雅言未可一概而論，然而在全然無徵的處境下，也許亦只能在原有的上古音系統上，參酌其它零碎資料修訂，以「準」四方、上古之語。這是一種無可厚非之法，即令今日亦不更有進展，只是如果吾人尚未遺忘由唐韻構擬之上古音之失，那麼應該明白這種操作的誤差範圍將有多大，特別是對一無文獻可考的上古而言，則根本連臆測的座標都不存在。因此保持距離，留下語轉空間，也許便是一種權宜之計了。

不過，上述這個理解還是在肯定二王語言認知下的設想。事實上，從清儒上古音研究的歷程來看，其實也頗為令人懷疑，清儒之古音學，是否有追溯遠古的概念？一般說來，自亭林糾正吳棫《韻補》取材下及宋人之疏，而將古音材料限定在以《詩經》為主的先秦典籍之後，清儒的古音研究便一路地向《詩經》靠攏，如董同龢先生所謂：

> 從段玉裁起，大家又看出兩漢用韻比先秦寬，所以取材方面就更嚴格的以《詩經》為主。（《漢語音韻學》，頁 245）

以是段、王二人之古音系統，其實皆以《詩經》做為主要的根據：

> 丙戌丁亥閒，余讀《毛詩》，有見於支脂之古平入各分為三；尤與侯、真與文，古亦各分為二。病夫顧氏、江氏之不能分也，乃作《詩經

〔註25〕事實上，這種「權宜」之道，即在今日亦仍有之。在確定語言與文字時代的極度遠隔、也肯定十五國風必有方言之異，然而卻仍含糊籠統地執一《詩》、《楚》、諧聲系統之「上古音」論語根、說孳乳，而甲金簡帛文字，一概不別也。

〔註26〕諸家皆依《古韻譜》等資料，謂有石臞分古音二十一部。而舒懷則據陸宗達整理王氏手稿中之《合韻譜》，謂有二十二部。（《高郵王氏父子學術初探》，頁 28～30）此二者有何異同，未能確知，而手稿之年代、屬性亦待考訂，此暫依舊說。

韻譜》、《群經韻譜》，既定爲《六書音均表》，分爲十七部。……。
蓋顧氏與余皆考古功多，審音功淺。江氏、戴氏二者皆深，而晉三
〔江有誥〕於二者尤深，據《詩經》以分二十一部。（段玉裁，〈江
氏音學序〉，《經韻樓集》，卷六，頁13～14）

念孫少時服膺顧氏書。年二十三，入都會試，得江氏《古韻標準》，
始知顧氏所分十部猶有罅漏。旋里後，取三百五篇反覆尋繹，始知
江氏之書仍未盡善，輒以己意重加編次，分古音爲二十一部。（王念
孫，〈答江晉三論韻學書〉，《王石臞先生遺文》，卷四，頁1）

而儘管段氏《六書音韻表》在諧聲偏旁利用上的成功一向爲人所稱道，然則如
其所述：

六書之有諧聲，文字之所以日滋也。考周秦有韻之文，某聲必在某
部，至嘖而不可亂。故視其偏旁以何字爲聲，而知其音在某部，易
簡而天下之理得也。（《六書音韻表》，《説文解字注》）

諧聲也必須經過「周秦有韻之文」的驗證，才能做爲一種輔助的旁參資料。

　　因此在這種發展過程中，清代的古音學其實便幾乎是「《詩經》韻譜」的構
建與修訂。這是清儒治古音的基本前提，也是態度愈趨謹嚴下的結果，以是清
儒一論古音，便只知在《詩經》上著手。這不免令人懷疑，一旦跳出《詩經》，
清儒是否還有著力處？在向以經學爲尊的心態下，清儒是否將顧及《詩經》而
上的語言？如果清儒不能跳脫《詩經》韻譜即是上古音系統的制式反應，那麼
大概也難以正視遠古音系的問題了。

　　因此綜而言之，對於二王容許轉語音變的空間，較可能的理解也許是二王
意識到遠古與先秦語系之有異，然而因爲對其具體影響的概念模糊，同時又存
在技術、理論的限制，以是便保留了一個自由心證的語轉空間以爲因應。

　　5. 與東原之同異

　　最後尚要附帶提及的，是二王與東原轉語之干係。事實上，緣於東原轉語
之資訊並不多見，而其具體實踐《轉語二十章》亦未見成書，〔註27〕因此恐怕

〔註27〕曾廣源〈戴東原轉語釋補敍〉中以爲《聲類表》合〈轉語二十章序〉即《轉語二
　　　　十章》全書。然二者標題主旨不同，且表中缺乏釋義，以言「音」轉則可，欲謂
　　　　「語」轉則似有不足。蓋轉語之條件乃聲近、義通二者之兼及也，缺一則單只是

也只能保守地點出其中幾個異同。

首先在相同的部份，東原之轉語就現象言，亦以爲是同義詞，如其〈序〉中所舉之例：

> 參伍之法，台、余、予、陽，自稱之詞，在次三章。吾、卬、言、我，亦自稱之詞，在次十有五章。截四章爲一類，類有四位，三與十有五，數其位皆至三而得之，位同也。凡同位爲正轉，位同爲變轉。爾、女、而、戎、若，謂人之詞。而、如、若、然，義又交通，並在次十有一章。

皆以同義而相轉。

然而論及轉語之成因，則二者似有不同。如前所述，東原之轉語乃爲假借之一環：

> 故六書依聲託事，假借相禪，其用至博，操之至約也。學士茫然，莫究〔所以〕，今別二十章，各從乎聲，以原其義。(〈轉語二十章序〉)

故以爲聲近義通乃由於義自聲出，是被借字附著假借義的結果。依此推想，大約東原之轉語仍在文字上有其拘束，旨在溝通字形不同，而音義皆近之字。而二王之轉語則以爲事相近者多以同名命之，故物類雖別，而語言則一。在這個成因上，二王實全然站在語言立場，「不限形體」，以是如「衍」字之例，其形不二，本可謂之引申，而石臞仍可視爲轉語。

石臞之學本出自東原，而於東原轉語之說卻未及一語，實難確知其於東原轉語成因之肯否。要之，石臞既有他說，即不反對，可能亦不是完全接受的。

除此而外，在具體的實踐上，二者古音系統的不同、音轉範圍的認定皆屬技術層面的問題，可以肯定的是，二者論音同近之原則，皆不單指聲或韻的一端，而需二端同時配合始得。外此，宜略可注意者，則在石臞之《釋大》乃以「大」之同義詞群爲主，雖以聲紐分卷，其間則聲隨義轉，「引申觸類」而隨走

同音或同義之詞耳，東原既欲申明轉語，應不致爲此「片面之詞」，以是儘管《聲類表》與《轉語二十章》極其密切，亦不失爲《轉語》音變之理之據，然只可說，此同出於東原古音學說之發用，卻不能貿然直接等同也。況二者之撰作一在乾隆四十二年，一在乾隆十二年，足足三十年之遠隔也。

隨至。至東原則如前引之文，有同位之合，亦有位同之通；有台、予之自稱，亦含爾、女之謂人，是所重不在一系同義轉語之系聯，而更重於音理之自然節限。就此而言，東原實更見規模。曾廣源曾謂：

> 古今言音聲之書多矣，求其綜聲例以探音訓之原，考音位以極聲韻之變，自漢魏以來，未有如《轉語》者也。（〔原注〕：《轉語》之要，固在聲韻並表，尤要在于聲類韻部而外，闡明音位，以綜聲韻之轉變，凡同類同部相轉之訓，前人所已經證明，而無所統者，惟《轉語》可以統之。其異類異部之相轉，說以雙聲疊韻，而不能通者，亦惟《轉語》爲能通之，知其法者，百家皆無堅城。視惠、段、王、郝諸家，局促于聲韻之間，遇變例而躓躓者，相去不可以道里計也）
>
> （〈戴東原轉語釋補敘〉，《戴震全書》，冊七，頁 244）

可謂深中其旨。

以上所論，雖僅數端，然頗可見出除語言內部聯繫一項之肯定外，其師弟二（三）人乃多有異趣。吾人也許不須懷疑雙方之傳承淵源，這本是乾嘉學風之常態，然而此亦頗可注意，或者由於語言與孳生的概念在此時才爲人所發現而重視，故其發展乃迭有突破，而其理會亦是異見紛出、諸家爭鳴了。

（三）假借

二王在訓詁學上的另一個重要成就自然是假借字的破讀了，而這同樣是語言概念與古音學的發用。

伯申〈經義述聞序〉中謂：

> 大人曰：「詁訓之指存乎聲音，字之聲同聲近者，經傳往往假借。學者以聲求義，破其假借之字而讀以本字，則渙然冰釋。如其假借之字而強爲之解，則詁籍爲病矣。故毛公《詩傳》多易假借之字而訓以本字，已開改讀之先，至康成箋《詩》注《禮》婁云「某讀爲某」，而假借之例大明。後人或病康成破字者，不知古字之多假借也。」
>
> 《王文簡公文集》，卷三）

這是二王對破借字的認識與強調，大抵以爲古時用字多有假借，此毛、鄭已知之矣，故欲得經文本意，破借字有其合理性與必要性。若必欲執經文之表象以勉強疏通，不僅滯礙難解，亦且有違歷史實情。而對於假借之成因，伯

申則謂：

> 引之謹案，許氏《說文》論六書假借曰：「本無其字，依聲託事，令、
> 長是也。」蓋無本字而後假借他字，此謂造作文字之始也。至於經
> 典古字，聲近而通，則有不限於無字之假借者，往往本字見存，而
> 古本則不用本字而用同聲之字。學者改本字讀之，則怡然理順，依
> 借字解之，則以文害辭，是以漢世經師作注，有讀爲之例，有當作
> 之條，皆由聲同聲近者，以意逆之而得其本字，所謂好學深思，心
> 知其意也。然亦有改之不盡者，迄今考之文義，參之古音，猶得更
> 而正之，以求一心之安，而補前人之闕。（《經義述聞・通說下》，卷
> 三十二）

此爲《經義述聞・通說》中「經文假借」一條，則伯申之重視可見一般。此中
所論假借成因有二，一就造字言，是本無其字的假借；一就用字言，是本有其
字的假借，今又別謂之爲「通假」。對伯申而言，其「經文假借」致力的對象自
然只能是本有其字的假借，而不會是其他。〔註28〕

　　誠如伯申所言，假借之法實由來已久。然運用之廣，亦未如二王者。儘管
二王之成績乃有目共睹，然而破字爲說本身實仍存在一定之局限。如陳紱所
謂：

> 假借之說的研究，在清代已達到高峰，條例很清楚，理論也較完善，
> 尤其是王氏父子，在發明假借方面確實超過了以前的任何學者，這
> 是偉大的貢獻。而這種貢獻的相反的一面就是引導一些人隨便講假
> 借——知音而濫用。（《訓詁學基礎》，頁 194）

這種現象本是可以預料的。不可否認，二王在求本字的立論上，確實廣求義證；
二王本身之學養亦足令人望塵。然而如果吾人沒有忘記清儒對宋學的嚴厲批評
便在鑿空之事，則考據學派自不應在理論上還存有過度「心證」的空間。遺憾
的是，伯申在〈通說〉中指出漢世經師求本字的主要根據竟仍是：

> 至於經典古字，聲近而通，則有不限於無字之假借者，……，學者

〔註28〕二王使用「假借」一詞並不必然是專名，如此處所指已有二端，不得相混，而前
　　　　引《廣雅疏證》「蓋即一物之名，而他物互相假借者往往而有。」又顯見指的是「名
　　　　稱」，而與文字全然無涉者。欲明二王假借眞義，其中微別自未可一概而論也。

改本字讀之，則怡然理順，依借字解之，則以文害辭，是以漢世經

師作注，有讀爲之例，有當作之條，皆由聲同聲近者以意逆之而得

其本字，所謂好學深思，心知其意也。

這裏雖然談的是漢世經師，然而「是以」二字，大抵則透露了伯申的肯定之意。二王大概沒有意識到，所謂「以意逆志」並不只是語言文字的問題；所謂「心知其意」必須站在聞道的前提下，以是東原之《七經小記》不廢〈原善〉一篇，而「大道不敢承」的二王自不能令人適意了。

二王求本字之說既立足在這個「心證」的基礎上，則如阿倫森（Aronson, E.）解釋「確認偏見」（confirmation bias）之概念所謂：

一種傾向，一旦我們陳述了一個信念，我們就會以一種偏見的態度

看待隨後的證據來盡可能證明這個信念是正確的。（《社會性動物》，

頁 454）

因此若所逆之志與二王同，則其後之博證皆確然不移；反之，若所逆之志與之相違，則再多的用例皆不外只是穿鑿。是證據在此的作用實不若推想、想像之有徵。

不過，雖然本文認爲二王破字之說在理論、技術上有其破綻，卻不表示對其方向也持否定的態度。大抵如果先秦眞以假借爲常，吾人也只能站在這個基礎上去求技術的發明了，二王在此實仍居功厥偉，而後人之泛濫亦眞愧對二王矣。

以上，本文約略介紹了二王假借說之大要，及其局限。以下則更就其與轉語之配合稍做討論。

轉語與假借，就其途徑言，皆是因聲求義，同爲二王古音學說的應用，若伯申〈春秋名字解詁敘〉所云：

夫詁訓之要，在聲音、不在文字，聲之相同相近者，義每不甚相遠，

故名字相沿，不必皆其本字，其所假借，今韻復多異音。畫字體以

爲說，執今音以測義，斯於古訓多所未達，不明其要故也。今之所

說，多取古音相近之字以爲解，雖今亡其訓，猶將罕譬而喻依聲託

義焉。（《王文簡公文集》，卷三）

二者自是相提並論者。然而如果仔細推究，不免有所疑義，蓋同是著眼於音同

音近之字群，轉語談的是義通，而假借談的卻是義隔，二者竟爾互相矛盾。甚至石臞《釋大》有以「字」、「芌」爲轉語者，〔註29〕而伯申〈通說〉竟謂：

> 借芌爲字，而解者誤以芌爲大。（《經義述聞・通說・經文假借》，頁5）

是轉語與假借似乎可有直接衝突之處。筆者並不認爲這種粗淺的疏漏會發生在二王身上，其中或許尚待一段疏通。

首先，吾人可以先注意到兩個特質，其一，就本質言，轉語純是語言問題，而假借則是文字使用引發的語言錯置。〔註30〕如前所述，二王之轉語，乃「引申觸類，不限形體」者，其重點在於說明性質相同的諸多事理，大多命以同名，故循構成語言之音、義兩端，證明其上古不二，則可得之矣。至若假借，則是同音字的任意借用，導致原字形所承載的語言失去聯繫，反倒是假借字的音義鳩佔鵲巢，使得經文的解釋不得其正。故破借字的意圖乃在掌握同音之線索，尋回本字，以復其原有之音義。此不專在文字，亦不專在語言，而實肇端於語言與文字的配合失正上。

其二，就範疇言，轉語只論核義素，而假借則涉及單一義項之整體。這可以右文之說爲之理會。右文說據傳爲宋代王聖美所提出，沈括《夢溪筆談》謂：

> 王聖美治字學，演其義爲右文。古之字書皆從左文。凡字，其類在左，其義在右。如木類，其左皆從木。所謂右文者，如戔，小也。水之小者曰淺，金之小者曰錢，歹而小者曰殘，貝之小者曰賤。如此之類，皆以戔爲義也。（卷十四）

如此現象，沈兼士釋之曰：〔註31〕

> 惟右文須綜合一組同聲母字，而抽繹其具有最大公約數性之意義，以爲諸字之共訓，即諸語含有一共同之主要概念。

並列其公式：

〔註29〕《釋大》第六：「故大謂之字」、「芌，大也。」

〔註30〕若本無其字的假借，則單是文字問題。因二王破字不涉乎此，故以下所論假借純就本有其字者而言。

〔註31〕以下所引沈氏之文俱見〈右文說在訓詁學上之沿革及其推闡〉。

（ax, bx, cx, dx, ……）∶x

其中沈氏假設：

> x 為聲母，ax，bx，……等為同從一聲母之形聲字，∶為表示訓釋
> 之符號。

在右文說中，如淺、錢、殘、賤等字，雖然因為同從戔聲而有小義，然而實際上淺、錢等字並不做小義解，而必須會合水、金、貝、殘等形符之義方為一完整義項。以視轉語，雖然二王並未忽略時空變化，以及同一語言施於各事理因而附加之類義素，然而緣於其意圖乃在溝通轉語，因此只專重於核義素者，此猶如上例之「戔」。至於假借則有不同，蓋假借所言為字形的借用，其意圖乃在求回本字以正確地解釋經文，在此所涉及的語義，是具體在語境中見用的義項整體。比之右文，亦若上例之淺、錢、賤、殘等。對照沈氏之公式，吾人可以易其假設：以 x 為核義素；a、b、……等為類義素；ax、bx、……等則為共具同一核義素之轉語，而依此類推，使用在句子中的語詞，實皆以核義素會合類義素之義項為其語義單位，而轉語分化後所形成的專字，如亦聲字或龍師宇純所謂轉注字者更是此義項的具象。〔註32〕是轉語之針對在公式右側之義素以言其同，而假借所求則是公式左側之義項，繫其源則重其核義素之同出，言其用則要在施用之專指，二者「同義」之單位因其意圖之異而實有不同。

從這兩個性質來看，吾人本可將二者定位為不同層次之議題，而其間之矛盾自亦迎刃而解。蓋同是二詞，就轉語言可為同義，而就假借言卻可以是義隔的。如上舉「芋」、「宇」之例。引之《述聞》曰：

> 〈斯干篇〉「風雨攸除」、「鳥鼠攸去」、「君子攸芋」，毛《傳》曰：「芋，大也。」《箋》曰：「芋，當作幠。幠，覆也，其堂堂相稱，則君子之所覆蓋。」引之謹案：訓大、訓覆皆有未安。芋當讀為宇。宇，居也。承上文，言約之捄之，於是室成，而君子居之矣。鄭《注》「大司徒媺宮室」曰：「謂約捄攻堅，風雨攸除，各有攸宇。」彼處云云，皆約舉詩辭。攸宇即攸芋也。鄭君注《禮》時用韓《詩》，蓋

〔註32〕《中國文字學》：「轉注之字，因語言孳生及文字假借，增加或改易意符，使其原先的母字或表音字轉化為專字。」（頁135）

韓《詩》芌作宇。（王引之，《經義述聞》「君子攸芌」條，卷六，頁
9～10）

是知「芌」、「宇」二者同從「于」聲，而皆有「大」義，故可爲轉語，然而「芌」、
「宇」實各有其本義者，石臞《釋大》釋曰：

芌，大也（《說文》：「芌，大葉實根駭人，故謂之芌也。」）。（第六，
頁4）

宇，屋邊也（《說文》：「宇，屋邊也。」）；羽，鳥長毛也；雨，水從
雲下也。三者皆下覆之義，故大謂之宇。」（第六，頁4）

是「于」之音義（核義素）分別施於草木、宮室，各增加艸、宀爲其形符（類
義素），造成「芌」、「宇」二字，專指草木之芌與「屋邊」之宇。就此而言，二
者又不爲同義。以是上例中，伯申訓「芌」爲「居」，其義乃「屋邊」之引申，
而不能和草木有所聯繫，故僅能視爲假借了。

是轉語與假借，本可各自獨立，不必互相協調耳。不過，如果從訓詁的立
場來看，則二者實又相輔，構成一段必要之訓解進程。具體言之，二王轉語所
重乃語言之內部理據，從語言發展的結構中去證明語義或發掘訓解的線索。然
則質實而言，這種操作頗爲「不切實際」，其所得出之結果是語詞間的共同基
因，而不是章句間的具體用義，因此在語言認知的意義似乎要大於訓詁學的意
義。反之對於文獻語言的理解，或是由校讎而訓詁的解經進程來看，則語言的
外部形式：文字，便是一個最直接而首要的指示訊息，一切的解釋都不能離開
文字的限制，而文獻語言的理解也必須以文字爲其媒介，因此如何正確的掌握
文字，便爲解讀文獻的第一步驟。而假借現象，正是文字訊息指示的歧出，就
此而言，求本字之意義便在於使文字能夠正確地反映語言。

因此吾人可以說，轉語與假借，實站在語言的立場，運用古音學的基礎分
從語言之內、外二端，說明語義的理據、糾正語言的誤繫，因而補足了依文爲
說、即字釋義的義訓傳統，使經文的解釋愈趨於精與確者，而這也正是清代訓
詁學的歷史意義所在。

（四）連語

王念孫沒有給自己的連語觀作出理論性的總結，只在《廣雅疏證》、
《讀書雜志》、《經義述聞》中解釋了大量的連語，又在《讀書雜志‧

漢書十六・連語》中糾正了前人誤釋的二十三個例子。我們就根據

這些材料，完成王念孫連語理論的構建工作。（頁 200）

這是舒懷在《高郵王氏父子學術初探》中的一段陳述，[註33]大致上也代表了多數學者一般的處理方式。確實，二王沒有在連語的定義上有詳細的陳述，同時也沒有具體指出孰爲連語、孰非連語，以是若舒懷一類，先在《廣雅疏證》等書中「設定」了諸多例證的做法，便不能不令人懷疑，渠等是在何種定義下篩選了材料？而在這種刻意篩選後的材料所歸納的結果，究竟是述？還是作？因此爲了避免預設立場的過度介入，本文還是謹愼地先就石臞〈連語〉一段所論以爲理解的基礎。

在〈連語〉中，石臞謂：

> 凡連語之字，皆上下同義，不可分訓。說者望文生義，往往穿鑿而
> 失其本指。……。凡若此者，皆取同義之字而彊爲區別，求之愈深，
> 失之愈遠，所謂大道以多岐〔歧〕亡羊者也。（《讀書雜志・漢書第
> 十六》）

並列舉了二十三個範例爲之說明。自然，如果僅就這段簡短的論述來看，特別是「上下同義，不可分訓」的條例，可能很容易地便將其消融在今人所謂聯綿詞的概念之中。然而如果檢視其例中說明，則情形恐不如是。以下試一一摘要說明：

1. 流虒

> 〈武紀〉「受賞爵而欲移賣者，無所流虒」，應劭曰：「虒音移，言軍
> 吏士斬首虜，爵級多無所移與，今爲置武功賞官，爵多者分與父兄
> 子弟，及賣與他人也。」師古曰：「此說非也。許愼《說文解字》云：
> 『虒，物之重次第也。』此詔言欲移賣爵者，無有差次，不得流行，
> 故爲置官級也。虒者弋賜反，今俗猶謂凡物一重爲一虒也。」念孫
> 案：虒讀與「施於中谷」之施同。……《周南・葛覃・傳》曰：「施，
> 移也。」……。此言流虒，亦取旁及之義，故應劭讀爲移。若以虒
> 爲重次第，則流虒二字義不相屬。且此詔虒字在流字之下，若如師

古說，以爲無有差次，不得流行，則當移眣字於流字之上，須加數

字以解之，而其義始明，何其謬也。《說文》以眣爲重次第物，乃眣

字之本訓，此詔借眣爲流移之移，則非重次第之謂矣。（〈連語〉）

明彥按：此師古之解，以「流」爲流行義，「眣」爲重次第物也。石臞蓋不駁前

字之說，而僅謂其解「眣」字之非。至「眣」字，石臞則以爲假借，破之而爲

「移」，取其「旁及」之義以與「流」字之「行」義相屬，以證其可爲同義。

2. 撟虔

〈呂刑〉「敓攘矯虔」，《周官·司刑·疏》引鄭《注》曰：「矯虔謂

撓擾」。《春秋傳》曰：「虔劉我邊垂，謂劫奪人物以相撓擾也。」如

鄭君說，是矯虔爲撓擾之義，故與敓攘連文。（〈連語〉）

明彥按：

撓，擾也。（《說文》，十二篇上，頁 607）

擾，煩也。（同上）

敓者，《說文》：「敓，強取也。」引〈呂刑〉「敓攘矯虔」，今本作奪

同。（《廣雅疏證》，卷一上，頁 18）

有因而盜曰攘，《書·呂刑》「奪攘矯虔」鄭《注》。（《經籍纂詁·七

陽》，頁 298）

是撓、擾；敓、攘爲二組同義之詞。以二王「連文」、「平列」（見「陵夷」、「魁

梧」條）之例視之，則撟虔亦不外是。又伯申「經傳平列二字上下同義」條：

〈君奭〉「咸劉厥敵」，解者訓咸爲皆，不知咸者滅絕之名。咸劉猶

言過劉、虔劉也。（《經義述聞·通說下》）

則虔之義宜與咸通，同爲滅絕之名。

3. 奔踶

踶亦奔也。踶之言馳，奔踶猶奔馳耳。（〈連語〉）

4. 勞倈

勞來，雙聲字。來亦勞也，字本作勑，《說文》曰：「勑，勞勑也。」

……。毛《傳》曰：「來，勤也。」（〈連語〉）

5. 陵夷

陵與夷皆平也。……。《史記・高祖功臣侯年表》曰：「始未嘗不欲固其根本，而枝葉稍陵夷衰微也。」陵、夷、衰、微四字平列，陵夷不可謂如陵之夷，猶衰微不可謂如衰之微也。……《說文》：「夌，夌徲也。」其字作夌，不作陵，則非邱陵之陵益明矣。（〈連語〉）

明彥按：此先釋「陵」與「夷」皆平之義，又因與衰微平列立說，衰、微既同義，而陵、夷亦應同義。

6. 儀表

立木以示人，謂之儀，又謂之表。《說文》：「檥，榦也，從本〔木〕義聲。」經傳通作儀，故《爾雅》云：「儀，榦也。」……不知儀、表之同為立木，又不知儀為檥之借字故也。（〈連語〉）

7. 狙詐

狙、詐疊韻字，狙亦詐也。（〈連語〉）

8. 囹圄

囹之言令，圄之言敔。《說文》曰：「敔，禁也。」《廣雅》曰：「令、敔，禁也。」是囹、圄皆禁字之義。（〈連語〉）

9. 提封

〈釋詁〉云：「都，大也、聚也。」《說文》：「凡，最括也。」合言之則曰都凡，猶今人言大凡、諸凡也。（《廣雅疏證》「都凡也」條，卷六上）

《廣雅》曰：「堤封，都凡也。」……。堤與提古字通，都凡與提封一聲之轉，皆是大數之名。（〈連語〉）

明彥按：堤為提之假借，提封為都凡之轉語，而都、凡則為同義詞。

10. 無慮

無慮，疊韻字也，或作亡慮。《漢書・李廣傳》「諸妄校尉以下」，張晏《注》云：「妄，猶凡也。」諸妄猶諸凡，諸凡猶都凡耳。妄與無慮之亡聲相近，諸妄，亦疊韻也。……。《荀子・議兵篇》「焉慮率用刑罰埶詐而已」，楊倞《注》云：「慮，大凡也。」（《廣雅疏證》

「都凡也」條，卷六上）

明彥按：無慮爲疊韻字。石臞之說以爲無或作亡，亡與妄通，而妄者凡也，是無即凡之義，與慮之義爲大凡者不二。

11. 辜榷

辜榷，雙聲字也。……。梗概與辜榷一聲之轉。分言之則或曰辜、或曰榷。……。《廣雅》曰：「嫜，榷也。」是辜、榷二字分而言之，亦都凡之意也。（〈連語〉）

〈檀弓〉「以爲沽也」，鄭《注》云：「沽，猶略也。」《釋文》：「沽，音古」，聲與嫜相近。榷之言大較也。（《廣雅疏證》「都凡也」條，卷六上）

12. 揚榷

揚榷，雙聲字也。……。又謂之商榷，即揚榷之轉。……。單言之則曰榷。……。嫜榷，猶揚榷也。……。揚榷、嫜榷、堤封、無慮，皆兩字同義，後人望文生訓，遂致穿鑿而失其本旨，故略爲辯正。大氐雙聲疊韻字，其義即存乎聲，求諸其聲則得，求諸其文則惑矣。（《廣雅疏證》「都凡也」條，卷六上）

13. 寖尋

寖，漸也；尋，就也。《史記・孝武紀》作「侵尋」，《索隱》曰：「侵尋即浸淫也。故晉灼云『遂往之意也。』小顏云：『浸淫漸染之意。』蓋尋、淫聲相近，假借用耳。」念孫案：晉及司馬說是。（〈連語〉）

明彥按：尋爲淫之假借，淫有「漸」義，與寖略同。

14. 營惑

營亦惑也。營惑即熒惑，字本作瞥，《說文》曰：「瞥，惑也。從目，熒聲。（〈連語〉）

明彥按：營爲瞥之假借。

15. 感概

〈游俠傳〉「少時陰賊，感概不快意，所殺甚眾」，師古曰：「感概者，感意氣而立節概也。」念孫案：師古以概爲節概，則感概二字義不

相屬，故必加數字以曲成其說也。今案：「感概而自殺」，《史記》作
「感慨而自殺」；「感概不快意」，《史記》作「慨不快意」，是感概即
感慨也。……。感概即不快意之貌也。（〈連語〉）

明彥按：概爲慨之假借。以《廣雅》、《說文》之解視之：「感，傷也」（《廣雅疏
證》「傷也」條，卷二下）「慨，忼慨，壯士不得志也。」（《說文》，卷十下）則
感、概二字乃爲同義。

16.魁梧

〈張陳周王傳贊〉「其貌魁梧奇偉」，……。魁、梧，皆大也。梧之
言吳也。《方言》曰：「吳，大也。」《後漢書・臧洪傳》「洪體貌魁
梧」，李賢曰：「梧音吾。」蓋舊有此讀，魁梧奇偉四字平列，魁與
梧同義，奇與偉同義。（〈連語〉）

17.魁岸

魁岸者，高大之貌。《小爾雅》曰：「岸，高也。」《廣雅》曰：「魁
岸，雄傑也。」魁岸猶魁梧，語之轉耳。（〈連語〉）

18.留落

留落即不耦之義。耦之言偶也，言無所遇合也，故《史記》作「留
落不遇」……。今人言流落，義亦相近也。留落雙聲字，不得分爲
兩義。留落與不耦，亦不得分爲二義。（〈連語〉）

明彥按：以二王所言雙聲、疊韻之字，如上述勞俫、狙詐、堤封、無慮、諸妄、
辜榷、揚搉等，皆指的是同義複詞。「不得分爲兩義」者，亦僅指二字同義，不
謂其合二字而始得成義。

19.狼戾

狼亦戾也。戾字或作盭，《廣雅》曰：「狼，戾，很也。」又曰：「狼、
很，盭也。」是狼與戾同義。（〈連語〉）

20.奧渫

〈王褒傳・聖主得賢臣頌〉「去卑辱奧渫而升本朝」，張晏曰：「奧，
幽也；渫，狎也、汙也。」……。念孫案：張訓奧爲幽，則誤分奧、
渫爲二義。……。奧者濁也，言去卑辱汙濁之中而升於朝廷也。班

固典引:「有沈而奧,有浮而清。」蔡邕曰:「奧,濁也。」《廣雅》:「澳,濁也。」曹憲音於六反,澳與奧同。(〈連語〉)

21. 尉薦

如淳曰:「尉亦薦藉也。」……。念孫案:如說是也。薦、藉一聲之轉,尉薦猶尉藉耳。(〈連語〉)

22. 醞藉

〈內則〉「柔色以溫之」,鄭《注》曰:「溫,藉也。」轉之則爲慰藉矣。(〈連語〉)

23. 驚鄂

〈霍光傳〉「群臣皆驚鄂失色,莫敢發言」,師古曰:「凡言鄂者,皆謂阻礙不依順也。後字作愕,其義亦同。」念孫案:鄂亦驚也。……。《廣雅》曰:「愕,驚也。」(〈連語〉)

可知石臞所欲強調、申辯者,乃真以爲構成連語之二字,分而言之,實互爲同義之詞,正如呂政之所指出的:

　　"連語"一章共列舉二十三個連語,就王念孫的觀點來說,大致就
　　是我們今天所說的同義複詞。(〈王念孫的"連語"新探〉)〔註34〕

以是再回頭理解所謂「凡連語之字,皆上下同義,不可分訓」者,實謂連語爲二獨立之同義詞所組成,不可解爲二義云云。與聯綿詞之合二字以成義者絕不相類矣。而「說者望文生義,往往穿鑿而失其本指」之疏,乃不明轉語、通假耳,若「不限形體」、「讀以本字」,則自可「怡然理順」也。以是吾人實不可魯莽以之而溷於聯綿詞者。

　　此二十三例爲石臞確指爲連語者,除此而外,透過諸例之旁通,吾人尚可

〔註34〕呂氏該文乃逐一分析二十三例而得此結論者。在以連語爲同義複詞的概念上,本文是贊同呂說的,而各例之分析,則與呂說略有不同。大抵本文以爲石臞原文敍述已頗明確,因此多只摘錄原文(含《廣雅疏證》),不更贅言。間有石臞語意未晰,或論述繁複者,則略做按語爲之提示,此如「流阤」、「撟虔」、「陵夷」、「堤封」、「無慮」、「寢尋」、「營惑」、「感概」、「留落」等九例。其中「陵夷」、「無慮」、「寢尋」、「營惑」四例,大旨與呂說不二,餘者則理解角度容有或異。在不影響結論之狀況下,爲免煩冗,本文僅略表如斯,不更一一申論也。

注意到二個現象，其一爲伯申〈通說〉中「經傳平列二字，上下同義」之例；
其一，爲所謂雙聲字、疊韻字者。

1.「經傳平列二字，上下同義」

伯申於此略述其義曰：

> 古人訓詁，不避重複，往往有平列二字，上下同義者。解者分爲二
> 義，反失其指。（《經義述聞‧通說下》，卷三十二，頁 33）

以此定義而言，實與石臞「連語」無別，故如舒懷者，以爲：

> 王引之除了沿用其父說稱複語以外，又概括爲"經傳平列二字上下
> 同義"的條例，以揭示其特點。……。但連語和複語"平列二字，
> 上下同義"的共同特點還能揭示無遺。（《高郵王氏父子學術初探》，
> 頁 203）

已注意其中聯繫。不過舒懷仍以爲複語與連語有所不同。其言曰：

> 王念孫並不認爲凡同義二字並列連用的都是連語，因爲王念孫還提
> 出了一個與連語相關聯而又相區別的"複語"概念（又稱"連文"、
> "連言"）。他雖然沒有明確說明連語和複語的異同，但在具體解說
> 中往往加以嚴格的區分。（《高郵王氏父子學術初探》，頁 202）

並進一步述其區分有三：

> 首先，複語上下二字很少有聲韻聯繫，而連語上下二字大多具有雙
> 聲或疊韻的關係。……
>
> 其次，大部份連語有變體或轉語。……
>
> 再次，在語用上，在表達相同意思的時候，連語拆開單用的頻率比
> 複語低得多。（《高郵王氏父子學術初探》，頁 203～204）

不難發現，此三項區別皆不甚絕對，並且亦後人所以爲聯綿詞之特徵者。事實
上，**變體、轉語**，就二王而言，是一切語詞的特色；而以石臞〈連語〉中確然
之二十三例看來，若舒懷自身之統計，有聲韻聯繫者僅佔十例而已，[註35] 尚
未及其半，並且石臞以二字爲同義，故亦多證其單字獨用之義，如「流肔」之
「肔」，同「施於中谷」之「施」；「辜榷」之「辜」，同於「以爲沽也」之「沽」，

後者皆單用也。又如「辜榷」中「分言之，則或曰辜、或曰榷」、「無慮」所引《荀子·議兵》「焉慮率用刑罰埶詐而已」、「感概」引《史記》「慨不快意」，「蘊藉」引〈內則〉「柔色以溫之」等，亦是藉單用以證其爲同義。而如果進而檢視伯申所舉之例，如：

> 〈春官·大史〉「正歲年以敘事」，解者曰「中數曰歲，朔數曰年」，不知歲與年同義，古人自有複語也。(《經義述聞·通說下》，卷三十二，頁 35)

> 〈曾子問〉「以此若義也」，解者訓若爲順，不知此若二字連讀，若亦此也。(《經義述聞·通說下》，卷三十二，頁 35)

即舒氏所謂「複語」、「連言」一類者。而更重要的是，如：

> 《大戴禮·曾子立事篇》「備則未爲備也，而勿慮存焉」，解者曰「不忘危也」，不知勿慮猶無慮，謂大較也。(《經義述聞·通說下》，卷三十二，頁 35)

則同爲石臞〈連語〉中例。是其中界限，亦不若舒氏所謂：

> 他雖然沒有明確說明連語和複語的異同，但在具體解說中往往加以嚴格的區分。(《高郵王氏父子學術初探》，頁 202)

是舒氏之別似乎是沒有根據的，更可能的情況恐怕還在於將之視爲聯綿詞的預設前提。

於是擱置聯綿詞、抑或其他前提的「穿鑿」，而僅素樸地看待二王各自呈現的訊息，若石臞之言：

> 凡連語之字，皆上下同義，不可分訓。說者望文生義，往往穿鑿而失其本指。

與伯申之論：

> 古人訓詁，不避重複，往往有平列二字，上下同義者。解者分爲二義，反失其指。

蓋何嘗有異乎？因此本文以爲，二王之連語，即複語，即連言、連文、連讀，皆指的是同義二字之平列。

將連語與複語、平列等概念結合以視，自然可以發現，聲韻居間的作用

弱化了，更精確地說，根本不是判定連語的依據，而二字之單用、複用大抵亦不是重點。重點僅在於一旦二字合用時，不得曲解爲二義也，本文以爲這才是二王連語的真正意義。以是比較能夠理解，爲何連語在二王體系中的定義、範疇皆頗不明確。蓋此本不爲語言自然現象的提出，故其立說，並不涉入語言本質，僅就古人之用例與解者之疏略等人爲因素言耳，以是欲就操作者之誤謬以尋語言之性質，不啻緣木求魚也；至其用意，主要則是針對經文誤解的辨正，以是對於不引起誤解的現象，二王並無討論之必要，是決定範疇的因素在是非，而不在現象，於錯解的範疇中歸納現象的內涵，自亦圓枘不合矣。

在此意義下，吾人自然不宜再將其硬置於聯綿詞的框架中，蓋二者之條件實不相屬。而更重要的是，聯綿詞本爲語言之自然現象，而連語則只是古人行文之慣例而已。伯申所謂「平列二字」、「古人自有複語」等描述，其意在後者是可無疑。

2. 雙聲、疊韻字

前述之理解，是本文嘗試趨近二王理論的一種認知，這種認知顯示二王理應不具今日聯綿詞的概念。而由此前提出發，對於二王例中所謂「雙聲字」、「疊韻字」等更接近聯綿詞的現象，似乎也可以較爲正確地掌握。

同樣地，二王並沒有直接解釋「雙聲字」、「疊韻字」的具體內涵，僅在其論述中做爲一種條例來使用耳，如：

> 家大人曰：「猶豫，雙聲字也，……。夫雙聲之字，本因聲以見義，不求諸聲而求諸字，固宜其說之多鑿也。」（王引之，《經義述聞·通說上》「猶豫」條，卷三十一）

又：

> 揚搉、媁權、堤封、無慮，皆兩字同義，後人望文生訓，遂致穿鑿而失其本旨，故略爲辯正。大氐雙聲疊韻字，其義即存乎聲，求諸其聲則得，求諸其文則惑矣。（《廣雅疏證》「都凡也」條，卷六上）

就中可得之唯一概念只是雙聲字、疊韻字，或者雙聲兼疊韻字，乃「不限形體」，而「因聲以見義」者。這一個性質與周子範先生所指出聯綿詞的特點中的二項幾無分別：

(1)聯綿字的構成分子，大體在語音上有相同之處，如雙聲，疊韻，疊字等；(2)聯綿字因為所重在聲，所以在字形上往往不很固定。

（〈聯綿字通說〉，《中國語文論叢》，頁 132）

並且不可否認地，二王特稱雙聲、疊韻者，如上引猶豫、揚搉等諸例，大抵亦即今日視為典型之聯綿詞者。以是似乎毫無疑義地，二王確實在此標舉出聯綿字的現象了。然而如果細究其例中說明，則情況恐不若是。

首先，就前舉揚搉、嫥榷、堤封、無慮等詞而言，實亦石臞〈連語〉中例，而正如本文所理解的，此諸語雖有字形、字音之不同，究其實者，皆互為轉語。推其本然，石臞謂「都凡與提封一聲之轉」，是歸於同為「大數之名」之「都」、「凡」二字者。緣於「都」、「凡」二字的同義，層層類推，則各詞中之上下二字應該也是一義。

在此同義的基礎上，石臞又特意強調其音聲聯繫，是義通又復聲近，已然構成二王以為假借或轉語的條件，故所謂雙聲疊韻之謂，大抵謂上下二字本即一語。〔註36〕

這種現象，在「饕餮」一詞上可以更見明白。伯申於〈通說〉中曾解釋「饕餮」者而謂：

文十八年《左傳》「天下之民謂之饕餮」，解者謂貪財為饕、貪食為餮，不知饕餮本貪食之名，因謂貪得無厭者為饕餮，饕與餮無異也。

（《經義述聞‧通說下》，卷三十二，頁 36）

就伯申之言，比之今日，亦不外聯綿詞者，然而如果吾人更溯及石臞之解，則知潛藏在背後的理據，其實亦為轉語也：

饕、餮一聲之轉，不得分貪財為饕，貪食為餮也。（王念孫，《廣雅疏證》「貪也」條，卷二上，頁 1）

〔註36〕舒懷在其書中曾歸納連語成因，其中有二例謂「單音詞通過聲轉而成連語」，「有聲韻聯繫的同義並稱」。前者舒懷解釋：「王念孫認為，正因為另一音節是該單字聲轉的結果，那麼也就有了和原單字相同的意義，所以有時都可以單獨使用。單用時仍表連語之義，如『猶豫』。」至後者則云：「這類連語上下二字的字義只是相近，而且與字面相符。但有時用假借字，使得連語意義與字面不符，就往往會產生誤訓。」（《高郵王氏父子學術初探》，頁 209～215）雖在細節上與本文的認知有一些距離，然指出其上下字可能是轉語、假借的現象則一也。

又如舒懷所舉之例：〔註37〕

> 繁、母疊韻也；蒡、葧雙聲也。舌〔古〕敏、每之聲皆如母。《說文》：
> 「緐從每聲。」經傳作繁，從敏聲，則繁之與母聲亦相近也。繁之
> 爲言皤也。《爾雅》云：「繁，皤蒿。」《說文》作䕽，云：「白蒿也」；
> 又云：「皤，老人白也。」白謂之皤，又謂之繁，繁、皤聲正相近。……。
> 蒡之聲轉爲葧，因並稱蒡葧。猶仿之與佛、滂之與沛耳。（王念孫，
> 《廣雅疏證》「繁母，蒡葧也」條，卷十上，頁 70）

則可見石臞實以「繁」、「母」疊韻，爲其義通之基礎，故其後之解釋則只在「繁」
之爲「白」，而「母」字自可類推，通其義爲「白」。

以是再回頭檢視如斯之敍述：

> 家大人曰：猶豫，雙聲字也，字或作猶與。分言之，則曰猶、曰豫。
> 《管子·君臣篇》：「民有疑惑，貳豫其心」、……、《老子》曰：「與
> 兮若冬涉川，猶兮若畏四鄰」、……。合言之，則曰猶豫。轉之則曰
> 夷猶、曰容與。……。嫌疑、狐疑、猶豫、躊躇皆雙聲字。狐疑與
> 嫌疑，一聲之轉耳，後人誤讀狐疑二字，以爲狐性多疑，故曰狐疑。
> 又因〈離騷〉猶豫、狐疑相對爲文，而謂猶是犬名，犬隨人行，每
> 豫在前，待人不得，又來迎候，故曰猶豫。或又謂猶是獸名，每聞
> 人聲，即豫上，久之復下，故曰猶豫。或又以豫字從象，而謂猶豫
> 俱是多疑之獸。……。夫雙聲之字，本因聲以見義，不求諸聲而求
> 諸字，固宜其說之多鑿也。（王引之，《經義述聞·通說上》「猶豫」
> 條，卷三十一，頁 5～6）

以其脈絡分析，大抵有二層，其一，就「嫌疑、狐疑、……，固宜其說之多鑿
也。」一段言，石臞旨在指出，嫌疑等詞皆猶豫之轉，故其字形已失原義，「因
聲以見義」者，乃在透過音聲，以尋其本然，與聯綿詞重在語言單位之概念並
無相涉；〔註38〕其二，針對猶豫一段言，蓋以猶豫爲轉語，故可合言，亦可分
言。而猶豫之爲轉語，則所求亦應在聲而不宜更泥於字。

石臞曾跋易疇《果臝轉語》謂：

〔註37〕見《高郵王氏父子學術初探》，頁 210。

〔註38〕伯中〈通說〉中釋「無慮」一節，亦可旁參。

> 蓋雙聲疊韻出於天籟，不學而能由，經典以及謠俗如出一軌，而先
> 生獨能觀其會通、窮其變化，使學者讀之，而知絕代異語、別國方
> 言無非一聲之轉，則觸類旁通而天下之能事畢矣。(〈程易疇果贏轉
> 語跋〉，《王石臞先生遺文》，卷四)

是可知**雙聲疊韻**之現象實亦轉語概念之發見。

最後，仍應稍加說明的是，**雙聲疊韻**的現象在石臞的體系中似是以一種條例的性質而存在的，然而對此現象的成因，卻不見石臞有意為說，這自然不免缺憾，同時也容易令人誤解。自然，在本文的理解中，並不贊同以其為聯綿詞，而如舒懷所謂「補充音節」者，[註39]似亦太過輕描淡寫。本文以為，大抵石臞在此仍是傾向實踐性的態度，旨在解決其意義的理解而已，以是，在石臞於轉語的系統中找到理解的途徑後，似乎便已能夠滿足其主要意圖，並且隱約也交代了部份的成因。至於為何此類現象出現之頻繁，石臞若未推測，而伯申亦未補述，是吾人亦應在此基礎上理解二王之學，而不應貿然去「增字解經」。

綜而言之，吾人可以說，在後人所比附為聯綿詞的連語概念中，其實包含了兩個現象，其一是石臞別稱之複語，或伯申所謂「經傳平列二字，上下同義」者；其一是雙聲疊韻字。前者不計音聲，約等於同義複詞，或者更精確地說，是經常受到曲解的同義複詞；而後者，雖強調雙聲、疊韻之條件，究其實，殆亦不外轉語之分合。本文以為，二王連語之真正意義宜同乎前者，至於後者，不過是二王例中藉以論證二字同義的條例耳，與連語之內涵實無直接相涉。是在此理解下，實不可謂二王已具聯綿詞之概念也。

（五）語詞

除了轉語外，語詞的研究也是二王常被高度重視的另一項重要成就。其較為具體的呈現便主要集中於伯申《經傳釋詞》一書。

何謂語詞？伯申於其定義似無多廢脣舌，僅申明辨別語詞之重要性，其言曰：

> 經典之文，字各有義，而字之為語詞者，則無義之可言，但以足句
> 耳。語詞而以實義解之，則扞格難通。……善學者不以語詞為實

[註39] 見《高郵王氏父子學術初探》，頁211。

義，則依文作解，較然易明，何至展轉遷就而卒非立言之意乎？（《經義述聞・通說下》「語詞誤解以實義」條，卷三十二，頁 12～29）

又：

語詞之釋，肇於《爾雅》，粵于為曰、茲斯為此、每有為雖、誰昔為昔，若斯之類，皆約舉一隅以待三隅之反。蓋古今異語、別國方言，類多助語之文，凡其散見於經傳者皆可比例而知、觸類長之，斯善式古訓者也。自漢以來，說經者宗尚雅馴，凡實義所在即明著之矣。而語詞之例則略而不究，或即以實義釋之，遂使其文扞格而意亦不明。……。凡此者，其為古之語詞較然甚著，揆之本文而協，驗之他卷而通，雖舊說所無，可以心知其意者也。引之自庚戌歲入都，侍大人質問經義，始取《尚書》廿八篇紬繹之，而見其詞之發句、助句者，昔人以實詞釋之，往往詰籀為病。（〈經傳釋詞序〉，《王文簡公文集》，卷三，頁 6～8）

在這些陳述上，伯申只著重強調了不明語詞之「無義」可能對解經造成的誤解，至於所謂「無義」之詞究為何指，伯申並未具體表示。若參酌錢熙祚〈跋〉中歸類，則有常語、語助、歎詞、發聲、別義、通用等六類：

是編〔《經傳釋詞》〕舉古人助語之辭，分字標目，歷引九經三傳以及周秦西漢之書，引伸觸類，務以推明隱義，其例類大略有有六：一曰常語，如與，及也、以，用也之類是也；一曰語助，如《左傳》「其與不然乎」、《國語》「何辭之與有」，與字無意義之類是也；一曰歎詞，如《書》「已子惟小子」、《詩》「猗嗟昌兮」，已、猗皆歎聲之類是也；一曰發聲，如《易》「於稽其類」、《書》「於予擊石拊石」，於字亦無意義之類是也；一曰通用，如粵之通越、員之同云之類是也；一曰別義，如與為及，又為以，為為、為為（去聲）、為謂、為如；以為用、為由、又為謂、為與、為及、為而之類是也。（〈經傳釋詞跋〉）

其中常語為語詞之常用義，且間有實義，如「云，言也、曰也。常語也」（卷三），與詞性判別不甚相涉。大抵乃易曉之虛詞用法，或用以對照實詞虛用之誤釋，而伯申未著意論證者。至通用、別義，則指的是虛詞間之轉、借，與多義

現象，亦非詞性之分類。以是只有語助、歎詞、發聲三者乃眞爲其詞類耳。對照伯申所謂之「發句」、「助句」，亦大略是。若比諸今日之語法概念，或者約可等於虛詞中之助詞、嘆詞一類，不過若更參酌「終」（終風且暴）、「於」等實例，則似乎也包含一些連詞與介詞。〔註40〕這裏並不打算再去細究其中之異同與分合，緣於虛詞的範疇在中國語法中本來便有爭議，〔註41〕而二王也絕不可能執此語法框架去指出其「語詞」之概念。事實上，這裏的簡單對應已呈現出其間認知背景的差異，而這，也正是本文略爲對照的主要目的。以是與其圓枘不合地去離析二王，不若回到二王的體系中去理解其自身的定位，在「語詞」的概念下去理解「語詞」。

筆者以爲，二王的「語詞」仍是基於解經的要求而來，其所重者，乃在強調實字之虛用，與夫虛字之不能實解，以是所謂語詞者，其實只是相對於實詞的一種泛稱，指的是那些用以表現語氣，或毫無任何意義，僅供調節句子節奏的「足句」成分而已。在這種概念下，二王重視的是經典中的文字能不能配合正確的語言，而得到正確的理解而已。至於詞性的細分，大抵不在二王的概念中；而詞的組成規則也不在二王的研究意圖裏，因此即使二王語詞研究有機會得到進一步的深化，在意圖相異的情況下，也未必會走到今日的語法學中。因此以語法的概念去理解「語詞」，或定位二王的成就，或者都只是一種「自以爲是」的誤謬。

在如此認知下，伯申又在石臞的啓發下撰作了《經傳釋詞》。

> 竊嘗私爲之說，而未敢定也。及聞大人論《毛詩》「終風且暴」、《禮記》「此若義也」諸條，發明意恉，渙若冰釋，益復得所遵循，奉爲稽式，乃遂引而伸之，以盡其義類，自九經三傳及周秦西漢之書，凡助語之文，遍爲搜討，分字編次，以爲《經傳釋詞》十卷，凡百六十字，前人所未及者補之，誤解者正之，其易曉者則略而不論，非敢舍舊說而尚新奇，亦欲窺古人之意，以備學者之采擇云爾。（王引之，〈經傳釋詞序〉，《王文簡公文集》，卷三，頁6）

這段陳述除了交代該書撰作的緣起外，也隱約地透露了該書成書的二點訊息：

〔註40〕此處詞類分類暫依楊伯峻說，見《古今漢語詞類通解》，頁2、8～14。

〔註41〕參見呂叔湘〈助詞說略〉，《漢語語法論文集》，頁277～290。

其一，伯申撰書，乃搜討「九經三傳及周秦西漢」書之助語，補其未備、正其誤釋，是其中乃包含前人已及、未及之部。已及者可謂故訓之彙釋，而未及者方爲語詞之研究；其二，伯申理解語詞的概念是由石臞「終風且暴」、「此若義也」諸例所得之啓發與確立，或者說根本是石臞理論的集中、擴大實踐。從這二個訊息，吾人可以進一步窺探伯申對待語詞之方式。

首先，可以「此若義也」、「終風且暴」二例做爲觀察之對象：

> 家大人曰：孔子荅曾子以宗子去在他國，庶子無爵而居者代祭之禮，下文云：「子游之徒，有庶子祭者，以此若義也。」……。今案：「以此若義也」五字，當作一句讀。以，用也；此若義，猶言此義。言子游之徒有庶子祭者，用此義也。……。此若二字連讀，若，亦此也。（《論語‧公冶長篇》曰「君子哉若人」）

> 古人自有複語耳。（王引之，《經義述聞》「以此若義也」條，卷十五，頁5）

> 家大人曰：〈終風篇〉「終風且暴」，《毛詩》曰：「終日風爲終風」、《韓詩》曰：「終風，西風也。」此皆緣詞生訓，非經文本義。終，猶既也。言既風且暴也。〈燕燕〉曰：「終溫且惠，淑愼其身」；〈北門〉曰：「終窶且貧，莫知我艱」；〈小雅‧伐木〉曰：「神之聽之，終和且平」；〈甫田〉曰：「禾易長畝，終善且有」；〈正月〉曰：「終其永懷，又窘陰雨」；終字皆當訓爲既。既、終語之轉，既已之既轉爲終，猶既盡之既轉終耳，解者皆失之。（王引之，《經義述聞》「終風且暴」條，卷五，頁10～11）

就前者而言，石臞乃於用例中證之「若」有「此」義，而以複語之概念解釋二者連言，而義無或異也；就後者而言，則以「終」爲「既」字轉語，而謂「終風且暴」之「終」可同於「既」者。此則顯示石臞之釋語詞與實詞者並無二致，同在古訓與用例中得其「義」，與夫轉語、連語間言其溝通，所不同者，惟不訓實義，僅釋其虛用耳。以此而揣伯申之悟，則重點似乎不在技術，而在觀念，使伯申確定、並擴大重視語詞之存在而已，因此，吾人在石臞身上並未發現特殊的訓解方式，而伯申也沒有爲此而發展出不同的研究途徑。同在錢熙祚的跋語中，曾歸納《經傳釋詞》的釋詞之法，約有六項：

是編〔《經傳釋詞》〕舉古人助語之辭，分字標目，歷引九經三傳以
及周秦西漢之書，引伸觸類，務以推明隱義，……。其釋詞之法亦
有六，有舉同文以互證者，如據隱六年《左傳》「晉鄭焉依」，《周
語》作「晉鄭是依」，證焉之猶是；據莊二十八年《左傳》「則可以
威民而懼戎」，《晉語》作「乃可以威民而懼戎」，證乃之猶則；有舉
兩文以比例者，如據〈趙策〉「與秦城何如不與」，以證〈齊策〉「救
趙孰與勿救」，孰與之猶何如；有因互文而知其同訓者，如據〈檀
弓〉「古冠縮縫，今也衡縫」，《孟子》「無不知愛其親者，無不知敬
其兄也」，證也之猶者；有即別本以見例者，如據《莊子》「莫然有
間」，《釋文》本亦作爲間，證爲之猶有；有因古注以互推者，如據
宣六年《公羊傳》何《注》「焉者於也」，證《孟子》「人莫大焉，無
親戚君臣上下」之焉亦當訓於；據《孟子》「將爲君子焉，將爲小人
焉」趙《注》「爲，有也」，證《左傳》「何福之爲」、「何臣之爲」、「何
衛之爲」、「何國之爲」、「何免之爲」諸爲字皆當訓有；有采後人所
引以相證者，如據《莊子》引《老子》「故貴以身於天下，則可以託
天下；愛以身於天下，則可以寄天下」，證以之猶爲，據顏師古引「鄙
夫可以事君也與哉」，李善引「鄙夫不可以事君」，證《論語》與之
當訓以。凡此旁通曲盡，皆卓有依據，非宋明諸儒師心自用，妄改
古書者比也，雖間有武斷，而大體淹貫，不失爲讀經之總龜。（〈經
傳釋詞跋〉）

其中「因古注以互推」爲義訓之基本工夫，蓋與據《爾雅》以見義者無不同
也；而「舉同文以互證」、「即別本以見例」、「采後人所引以相證」等三者大抵
爲異文之校勘比對；至「舉兩文以比例」、「因互文而知其同訓」二項，看似從
句法結構中分析詞義，實則亦只是就語境以言其語義的相應耳。以是可以說，
在《經傳釋詞》中，伯申，及其由石臞而來者，只是強化了虛詞的認知而已，
並未因此而發展出有別於傳統的理解模式，或一般所謂的文法學者。若王力
所謂：

清代王引之著《經傳釋詞》，釋的就是《說文》所謂"意內言外"的
"詞"。但是虛詞雖是語法成分，如果單從詞彙上看它的意義，不
從語法上看它的作用，仍然不能算是語法著作。（《中國語言學

史》，頁 216）

是後人實亦不必刻意附會、錦上添花矣。

　　至是，本文以爲較持平地看待，二王在釋詞上的表現主要有二，其一是突顯了語詞的概念與作用；其一是在其深厚的小學與校勘根柢上做出了許多頗令人信服的考證。然則前者，正如黃愛平所指出的：

> 直至元末，學者才比較自覺地看到虛詞和實詞的區別，盧以緯的《語助》是第一部研究虛詞用法的專著。清初。袁仁林的《虛字說》、劉淇的《助字辨略》繼之而起，把虛詞的研究又推進了一步。（〈乾嘉學者王念孫王引之父子學術研究〉）

是語詞概念之出現與研究亦不始於二王。而在後者，如果二王尚未越出傳統小學、校讎的理解框架，則其理據與結論大約仍不免要存在著一定的局限。章太炎曾評二王之語詞研究謂：

> 石臞苦心尋繹，積六十年，得之既不易，言之殊未敢肆。伯申承其父業，與艱難構造者自殊。《述聞》一編，誠多精詣，然其改易舊說，亦有可已而不已者矣。其始創作《經傳釋詞》，晚又於《述聞》中著「語詞誤解以實義」一條，驟聆其說，雖宿儒無以自解，而鹵莽滅裂處亦多，肆意造詞，視爲習貫，且有舊解非誤而以強詞奪之者，亦有本非臆造而不能援古訓比聲音以自證者。今爲駁證數事，以盡後生之責，非欲苟爲立異，要使瑾瑜無瑕，方爲純美爾。（〈王伯申新定助字辯〉，《太炎文錄續編》，卷一，頁 64）

語雖過激，然於一味溢美推崇二王之時，做爲後生，似更應效法章氏，爲之指瑕求疵，以略盡續貂之責。

（六）反訓

　　質實而言，「反訓」在二王體系中並不具特殊意義，二王亦未針對討論，唯因此議題於後代愈形爭議，而頗爲人所重視，故於此略表二王之意見以爲參酌。

　　「反訓」之現象，〔註 42〕後世一致以爲起於郭璞，在《方言注》中，郭璞

〔註 42〕「反訓」一詞變成術語是現代的事，並且也由於這個術語的影響，而造成許多顧

謂：

> 苦而爲快者，猶以臭爲香、亂爲治、徂爲存，此訓義之反覆用之也。
> （「快也」條，卷二）

又《爾雅注》：

> 以徂爲存，猶以亂爲治、以曩爲曏、以故爲今。此皆詁訓義有反覆
> 旁通，美惡不嫌同名。（〈釋詁下〉「存也」條，卷二）

> 肆既爲故，又爲今。今亦爲故，故亦爲今。此義相反而兼通者。（〈釋
> 詁下〉「今也」條。卷二）

大體看來，郭璞的說法頗爲簡略，在指出這個現象之後並沒有太多的闡述與解釋，以至發展到今日，而言人人殊，莫衷一是。不過這樣的爭議大抵要到民國以後才明顯浮現，有清以前，除桂馥與朱駿聲外，[註43] 似乎都對反訓持正面的態度，直接引爲「條例」而施用於故訓之理解，間亦有補苴，抑或推其成因者。而二王，正不外乎此。如：

> 來古即往古也，來與往義相反，而謂往爲來者，亦猶亂之爲治，故
> 之爲今，擾之爲安也。（王念孫，《讀書雜志・史記第六》，頁36）

> 此下八條皆一字兩訓而其義相反。郭璞《爾雅注》云：「以徂爲存、
> 以亂爲治、以曩爲曏、以故爲今，此皆詁訓義有旁通，美惡不嫌同
> 名是也。（王念孫，《廣雅疏證・釋言》，卷五下，頁37）

皆是直接引證之例。

不過，在此仍需留意的是，諸家態度的肯否是一回事，而如何理解「反訓」又是另一回事，二者的配合常不一致，以是以下乃有必要針對二王的「反訓」內容更行理解。

事實上，二王在反訓上並沒有太多的重視，也沒有將之視爲一特定現象而系統表述，因此大約也只能由其訓釋中的零星說明略窺一般而已。這一部份，

名思義的混淆。在此本文仍稱反訓，只是從俗，並可涵括圍繞在此現象下的諸多
意見耳，至於二王的眞正的「反訓」內涵，則有待另行確定也。

〔註43〕葉鍵得《古漢語字義反訓探微》：「不贊成〔郭璞〕者，有桂馥、朱駿聲二人，桂
氏以爲「斂」「亂」有別，朱氏以爲「祥」訓災異或怪異，乃借字之故，無相反之
義。」（頁149）。又歷代學者之肯否態度亦詳見該書，頁141～149。

徐興海曾以《廣雅疏證》爲範疇而歸納了四項成因：〔註44〕

> 對《疏證》所論證的反訓詞形成原因加以歸類，可分爲以下幾種情
> 況：
> 1. 通假而成。……
> 2. 一個詞所表示的是同一方向上的兩個意義，因爲斷限不同，比如
>   時間的斷限不同，便產生相反的兩個意義。……
> 3. 一意義爲另一意義的先決條件，當這兩個相反的意義以一個詞來
>   表達時，即形成反訓詞。……
> 4. 由基本義向相反方向引申而生成的反訓。(《《廣雅疏證》研究》，
>   頁 106～109)

不過，徐氏的歸納不甚井然，若三、四項皆爲引申，而其定義不乏模糊地帶，
同時所用例證，多有自己聯綴，而二王未必標舉「反訓」者，如「通假」中濕、
曤之例。甚者，有二王未見詳析，徐氏逕以己意詮解而未必有合者，如瀞之兼
泥、清二義，二王雖列爲「反訓」，卻於此意不著一字，徐氏則以入其分類第二，
並釋曰：

> 同一個水的可見度，取不同的標準，自會得出清、濁兩個相反的判
> 斷。(《《廣雅疏證》研究》，頁 107)

殆已近乎「黑白」不辨了。是其說亦頗有商榷之處。本文以爲較保守的推測，
二王的反訓大概仍可就轉語之概念以爲理會。

首先可注意的是，石臞之稱「反訓」多謂「義有相反而實相因者」，〔註45〕
如：

> 斂爲欲而又爲與，乞、匄爲求而又爲與，貸爲借而又爲與，稟爲受
> 而又爲與，義有相反而實相因者，皆此類也。(《廣雅疏證》「與也」

〔註44〕徐氏所言雖爲「成因」，與定義、內涵不盡相同，不過成因既說明了現象的所由，
　　　　大體亦在一定程度上表現了現象的內涵。

〔註45〕葉鍵得《古漢語字義反訓探微》有謂：「『義有相反而實相因』──爲王念孫用語，
　　　　說明『義相反』『實相因』之關係。」(頁 148) 又：「王念孫已提出『一字兩訓』
　　　　『義有相反而實相因』，更說明義相反之另一層關係。」(頁 149) 是亦以爲此形容
　　　　爲石臞對反訓之描述，而此描述自亦呈現石臞所理解之反訓也。

條，卷三下，頁 14）

其中「實」字，表現了表相與內在的矛盾，並以相反爲虛，相因爲實。至於相反、相因之謂，以下之例之說明更見具體：

> 枉謂之匡，故正枉亦謂之匡，《孟子‧滕文公篇》云「匡之直之，義有相反而實相因者，皆此類也。（《廣雅疏證》「匷也」條，卷四下，頁 123）

「枉」與「正枉」從單獨義項來看，適正相反，然則二者內在實有聯繫，蓋匡爲名詞，本爲「枉」義，而「正枉」之義乃匡由名詞轉品爲動詞時所產生，故其內在實亦相因。又：

> 契字從大，凡物之開者，合之則大；物之合者，開之則大，故契有開、合二義，而同歸於大。契、券聲之轉，故券字亦有開、合二義。……。義有相反而實相因者，此類是也。（《釋大》第二，頁 2）

此言契者有開、合相反之二義，然契字本繫於「大」義，就開者而言，合之能大，故使契字帶有合義；就合者而言，開之則大，故令契字附生開義。是「大」之現象不二，而因對象不同，相對而在「同歸於大」的條件上出現開、合之異。

這二個例子，前者爲語言自身詞性的變化；而後者語義未變，只是用以比較的基準不同，是其本質原有異趣。就今日而言，或許將有不同的分類，如王松木在解釋反訓成因時，便以「名物化」與「主觀參照的不同」分列之。〔註46〕然而石臞既以「義有相反而實相因」攝之，是吾人亦宜就其共性以言石臞之認知。此中，本文以爲共性有二，其一，匡之爲枉、契之爲大，不論正反二義，此核義素蓋未嘗有變；其二，其構成反訓的二義，皆是一語於不同施用、不同事理中，隨語境而附著之類義素。故就後者言，乃有表象之相反，而就前者言，則爲本質之相因。此種由一語之施用不同，而使原義隨語境而產生部份之分化、擴張與轉移者，其實即今所謂之引申。然而石臞在此引申作用下，似乎更重視

〔註46〕詳見〈經籍訓解上的悖論〉。文中王松木歸納反訓爲十類，前者可爲「轉化反訓」，後者則未見歸類也。又同理，前述「斂」、「乞」諸例，今人若徐世榮、徐朝華等亦分別稱之爲「內含反訓」與「施受同詞」。

的是核義素的相同，相對則忽略了類義素的相異，此在「鬱陶」之訓解中態度更爲直接：

> 凡一字兩訓而反覆旁通者，若亂之爲治、故之爲今、擾之爲安、臭之爲香，不可悉數。《爾雅》云：「鬱陶、繇，喜也。」又云：「繇，憂也。」則繇字即有憂、喜〕二義。鬱陶亦猶是也。是故喜意未暢謂之鬱陶，〈檀弓・正義〉引何氏《隱義》云：「鬱陶，懷喜未暢意。」是也；憂思憤盈亦謂之鬱陶，《孟子》、《楚辭》、《史記》所云是也；暑氣蘊隆亦謂之鬱陶，摯虞〈思游賦〉云：「戚潰暑之陶鬱兮，余安能乎留斯」、夏侯湛〈大暑賦〉云：「何太陽之嚇曦，乃鬱陶以興熱」是也。事雖不同，而同爲鬱積之義，故命名亦同。閻氏謂憂喜不同名，《廣雅》誤訓陶爲憂，亦非也。（王念孫，《廣雅疏證》「思也」條，卷二下，頁 14）

此鬱陶兼有喜、憂二義，故成「反訓」之現象者。然而「事雖不同，而同爲鬱積之義，故命名亦同」之語，正表明喜、憂二者爲鬱陶之施用而附著的類義素，若就核義素之「鬱積」言，則諸「鬱陶」實同一語。是專重其共相之引申，對石臞而言，實即轉語，比對前引二王表述轉語所謂「凡物之異類而同名者，其命名之意皆相近」、「凡事理之相近者，其名即相同」云云，蓋何嘗有異乎？

石臞將一般視爲反訓之現象表述爲「義之相反而實相因」，而該語在其闡述中實亦不外轉語之發用，是知石臞乃逕以轉語概念理解「反訓」者。以此而返顧徐氏之成因之分類，則其後三項所指並爲引申，對石臞而言盡皆可以轉語涵攝之；至假借者，本屬用字之異，與語義發展無涉，可不視爲「反訓」也。

「反訓」既在石臞原有體系中得到解釋，則其以「反訓」爲常，而不特爲申論者，是亦無足怪了。

三、文字與聲韻

誠如上述，本文以爲二王的訓詁其實主要是建立在語言概念的基礎上的，而語言主要談的是音、義二端，以是落實到具體的實踐中，二王有明顯重聲韻而輕文字的傾向。正如胡奇光所謂：

在"以音求義"上，王念孫與段玉裁基本一致，有所差異僅在對"不限形體"四字的理解上。這當然與他們所研究的不同對象有關：段注釋"形書"——《說文》，必倡導形音義三位一體觀，要求兼顧語言與文字兩個方面，而王疏證"義書"——《廣雅》，自要主張音義統一觀，要求直接從語言出發，不要爲形體所束縛。與此相應，段把以音求義放在主導地位，據形說義居於次要地位，而王就不必據形說義，而要就古音求古義。（《中國小學史》，頁 286）

其造成原因雖然未必如胡氏之猜測，是研治對象之不同使然，然指出二王「直接從語言出發」，而不重文字的立場，蓋亦不失其情矣。

（一）聲韻

二王重視古音之態度，自不需再去刻意強調，前述轉語、假借乃至虛詞、轉語等理論與實踐，大抵皆建立在深厚的古音學基礎上。具體言之，在古韻部中，石臞由九經、《楚辭》考證入聲之配合，修訂亭林以來的分部，而爲二十一部。〔註47〕

家大人與李方伯書曰：「……。特以顧氏五書已得其十之六七，所未備者，江氏《古韻標準》、段氏《六書音均表》皆已補正之，唯入聲與某所考者小異，故不復更有撰述，茲承詢及謹獻所疑，以就正有道焉。……。此皆以九經、《楚辭》用韻之文爲準，而不從《切韻》之例。」（王引之，「古韻二十一部」，《經義述聞·通說上》，卷三十一，頁 52～54）

其實際韻目則又以入聲之有無而分爲二類：〔註48〕

1. 不配入聲者：東、蒸、侵、談、陽、耕、眞、諄、元、歌。
2. 與入相配者：支、至、脂、祭、盍、緝、之、魚、侯、幽、宵。

〔註47〕舒懷依陸宗達意見以爲之二十二部，乃於東部又別出冬部。見《高郵王氏父子學術初探》，頁 29～30。

〔註48〕石臞〈與李鄘齋方伯論古韻書〉：「不揣寡昧，僭立二十一部之目而爲之表，分爲二類：自東至歌之十部爲一類，皆有平上去而無入；自支至宵之十一部爲一類，或四聲皆備，或有去入而無平上，或有入而無平上去，而入聲則十一部皆有之，正與前十類之無入者相反。」（《王石臞先生遺文》，卷四）

至於古聲紐，據王國維在《釋大》（二十三篇）編次所做的推測，則依序可能爲如下二十三紐：〔註49〕

　　牙：見谿群疑

　　喉：影喻曉匣

　　半舌：來

　　半齒：日

　　舌：端透定泥

　　齒：精清從心邪

　　脣：邦滂并明

不過王國維之說蓋無確證，僅就殘稿以及清儒一般之古聲認知所揣測耳，其語乃謂：

> 案唐宋以來相傳字母凡三十有六，古音則舌頭、舌上，邪齒、正齒，
> 輕脣、重脣并無差別，故得二十三母。先生此書亦當有二十三篇。
> （王國維，〈高郵王懷祖先生訓詁音韻書稿敘錄・釋大七篇二冊〉）

事實上，文中所述聲母之合，皆爲錢大昕之貢獻，是以錢氏之主張而論石臞之系統，則上述之結果亦將不無疑義。要之，如董同龢先生所謂：

> 清儒研究古音，集中精力於先秦韻語的整理。諧聲假借等材料，只
> 用作古韻語的佐證，所以他們的成就也就是古韻分部；而在所謂古
> 音之學鼎盛的時代，談到古代聲母問題的，似乎只有錢大昕一人。
> （《漢語音韻學》，頁 287）

吾人雖然不需懷疑二王古聲系統之有無，並且也不礙嘗試建構出二土之古聲認知以探其音轉之條件與容受。然二王對此既罕見討論，未嘗不也反映出喬梓二人在古聲、韻間的輕重取捨？

　　除了二王的古音系統外，在此還要附帶提及的是這個系統在訓詁上的操作。這除了同音、同聲、同部之外，最主要的問題可能還在於所謂音轉之理了。不過，仍需稍加留意的是，這裏的音轉之「理」大抵指的只是一個判定的標準而已，並不能稱爲嚴格的「原理」或「音理」。

〔註49〕見〈高郵王懷祖先生訓詁音韻書稿敘錄・釋大七篇二冊〉。

事實上，二王在音理的說明常是概括籠統的，如齊佩瑢所謂：

> 按王氏廣雅疏證之作，已屢言「語轉」，並且常常彙聚義異聲同而聲
> 轉相同的字例說明「事雖不同，而聲之相轉則同」之理，又常以義
> 近聲轉相同的字例說明聲義相通之理，至於僅泛言聲轉語轉、方俗
> 語有輕重侈弇者更是所在皆是。（《訓詁學概論》，頁150）

若以今日音理歸納之，則有舒懷所謂：

> 王氏把音轉字的聲紐分爲了三個層次：發音部位和方法全相同（嚴
> 格同紐）、發音部位相同而方法不同（在五音中同類即近紐）、發音
> 部位和方法都不同（異紐）。（《高郵王氏父子學術初探》，頁150）

至於韻部，則有：之蒸（對轉）、之幽（旁轉）、之諄（文）（通轉）、之侯（職屋）旁轉、之緝（職緝）（通轉）、脂幽（旁通轉）、脂諄（旁對轉）、脂元（術元）（旁對轉）、元諄（旁轉）、元耕（旁對轉）、元魚（通轉）、元歌（對轉）、元支（元支談）、元祭（月）（對轉）、東陽（旁轉）、東幽（旁對轉）、東侵談（旁通轉、旁轉）、眞耕（通轉）、蒸侵（通轉）、東侯（對轉）、眞詣（眞術）（旁對轉、對轉）、支歌（旁通轉）、支魚（錫鐸）（旁轉）、支祭（旁通轉）、支質（通轉）、魚幽、魚歌（通轉）、魚陽（語養）（對轉）、侯幽（屋讀）（旁轉）、魚宵（旁轉）、緝盍（旁轉）等計三十一條通轉之規律。〔註50〕

　　不難發現，上述的範疇似乎不甚嚴格，在聲紐部分，有同紐、近紐，亦不排斥異紐者；而韻部則涵蓋了對轉、旁轉、通轉、旁通轉、旁對轉等五項。事實上，如果承認了異紐與旁通轉的「條例」，則諸紐、各部間大概亦無不可通之理了。如此看來，則二王之論音轉，儘管是聲、韻兼顧，卻也仍是不免疏陋的了？不過假使吾人願意在此稍做反省，去檢討此處對二王所做評價的標準，則其結果似乎也不是那麼絕對的。

　　一般而言，今人之論音轉之理者，總是挾其所謂「現代語言學」的科學立場，從原理去分析現象，或從現象去歸納原理，以建立諸般條例，隨後便逕直地以條例爲基礎，而普遍地施用於未知，去解釋、論證相同或相似之其他單一現象。研究如斯，批評亦如斯，上述對二王的評價大約便是如此模式。於是站在前人的肩膀上，吾人執其條例而愈趨精細，或是嚴格限定音轉的範圍只能是

〔註50〕見《高郵王氏父子學初探》，頁151～173。又括弧中之音轉條例亦爲舒懷所加。

對轉旁轉、同紐近紐；或是一以音轉原理為依據，而排斥其他不合音理之異常現象，然而卻忽略了前人是如何挺起他們的肩膀的。換句話說，吾人根本忽略了這些條例是在如何的前提與材料中所建立的，也漠視了這些條例可能的效度或局限。按常理言，所有的原理條例都可以說是從現象的分析中所歸納而得的，即使是演繹的推論，也必須建立在多數現象的支持上，否則假設終究只能是假設。以是現象與條例本身實存在一種相互支撐、也相互檢證的張力中。在此情況下，一味地以條例為確定前提，而要求、篩選現象，其實是迷失於科學、技術，而不切「實際」的一種本末倒置。

因此回到二王身上，雖然其音轉範圍在現代音理的理解下顯得太過寬泛，然而吾人更不應忽略的是，二王的古音系統是確確實實地從九經《楚辭》等上古材料中的實際韻例分析而得，二王的音轉範疇也的的確確是在協韻諧聲等音聲相繫的具體用例中有其依據，這一個過程原即是條例形成的基礎，以是二王的通轉現象與可接受的音理條例發生衝突之時，吾人應該懷疑的，恐怕不僅是現象理解的錯誤，而更應檢討條例是否真是條例？音理是否確為音理？

追根究底，如果吾人真的一一檢討整個音轉條例背後的理據，不難發現，從韻例分析、古音系統、方言影響、音變軌跡、……等等，其實皆存在進一步商榷的空間，是其條例本身亦有未足盡信者。自然，以今日之科學操作而言，伴隨著條例的現象，其後必然也將存在原理的說明，以是如王力之論韻轉：

> 同類同直行者為對轉，這是元音相同而韻尾的發音部位也相同。……。同類同橫行者為旁轉。這是元音相近，韻尾相同（或無韻尾）。……。不同類而同直行者為通轉。這是元音相同，但是韻尾發音部位不同。……。雖不同元音，但是韻尾同屬塞音或同屬鼻音者，也算通轉（罕見）。（〈同源字論〉，《王力文選》，頁 422～424）

以主要元音及韻尾的同、似、異，而論韻之同異遠近，實是今人普遍之概念，〔註51〕這樣的解釋看似客觀合理，有其一定據依。然而語言畢竟是一種人為的符號系統，除了聲音的物理屬性外，在使用時不免會介入一定的主觀認知，例如同為雙脣音而清濁有別之 p、b 二音，物理條件相近，對不以之辨義的其他方言可以無別，而在閩語中卻界限井然；又如男人、袋鼠、昆蟲、月亮、彩虹等

─────────

〔註51〕論聲轉則有發音部位、發音方式等指標，其理亦不二。

諸項事物，一般人似乎看不出其中共性，而在德伯爾（Dirbal）語中卻屬同一類別，〔註52〕是知物理屬性相近者，而主觀認知不必然以爲相近；反之，主觀認知以爲相近者，物理屬性亦不完全相近。雖然其中有不少的重合，然則吾人卻沒有理由全然地忽視這個現象的存在，以及其在語言變化中造成的影響。

以是，在主、客觀因素的影響下，條例至今仍是不夠精確的。王力在〈同源字論〉中曾論及同源字的音韻條件，以爲：

> 在同源字中，疊韻最爲常見，其次是對轉。至於旁轉、旁對轉、通轉，都比較少見。但通轉也有比較常見的，例如魚鐸陽和歌元月的通轉。（《王力文選》，頁424）

又：

> 在同源字中，雙聲最多，其次是旁紐。其餘各種類型〔準雙聲、準旁紐、鄰紐〕都比較少見。（《王力文選》，頁427）

雖然談的只是同源詞，不過多數學者之論諧聲、假借、聯綿詞等，亦大約是相同的標準。值得令人注意的是，在類似的歸納中，多半「不約而同」地要出現一些「例外」，如文中的旁對轉、通轉、鄰紐等，自然都顯示了條例的罅隙。或許吾人不需因此而否認歸納條例的作用，然而正視這些條例背後的不精確性，那麼對待條例的心態，恐怕是應該要有所修正的了。

因此本文以爲，條例其實只是一種現象的理解模式而已，同時今日的音理說明多半也只針對語音物理條件言耳，以是用以做爲語轉的判定標準，其實還存在一定的局限。而即使暫且忽略這些疏漏，恐怕也不能否認，這些音理的作用其實也只能是針對既有通轉現象的說明（一般或以之爲必要條件），而不是充要條件，現實的狀況是，符合條例者，不一定通轉，而通轉者亦不一定符合條例。在此狀況下，與其過度依賴條例，不如回到原始，正視二王這種基於實例所得的理解。

（二）文字

相較於對古音學的重視，二王在文字學上的表現顯得貧乏許多，究其原因，並非二王無暇兼顧，而實爲其專重語言的理論使然。在二王的言論中，類

〔註52〕參見喬治・萊科夫，《女人、火與危險事物》，頁130～136。

此的意見是不難看到的：

> 夫詁訓之要，在聲音，不在文字，聲之相同相近者，義每不甚相遠，
> 故名字相沿，不必皆其本字，其所假借，今韻復多異音。畫字體以
> 爲說，執今音以測義，斯於古訓多所未達，不明其要故也。（王引之，
> 〈春秋名字解詁敘〉，《王文簡公文集》，卷三）

此與石臞〈段若膺說文解字讀敘〉之說蓋如出一轍（見下引）。其中所謂「詁訓
之要，在聲音，不在文字」云云，可知伯申的態度是頗爲自覺而確定的不在文
字上周旋，並且還頗以爲「畫字體以爲說」的作法是不得其門徑者。以是後人
所謂「解說形體，求其造字之本」之形訓，〔註 53〕可說幾乎是全然排除在訓詁
學之外者。

　　自然，吾人不將忘記石臞曾有研治《說文》的計畫，然而若以下之論，則
二王取徑《說文》之目的亦不在字形，而在字音：

> 〔王南陔〕又曰：「欲求古音，舍《說文》之龤聲、讀若奚以哉？其
> 古音同部相龤而同讀者，音之正也；古音異部相龤而同讀者，音之
> 轉也。善學《說文》者，觀其龤聲、讀若，而古音之同類與其不同
> 類而類相近者，皆可以得之。」引之曰：「謹受教矣。」（王引之，〈王
> 南陔中丞困學說文圖跋〉，《王文簡公文集》，卷三）

以是《說文》中之諧聲、假借，轉注以及讀若等反映語言變化或可能溝通語言
同近之材料，才是二王注意的焦點。即使對於懋堂的《說文解字注》，這部後人
多視爲形音義三者互求之字書，而石臞仍偏重其聲義之溝通，而有意無意地，
似乎忽略了其在解字上的成就：

> 《說文》之爲書，以文字而兼聲音訓詁者也。凡許氏形聲、讀若皆
> 與古音相準，或爲古之正音，或爲古之合音，方以類聚，物以群分，
> 循而考之，各有條理。不得其遠近分合之故，則或執今音以疑古音，
> 或執古之正音以疑古之合音，而聲音之學晦矣。《說文》之訓，首列
> 製字之本意，而亦不廢假借。凡言一曰及所引經類多有之，蓋以廣
> 異聞、備多識，而不限於一隅也。不明乎假借之指，則或據《說文》
> 本字以改書傳假借之字，或據《說文》引經假借之字以改經之本字，

〔註 53〕見齊佩瑢，《訓詁學概論》，頁 117。

而訓詁之學晦矣。吾友段氏若膺於古音之條理，察之精、剖之密，
嘗爲《六書音均表》，立十七部以綜覈之，因是爲《說文解字讀》一
書，形聲、讀若，一以十七部之遠近分合求之，而聲音之道大明。
於許氏之說正義、借義，知其典要，觀其會通，而引經與今本異者，
不以本字廢借字，不以借字易本字，揆諸經義，例以本書，有相合、
無相害也，而訓詁之道大明。訓詁聲音明而小學明，小學明而經學
明，蓋千七百年來無此作矣，則若膺之書之爲功也大矣。若夫辯點
畫之正俗，察篆隸之繁省，沾沾自謂得之，而於形聲、讀若、轉注、
假借之通訓茫乎未之有聞，是知有文字而不知有聲音訓詁也，其視
若膺之學淺深相去爲何如耶？（〈段若膺說文解字讀敘〉，《王石臞先
生遺文》，卷二）

依此推之，假若石臞之《說文考異》果成（見上引），恐怕亦不將與《廣雅疏證》
有所不同。

其實在二王一貫因聲求義的主張中，原本就標舉著「不限形體」的旗幟，
由是貫徹於「文字學」中，其相對而無意於字形上多所摹畫辯察，大抵亦是順
理成章的事。

四、校 讎

校讎之於讀書之要，是鑒於明末空疏，而在清初漸成風氣者，亭林所謂「讀
九經自考文始」可爲斯例。而此議自亭林而下，經東原再至乾嘉時期，實已與
訓詁結合，而爲考據學者讀經之基本工夫了。

然而解經與校讎本是相輔相成的事，校讎使得經文的呈現更趨原貌，而與
訓詁堅實的立論基礎，反之，訓詁小學的發展亦令校讎工作得以更見紮實。在
乾嘉時期，大批考據學者對校讎的重視與參與，早已讓校讎學遠遠超越本校、
對校、他校的機械式操作，而主要著力在眾多異文中的擇定，以及抽絲剝繭，
在無證據處找線索以修訂、補足原籍的理校一途了。而二王，尤其是石臞，便
主要在歸納條例、「以小學校經」二者爲校讎學做出了貢獻。

在石臞〈讀淮南雜志敘〉中曾較爲全面地指出六十二條校讎誤謬，〔註54〕
這些誤謬，舒懷以爲略可歸爲錯誤的形式與成因二類，其言曰：

〔註54〕石臞自計六十四條，然文中所列實僅六十二，其自立條目另依本文分類示如後。

就文字錯誤的形式來說，"誤"、"脱"、"衍"、"倒"四字足
以賅之；就錯誤的成因來說，或是不識字（形、音、義和用法），或
是不審文義，或是不明句讀，或是不明韻例，或是逞臆妄爲，或是
粗心大意。（《高郵王氏父子學術初探》，頁 53）

大抵只要能涵蓋全部條例，分類本無是非可言。不過如果考量二王「以小學校
經」的途徑及其訓詁取向，以下的分類也許是較爲清楚的：

（一）形訛

「有因字不習見而誤者」（〈讀淮南雜志敘〉，《王石臞先生遺文》，卷三。下同）

「有因字不習見而妄改者」

「有因古字而誤者」

「有因隸書而誤者」

「有因草書而誤者」

「有因俗書而誤者」

「有兩字誤爲一字者」

「有誤字與本字並存者」

「有因誤字而誤改者」

「有因字誤而失其韻者」

（二）音訛

「有因假借之字而誤者」

「有不識假借之字而妄改者」

「有不識假借之字而妄加者」

「有不識假借之字而妄刪者」

「有不識假借之字而顛倒其文者」

「有改字以合韻而實非韻者」

「有改字以合韻而反失其韻者」

（三）義訛

「有不審文義而妄改者」

「有不審文義而妄加者」

「有不審文義而妄刪者」

（四）句讀

「有失其句讀而妄移注文者」

「有句讀誤而又加字以失其韻者」

（五）板本

「有因字脫而失其韻者」

「有因字倒而失其韻者」

「有錯簡而失其韻者」

「有因句倒而失其韻者」

「有校書者旁記之字而闌入正文者」

「有衍至數字者」

「有脫數字至十數字者」

「有正文誤入注者」

「有注文誤入正文者」

「有錯簡者」

「有句倒而又移注文者」

「有既脫而又妄加者」

「有既脫而又妄刪者」

「有既衍而又妄加者」

「有既衍而又妄刪者」

「有既脫而又加字以失其韻者」

（六）疏妄

「有加字而失其韻者」

「有改字而失其韻者」

「有改字而失其韻，又改注文者」

「有改字而失其韻，又刪注文者」

「有因誤而致誤者」

「有既誤而又妄改者」

「有既誤而又妄加者」

「有既誤而又妄刪者」

「有既誤而又改注文者」

「有既誤而又增注文者」

「有既誤而又移注文者」

「有既誤且改而失其韻者」

「有既誤而又加字以失其韻者」

「有既誤且改而又改注文者」

「有既改而又改注文者」

「有既改而復增注文者」

「有既改而復刪注文者」

「有妄加字而失其句讀者」

「有妄加數字至二十餘字者」

（七）疏妄與板本

「有誤而兼脫者」

「有既誤且衍而又妄加注釋者」

「有既誤且脫而失其韻者」

「有既誤且倒而失其韻者」

「有既脫且誤而又妄增者」

若更參酌賴炎元從《讀書雜志》與《經義述聞》中補充的五十七條，取其異者，則有如下數端：〔註55〕

（八）語境

「涉上下文而誤」

「涉上下文而衍」

「依上下文妄加」

（九）其他

「因避諱而誤」

需要說明的是，其一，假借一項一般宜屬文字而歸於形訛一類，不過如前所述，二王之論假借者，其實仍是「因聲求義」的施用，並非循六書、析本義

之謂，因此本文仍歸諸音訛，以符二王結構。其二，賴炎元〈高郵王念孫引之父子的校勘學〉一文中，亦曾歸類二王條例為二類：

> 這些條例大致可分為兩類：一是因為傳鈔而發生錯誤的，又可分為誤字、脫字、倒文、衍文、錯簡等；一是因為後人任意改正而發生錯誤的，又可分為妄改、妄加、妄刪、妄乙等。

此二類，約即本文板本與疏妄二者。然就其分類可知，此實純就校勘立場言耳，同時前者若舒懷所謂，乃「錯誤之形式」，與成因本不在同一層次；而後者則是籠統的態度問題，亦與二王在技術上的取徑略無相涉。因此只有單項的條例，本文依其性質歸類，而複合二項無以別其輕重時，則立「疏妄與板本」一類歸之。至其與成因之類別（如形訛、音訛等）複合者，則僅依成因之標目歸類，不更別出一類。蓋本文此處分類之目的，旨在窺探二王理校之法，為能突顯二王視角，故有此輕重之權宜。

而在如是分類下，吾人實可明顯地發現，在二王的校讎中，除了一般性異本、異文的比對外，更重要的還在其理校的工夫，而其理校的取徑，則主要在於形、音、義與夫句讀、語境五端。就形而言，二王主要針對的同近的字形所造成辨識上的混淆，這包含同時代中兩字的誤認，以及相異時代、字體變革中移寫的錯譯。可注意的是，此種方式雖屬文字之學，然只在點畫的比對中尋其「本字」耳，與所謂因形求義的文字學實亦未可一概而論。就音而言，則有假借與韻例二端，皆是二王因聲求義之延伸。就義而言，則在文本之解讀，可謂直接借助訓詁者。而嚴格說來，句讀與語境二者，亦可概括於此，蓋句讀本賴文義之確定，而語境則是句義的影響。

要之，此五端者實與二王之訓詁頗為相應。二王援小學入校讎，確實解決了許多疑難，也使得校讎得到了進一步的深化。同時因為有了小學做為理據的基礎，二王得以建立諸多具體的條例，使懋堂所謂「治絲而棼」的理校一途可能按圖索驥而漸次得以落實。〔註56〕在此狀況下，小學與校讎，其本末先後似乎亦因此顯得模糊，蓋石臞所謂「以小學校經」者，校讎隱然已成為小學之對象了。

〔註56〕見段玉裁〈與諸同志書論校書之難〉，《經韻樓集》，卷十二。

五、其　他

（一）比例

「比例」者，本不爲訓詁理論，然以其實爲二王理論下的重要實踐方式，是亦附論於此。

胡奇光《中國小學史》中曾謂：

> 較爲全面的提法是：以音求義以及與之密切聯繫的據上下文校字釋義，才是高郵王氏父子的訓詁的精髓。（頁 286）

是少見特重二王「據上下文校字釋義」者。而其所謂「上下文」者，實際上約等於今日所謂之語境：

> 王念孫的長處，即在從內容與形式的關係上看待“上下文”。如側重於內容所決定的形式看，“上下文”是指文中的上下句及句中的上下字；如側重於形式所表現的內容看，就是指詞句的意義所反映的客觀事物某一側面。合兩者而觀之，他的所指，與現代語言學說的“語境”（context）較爲接近。（同上，頁 290）

以是胡氏分從校字與釋義二端以言其於施用，在校字方面，胡氏曰：

> 在王氏父子的著作裏，“上下文”的一般用法，是指文中的上下句及句中的上下字。他們據上下文校字釋義，都要求文義相稱，先看意義的通不通，兼看上下文的合不合，在不少地方，看上下文的合不合，又與看行文義例上的同不同緊密地聯繫起來。這表現在兩個方面：
>
> 一方面是“揆之本文而協”。這又包括兩層意思：其一，是揭示“本文”內同一段中相鄰接的上句與下句的用詞造句的相同法式。……。其二，是從“本文”或“本書”內不同段裏抽象出此句與彼句之間相同的用詞造句法式。……。
>
> 另一方面是“驗之他卷而通”。即在同一時代的“本文”的此句與“他書”的彼句之間，以相同的用詞造句法式相互印證。（同上，頁 286～287）

至釋義方面，胡氏則主要以爲：

據上下文校字的方法，同樣可用之於釋義。如《論語·顏淵篇》的名言：「非禮勿動。」這「動」字，一般解作「行事」，但王引之不以爲然，指出：「非禮勿動」與「非禮勿視，非禮勿聽，非禮勿言」並列，當解作「動容貌」。因爲：「經文數句平列，義多相類。如其類以解之，則較若畫一；否則，上下參差而失其本指矣。」（同上，頁288）

大體而言，胡氏之說是可以同意的。不過，在這個理解下，似乎容有二端應加稍事商榷，其一，雖然本文以爲這確是二王訓詁的重要方式，不過以與「以音求義」並列，在層次上似有不稱，蓋一屬理論，一屬技術，前者乃基於二王對語言現象的理解所提出的內在結構，以及依此結構而衍生的訓詁途徑；後者則略無理論背景，唯在資料比對中產生之訓詁技巧耳。其二，逕以「上下文」概括二王此中操作，雖然較廣泛地表現了二王的訓詁手法，不過卻也因此模糊了二王的特點。蓋由語境以釋詞義，本爲訓詁基本概念，不待二王而有，亦不僅二王之專有。本文以爲二王在運用語境的操作中，較爲特出者，乃在其「比例」之概念者。易言之，如果將胡氏之論逆向操作，由釋義回到校字，由他書回到本書，則擺脫這些材料與對象的差異，二王實際的手法僅在其所謂「揆之文本而協」中之二項而已，而此二項，一言以蔽之，又可謂即類同句式之比對者，此在二王則有〈通說〉中「經文數句平列，上下不當歧義」一條，〔註57〕而本文執其理路、用語，又別謂之爲「比例」。〔註58〕

〔註57〕前引胡文中「經文數句平列，義多相類」云云，即伯申此條之說解也。

〔註58〕「比例」一詞，蓋衍自伯申與錢熙祚也。伯申〈與焦理堂先生書〉中，曾概括焦循治《易》之法則爲「比例」二字：「引之頓首理堂先生執事。日者奉手書示以說《易》諸條，……，皆至精至實，要其法則，比例二字盡之。所謂比例者，固不在他書，而在本書也。」（《王文簡公文集》，卷四），而錢氏歸納伯申釋詞之法則有「舉兩文以比例者」（見前引），是不論其施用範疇，僅就其模式言，可以「比例」概括之也。又，舒懷《高郵王氏父子學術初探》中，曾歸納王氏父子訓詁學方法爲「文獻學方法」與「語言學方法」二類，其「文獻學方法」又包含「以異文明訓詁」、「類比文句以明訓詁」、「以古書體例以明訓詁」三項（頁104～108），並謂：「凡利用版本、目錄的知識，以校讎等方式進行訓詁，都可稱爲訓詁的文獻學方法。王引之說的『比例而知』即屬此法。」（頁104）與本文略有異同，唯本文乃就其思維模式言，而舒氏則落實於文獻材料耳。

「比例」之基本概念，以及二王之善用「比例」者，胡氏之說已可得見，若其所舉「非禮勿動」之例頗爲典型，而石臞爲人稱道之「終風且暴」亦不外乎是。然則本文既由其理路模式而言其法則者，則舉一反三，求其一貫，固可發現二王之操作多可繫乎於此。

具體言之，前述本文以「類同句式之比對」而言「比例」者，乃姑就胡氏之說爲述耳，而胡氏之意原亦包括「本文」與「他卷」二項。在此基礎下，本文「引申觸類」，將「類同」類推爲相同、相反等一切詞義之對應，則兩句之互文、別本之異文，與夫後人之引文等，亦皆可歸入「比例」之施用。是前引錢熙祚所歸納伯申六種釋詞之法，「比例」已佔其五：「舉同文以互證」、「舉兩文以比例」、「因互文而知其同訓」、「即別本以見例」、「有采後人所引以相證」，因謂「比例」爲二王訓詁之主要法則可以不爲無據。

（二）成效

二王在訓詁學上的成就已是有目共睹的，不煩再去錦上添花，在此僅約略表示本文對其實踐的些許疑惑。

首先，可引同於東原所釋之著例：「光被四表」爲之比較：

> 引之謹案，光、桄、橫，古同聲而通用，非轉寫訛脫而爲光也。三字皆充廣之義，不必古曠反而後爲充也。《漢書》〈宣帝紀〉、〈蕭望之傳〉並曰：「聖德充塞天地，光被四表。」……，則光被之光作橫，又作廣，字異而聲義同，無煩是此而非彼也。至光、格對文，而鄭康成訓光爲充燿，於義爲疏。戴氏獨取「光，充也」之訓，其識卓矣。（王引之，《經義述聞・尚書》「光被四表」條，卷三）

在伯申的解釋中，可知其結論與東原並無二致，所不同者，伯申乃在其因聲求義的理論下，以轉語之概念取代東原所謂「轉寫訛脫」，而更簡要地交代了諸異文間的對待與交通。

這樣的解釋看來是更爲直截的，不過如果就理路看，二者其實皆先在語境中肯定了光之爲充的用義，然後才在此「卓識」下尋求根據或解釋證據者，是「卓識」不由小學而來，小學反爲「卓識」服務矣。這樣的論證過程造成考據的結果仍取決於主觀的判斷，不覺中實已淡化了考據居間的作用。

　　而即使吾人接受了這個結論，更在此結論下評估二人的詮釋，是在同樣的
證據下，訛誤與轉語的優劣取捨，大約亦只能見仁見智了，而所謂的仁智，其
實又繫於個人的學術背景與主觀信念。如舒懷之以伯申爲是，而曰：

> 〔東原〕拘於字形以立說。……。王氏不拘於形體，因聲求義，故
> 能得其本眞。(《高郵王氏父子學術初探》，頁 119〜120)

蓋即全主聲義相通之說者。然則吾人必須注意，即使轉語之說可信，而形訛在
板本傳鈔間的存在卻仍是一個可能的現象，是針對單一事件的解釋究爲轉語、
訛誤，恐怕還有賴於其他條件的支持。要之，轉語之說雖然在此顯得簡潔而容
易爲人接受，不過「簡潔」、「扼要」畢竟不能做爲證明的理據。

　　以是不論在論證的理據，以及接受論證的態度上，追根究底，小學於此實
未能提供眞正信而有徵的效力。

　　在二王的訓詁實踐中，類此單句單詞的訓解其實佔了絕大多數。而這樣的
訓釋尚不賴於經義的判定，亦不涉於經義的詮解，其客觀的效力已不少疑慮，
一旦用以解經論道，而其局限亦可想見矣。要之，二王既無意於此，而吾人亦
不須泥此虛題更去深究了。

　　綜而言之，二王在訓詁上的表現確是饒有成就的，然則亦不可否認的，在
二王的體系中，訓詁小學在理念上雖仍爲經學而服務，而其範疇以及目的卻有
漸次模糊的傾向，大抵可說是方法論的過度執著，而本末倒置地掩蓋了本來的
意圖。黃愛平曾謂：

> 王氏父子以及許多的乾嘉學者雖然把明經達道作爲治學的宗旨。但
> 在他們的學術實踐中，卻並未致力於明經達道，更談不上在清代的
> 學術思想界重新構築一整套像宋明理學那樣精緻、完備的理論體
> 系。他們孜孜於文字、音韻、訓詁、校勘的研究，「以裒續補苴謂足
> 盡天地之能事」，似乎完全忘了他們一直強調的治學目的。(〈乾嘉學
> 者王念孫王引之父子學術研究〉)

宜得其情實。

附錄：東原、朱子論治學有合語錄

就東原後期的表現而言，大抵諸家皆認為東原是自覺地與程朱劃清界限，而明確地堅信其個人的思想主張。這一點我們自然也深表贊同，只是略可注意者，東原與程朱之相異，質實而言，主要仍只在義理的認知不同，至於偏屬技術性的治學途徑，則東原一向仍不出程朱一路也。以下我們摘錄東原治學言論，對照朱子所論讀書之道，〔註59〕不難發見，其中異者僅十之一二，而同者十有其九矣。

一、治學宗旨：蔽與除蔽

（一）鑿空

（戴）士生千載後，求道於典章制度而遺文垂絕。今古縣隔，時之相去殆無異地之相遠，僅僅賴夫經師故訓乃通，無異譯言以為之傳導也者。又況古人之小學亡，而後有故訓，故訓之法亡，流而為鑿空。數百年以降，說經之弊，善鑿空而已矣。（〈古經解鉤沈序〉）

（戴）後之論漢儒者，輒曰故訓之學云爾，未與於理精而義明。則試詰以求理義於古經之外乎？若猶存古經中也，則鑿空者得乎？（〈古經解鉤沈序〉）

（戴）後儒語言文字未知，而輕憑臆解以誣聖亂經，吾懼焉。段君又有《詩經小學》、《書經小學》、《說文考證》、《十七部古韻表》等書，將繼是而出，視逃其難相與鑿空者，於治經孰得孰失也？（〈六書音均表序〉）

（朱）又曰：大凡讀書，須是虛心以求本文之意為先，若不得本文之意，則是任意穿鑿。（《朱子讀書法》卷四）

（朱）讀書未理會得處，且放下，莫要硬去穿鑿。（《朱子讀書法》卷二）

（朱）固不可鑿空立論，然讀書有疑，有所見，自不容不立論。（《性理大全書》卷五十三・學十一・讀書法一）

〔註59〕後人蒐輯朱子讀書語錄者不乏其人，各家所輯，略無異同。或有一書之中，務求該廣，致同是一意，而疊床架屋者多矣。本文旨在窺見東原、朱子之同似，不欲累牘，故僅在治學結構下，擇錄列示其要者。至主要依據，則在《性理大全書》及張洪、齊熙所編《朱子讀書法》二者，蓋前者為宋元以來士人教本，為朱子影響、傳播之主要媒介；而後者則蒐羅頗備矣。

1. 私、蔽

（戴）余嘗謂學之患二：曰私，曰蔽。（〈沈處士戴笠圖題詠序〉）

（朱）學者觀書，病在只要向前，不肯退步看。愈向前，愈看得不分曉，不若退步，卻看得審，大概病在執著不肯放下。正如聽訟，心先有主張，乙底意思便只尋甲底不是；先有主張，甲底意思便只見乙底不是？不若姑置甲乙之說，徐徐觀之，方能辨其曲直。橫渠云：「濯去舊見，以來新意。」此說甚當。若不濯去舊見，何處得新意來？今學者有二種病，一是主私意，一是舊有先入之說，雖欲擺脫，亦被他自來相尋。（《性理大全書》卷五十三・學十一・讀書法一）

（戴）故訓音聲相爲表裏。故訓明，六經乃可明。後儒語言文字未知，而輕憑臆解以誣聖亂經，吾懼焉。段君又有《詩經小學》、《書經小學》、《說文考證》、《十七部古韻表》等書，將繼是而出，視逃其難相與鑿空者，於治經孰得孰失也？〈六書音均表序〉）

（朱）讀書須是優游玩味，徐觀聖賢立言本意所向如何，然後隨其遠近淺深、輕重緩急，而爲之說。如孟子所謂「以意逆志」者，庶乎可以得之。若便以吾先入之說橫於胸次，而驅率聖賢之言以從己意，設使義理可通，已涉私意穿鑿，而不免於郢書燕說之誚，況又義理窒礙，亦有所不可行者乎？（《性理大全書》卷五十三・學十一・讀書法一）

（朱）先生書謂吳伯豐曰：近日看得讀書別無他法，只是除卻自家私意，而逐字逐句，只依聖賢所說白直曉會，不敢妄亂添一句閒雜言語，則久之自然有得。凡所悟解，一一皆是聖賢眞實意思，不然，縱使說得寶花亂墜，亦只是自家杜撰見識也。（《朱子讀書法》卷二）

（戴）宋以來，儒者以己之見硬坐爲古賢聖立言之意，而語言文字實未之知。（〈與某書〉）

（戴）宋儒譏訓詁之學，輕語言文字，是欲渡江河而棄舟楫，欲登高而無階梯也。爲之三十餘年，灼然知古今治亂之源在是。（〈與段茂堂等十一札〉之九）

（朱）魏元壽問《大學》，先生因云：今學者不會看文字，多是先立私意，自主張已說在裏，只借聖人言語做起頭，便自把他意接說將去，病痛專在這上面。（《朱子讀書法》卷二）

2. 緣詞生訓、守訛傳謬

（戴）是故鑿空之弊有二：其一，緣詞生訓也；其一，守訛傳謬也。緣詞生訓者，所釋之義，非其本義。守訛傳謬者，所據之經，併非其本經。（〈古經解鉤沈序〉）

（朱）答李守約書曰：讀書之法無他，惟是篤志虛心，反覆詳說爲有功耳。近見學者多是率然穿鑿，便爲定論。或即信所傳聞，不復稽考，所以日誦聖賢之書，而不識聖賢之意，其所誦說，自是據自家見識撰成耳。如此豈復能有長進！（《朱子讀書法》卷四）

（朱）又曰：讀書窮理，須認正意，切忌緣文生義、附會穿穴，只好做時文，不是講學。（《朱子讀書法》卷四）

（二）寬心、緊心

（戴）《春秋》所以難言者，聖人裁萬事，猶造化之於萬物，洪纖高下各有攸當，而一以貫之，條理精密，即在廣大平易中。讀《春秋》者，非大其心無以見夫道之大，非精其心無以察夫義之精。以故三家之《傳》而外，說是經至數千百家，其於《春秋》書法卒不得也。（〈春秋究遺序〉）

（朱）便是看義理難，又要寬著心，又要緊著心。不寬不足以見其規模之大；不緊不足以見其文理之細密。苟楊曉文義，又不見他大規模處。（《朱子讀書法》卷一）

（朱）觀書須靜著心，寬著意思，沈潛反覆將久，自會曉得去。（《性理大全書》卷五十三‧學十一‧讀書法一）

按：東原所謂「大其心」以見「道之大」、「精其心」以察「義之精」與朱子「寬著心」以「見其規模之大」、「緊著心」以「見其文理之細密」實異曲同工。雖東原於此僅針對《春秋》一經言者，然亦可見其治經理路中有此標準也。

（三）正本清源、斥佛老

（戴）又先生丁酉四月，有〈答彭進士紹升書〉。彭君好釋氏之學，長齋佛前，僅未削髮耳。而好談孔、孟、程、朱，以孔、孟、程、朱疏證釋氏之言。其見於著述也，謂孔、孟與佛無二道，謂程、朱與陸、王、釋氏無異致。

同時有羅孝廉有高、汪明經縉倡和其說，先生以所作《原善》、《孟子字義疏證》示之。彭君有書與先生。先生答此書，以六經、孔、孟之旨，還之六經、孔、孟，以程、朱之旨還之程、朱，以陸、王、佛氏之旨還之陸、王、佛氏。俾陸、王不得冒程、朱，釋氏不得冒孔、孟，其書幾五千言。有此而《原善》、《孟子字義疏證》之說愈明矣。（段著〈年譜〉，五十五歲）

（朱）以他説看他説，以物觀物，無以己觀物。（《性理大全書》卷五十三·學十一·讀書法一）

（朱）世變俗衰，士不知學，挾冊讀書者既不過誇多鬥靡以爲利祿之計。其有意於爲己者，又直以爲可以取足於心，而無俟於他求也。是以墮於佛老虛空之邪見，而於義理之正，法度之詳，有不察焉。其幸而或知理之在我與夫學之不可以不講者，則又不知循序致詳，虛心一意，從容以會乎在我之本。然是以急遽淺迫，終不能浹洽而貫通也。嗚呼！是豈學之果不可爲，書之果不可讀，而古先聖賢所以垂世立教果無益於後來也哉？道之不明可歎也已。（《朱子讀書法》卷一）

二、治學途徑：考據（訓詁）→通經→聞道

（戴）經之至者，道也；所以明道者，其詞也；所以成詞者，未有能外小學文字者也。由文字以通乎語言，由語言以通乎古聖賢之心志，譬之適堂壇之必循其階，而不可以躐等。（〈古經解鉤沈序〉）

（戴）是以凡學始乎離詞，中乎辨言，終乎聞道。離詞，則舍小學故訓無所藉；辨言，則舍其立言之體無從而相接以心。先生於古人小學故訓，與其所以立言，用相告語者，研究靡遺，治經之士，得聆一話言，可以通古，可以與幾於道。（〈沈學子文集序〉）

（朱）答項平父書曰：大抵既爲聖賢之學，須讀聖賢之書，既讀聖賢之書，須看得他所説本文上下意義字字融釋，無窒礙處，方是會得聖賢立言指趣。識得如今爲學工夫，固非可以懸空白撰而得之也。（《朱子讀書法》卷四）

（戴）學者大患，在自失其心。心全天德，制百行。不見天地之心者，不得己之心；不見聖人之心者，不得天地之心。不求諸前古聖賢之言與事，則

無從探其心於千載下。是故由六書、九數、制度、名物，能通乎其詞，然後以心相遇。是故求之茫茫空馳以逃難，歧爲異端者，振其橋而更之，然後知古人治經有法，此之謂鄭學。(〈鄭學齋記〉)

(朱) 其所以必曰讀書云者，則以天地陰陽事物之理，修身事親齊家及國，以至於平治天下之道。與凡聖賢之言行，古今之得失，禮樂之名數，下而至於食貨源流，兵刑之法制，亦莫非吾之度內有不可得而精粗者。若非考諸載籍之文，沉潛參伍以求其故，則亦無以明夫明德體用之全，而止其至善精微之極也。(《朱子讀書法》卷三)

(朱) 答許生書曰：夫道之體用，盈於天地之間。古先聖人既深得之，而慮後世不能以達乎此，於是立言垂教，自本至末，所以提撕誨誘於後人者無所不備。學者正當熟讀其書，精求其意，考之吾心以求其實，參之事物以驗其歸，則日用之間，諷誦思存，應務接物，無一事之不切於己矣。(《朱子讀書法》卷三)

三、通 經

(戴) 六經者，道義之宗而神明之府也。古聖哲往矣，其心志與天地之心協，而爲斯民道義之心，是之謂道。

士生千載後，求道於典章制度而遺文垂絕。今古縣隔，時之相去殆無異地之相遠，僅僅賴夫經師故訓乃通，無異譯言以爲之傳導也者。……。後之論漢儒者，輒曰故訓之學云爾，未與於理精而義明。則試詰以求理義於古經之外乎？若猶存古經中也，則鑿空者得乎？(〈古經解鉤沈序〉)

(朱) 答或人書曰：大抵讀書且是虛心考其文詞指意所歸，然後可以要其義理之所在。近見學者多是先立己見，不問經文向背之勢，而橫以義理加之。其說雖不背理，然非經文本意如此，則但據己見自爲一書，何必讀古聖賢之書哉？所以讀書政恐吾之所見未必是而求正於彼耳。惟其闕文斷簡、名器物色有不可考者，則無可奈何。其他在義理中可推而得者，切須字字句句，反覆精詳，不可草草說過也。(《朱子讀書法》卷四)

(朱) 去聖既遠，天下無師，學者必因書記語言，以知理義之精微，知之固道也，不然，則爲溺心志之大阱矣。(《朱子讀書法》卷三)

（朱）先生曰：學者望道未見，固必即書以窮理，苟有見焉，亦當博考諸書，有所證驗，而後實有所俾助，而後安。不然則其德孤而與枯槁寂滅者無以異矣，潛心大業何有哉？矧自周衰教失，禮樂養德之具，一切盡廢，所以維持此心者，惟有書耳。（《朱子讀書法》卷一）

（一）考據、訓詁、十分之見

（戴）凡僕所以尋求於遺經，懼聖人之緒言闇汶於後世也。然尋求而獲，有十分之見，有未至十分之見。所謂十分之見，必徵之古而靡不條貫，合諸道而不留餘議，鉅細畢究，本末兼察。若夫依於傳聞以擬其是，擇於眾說以裁其優，出於空言以定其論，據於孤證以信其通，雖溯流可以知源，不目睹淵泉所導，循根可以達杪，不手披枝肄所歧，皆未至十分之見也。以此治經，失不知為不知之意，而徒增一惑，以滋識者之辨之也。（〈與姚孝廉姬傳書〉）

（朱）讀書若有所見，未必便是，不可便執著，且放在一邊，益更讀書以來新見。若執著一見，則此心便被此見遮蔽了。譬如一片淨潔田地，若上面纏安一物，便須有遮蔽了處。聖人七通八達，事事說到極致處，學者須是多讀書，使互相發明，事事窮到極致處，所謂本諸身，徵諸庶民，考諸三王而不謬；建諸天地而不悖；質諸鬼神而無疑，百世以俟聖人而不惑。直到這箇田地方是。《語》云：「執德不弘」，《易》云：「寬以居之」。聖人多說箇廣大寬弘之意，學者要須體之。（《性理大全書》卷五十三・學十一・讀書法一）

（戴）僕欲究其本始，為之又十年，漸於經有所會通，然後知聖人之道，如縣繩樹槷，毫釐不可有差。（〈與是仲明論學書〉）

（朱）讀書工夫莫草略，近日學者多緣草略過了，故下梢頭，儱無去處，一齊棄了。大凡看書粗則心粗，看書細則心細，若研窮不熟，得些義理，以為是亦得，以為非亦得，須是見得差之毫釐，繆以千里方可。（《性理大全書》卷五十三・學十一・讀書法一）

（朱）讀書而不能盡見其理，只是心粗意廣。凡解釋文義，須是虛心玩索。聖人言語理該貫，如絲髮相通，若只恁大綱看過，何緣見精微出來，所以失聖人之意。（《朱子讀書法》卷四）

（朱）先生答湯退思書曰：知讀書有漸，甚善甚善！但亦須且讀一書，先其近而易知者，字字考驗，句句推詳。上句了，然後及下句；前段了，然後及後段，乃能眞實該遍，無所不通。使自家意思便與古聖賢意思泯然無間，不見古今彼此之隔，乃爲眞讀書耳。（《朱子讀書法》卷三）

（朱）問解經有異於程子說者如何？曰：「程子說，或一句自有兩三說，其間必有一說是，兩說不是。理一而已，安有兩三說皆是之理？蓋其說或後嘗改之，今所以與之異，安知不曾經他改來？蓋一章而眾說叢然，若不平心明白，自有主張，斷入一說，則必無眾說皆是之理。」（《性理大全書》卷五十四‧學十二‧讀書法二）

（二）闕疑

（戴）此詩異說紛然，秦漢間，儒已莫能徵考，治經所當闕疑者也。（〈詩生民解〉）

（朱）經書有不可解處，只得闕，若一向去解，便有謬處。（《朱子讀書法》卷二）

（三）貫通

（戴）又疑許氏於故訓未能盡，從友人假《十三經注疏》讀之，則知一字之義，當貫群經、本六書，然後爲定。（〈與是仲明論學書〉）

（朱）讀書先要虛心平氣，熟讀精思，令一字一句皆有下落，諸家注解一一通貫，然後可以較其是非，以求聖賢立言之本意。（《性理大全書》卷五十三‧學十一‧讀書法一）

（朱）讀書須是知貫通處，東邊西邊都觸著這關捩子方得。（《性理大全書》卷五十三‧學十一‧讀書法一）

（四）識字

（戴）至若經之難明，尚有若干事。誦堯典數行至「乃命羲和」，不知恒星七政所以運行，則掩卷不能卒業。誦〈周南〉、〈召南〉，自〈關雎〉而往，不知古音，徒強以協韻，則齟齬失讀。誦古《禮經》，先〈士冠禮〉，不知古者宮室、衣服等制，則迷於其方，莫辨其用。不知古今地名沿革，則〈禹貢〉職方失其處所。不知少廣、旁要，則〈考工〉之器不能因文而推其制。不知鳥獸蟲魚草木之狀類名號，則比興之意乖。而字學、故

訓、音聲未始相離，聲與音又經緯衡從宜辨。漢末孫叔然創立反語，厥後考經論韻悉用之。釋氏之徒，從而習其法，因竊爲己有，謂來自西域，儒者數典不能記憶也。中土測天用句股，今西人易名三角、八線，其三角即句股，八線即綴術。然而三角之法窮，必以句股御之，用之句股者，法之盡備，名之至當也。管、呂言五聲十二律，宮位乎中，黃鐘之宮四寸五分，爲起律之本。學者蔽於鐘律失傳之後，不追溯未失傳之先，宜乎說之多鑿也。凡經之難明右若干事，儒者不宜忽置不講。僕欲究其本始，爲之又十年，漸於經有所會通，然後知聖人之道，如縣繩樹槷，毫釐不可有差。（〈與是仲明論學書〉）

（朱）學者觀書，先須讀得正文，記得注解，成誦精熟。註中訓釋文意、事物、名件，發明經旨相穿紐處，一一認得，如自己做出來底一般，方能玩味，反覆向上有通透處。若不如此，只是虛設議論，如舉業一般，非爲己之學也。曾見有人說《詩》，問〈關雎〉篇，於其訓詁名物全未曉，便説「樂而不淫、哀而不傷」。某因説與他道：「公而今説《詩》只消這八字，更添「思無邪」三字，共成十一字，便是一部《毛詩》了，其他三百篇皆成渣滓矣。」因憶頃年汪端明説沈元用問和靖：「伊川《易傳》何處是切要？」尹云：「體用一源，顯微無間，此是切要處。」後舉似李先生，先生曰：「尹説得好，然須是看得六十四卦，三百八十四爻都有下落，方始説得此話，若學者未曾子細理會，便與他如此説，卻是誤他。」予聞之悚然，始知前日空言無實不濟事，自此讀書益加詳細。（《朱子讀書法》卷一）

（五）成誦

（戴）先生嘗謂玉裁曰：「余於疏不能盡記，經、注則無不能倍誦也。」（段著〈年譜〉，十七歲）

（朱）讀書須是成誦方精熟，今所以記不得，説不去，心下若存若亡，皆是不精不熟之患。……。橫渠云：「讀書須是成誦。」今人所以不如古人處，只爭這些子。古人記得，故曉得，今人鹵莽記不得，故曉不得。緊要處、慢處皆須成誦，自然曉得也。（《性理大全書》卷五十三·學十一·讀書法一）

（六）精與博

（戴）　先生言：「學貴精不貴博，吾之學不務博也。」（段著〈年譜・附言談輯要〉）

（朱）　山谷〈與李幾仲帖〉云：「大率學者喜博而常病不精，汎濫百書，不若精於一也。有餘力，然後及諸書，則涉獵諸篇亦得其精。蓋以我觀書，則處處得益，以書博我，則釋卷而茫然。」某深喜之，以爲有補於學者。（《性理大全書》卷五十三・學十一・讀書法一）

（朱）　夫學非讀書之謂，然不讀書又無以知爲學之方，故讀之者貴專而不貴博，蓋唯專爲能知其意而得其用，徒博則反苦於雜亂淺略而無所得，必也致精一書，優柔厭飫，以求聖學工夫次第之實，俟其心通意解，書冊之外，別有實下工夫處，然後更易而少進焉，則得尺得寸，雖少而皆爲吾有矣。（《性理大全書》卷五十三・學十一・讀書法一）

四、聞道（轎夫、轎中人）

（一）聞道（大本、義理根源）

（戴）　今仲林得稽古之學於其鄉惠君定宇，惠君與余相善，蓋嘗深嫉乎鑿空以爲經也。二三好古之儒，知此學之不僅在故訓，則以志乎聞道也。或庶幾焉。（〈古經解鉤沈序〉）

（戴）　今之博雅文章善考覈者，皆未志乎聞道，徒株守先儒而信之篤，如南北朝人所譏，「寧言周、孔誤，莫道鄭、服非」。亦未志乎聞道者也。（〈答鄭丈用牧書〉）

（朱）　讀書將以求道，不然，讀作何用？今人不去這上理會道理，皆以涉獵該博爲能，所以有道學、俗學之別。」（《性理大全書》卷五十三・學十一・讀書法一）

（戴）　先生〔東原〕之言曰：「六書九數等事如轎夫然，所以异轎中人也。以六書九數等事盡我，是猶誤認轎夫爲轎中人也。」（段玉裁，《戴東原集・序》）

（朱）　聖經字若箇主人，解者猶若奴僕。今人不識主人，且因奴僕通名方識得主人，畢竟不如經字也。（《性理大全書》卷五十四・學十二・讀書法二）

（戴）　足下好道，而肆力古文，必將求其本。求其本，更有所謂大本，大本既得矣，然後曰是道也，非藝也。則彼諸君子之爲道，固待斯道而榮瘁也者。（〈與方希原書〉）

（朱）　爲學須是先立大本，其初甚約，中間一節甚廣大，到末梢又約。孟子曰：「博學而詳說之，將以反說約也。」（《性理大全書》卷五十四・學十二・讀書法二）（朱）《大學》一篇乃入德之門戶，學者當先講習，知得爲學次第規模，乃可讀《語》、《孟》、《中庸》。先見義理根源，體用之大略，然後徐考諸經以極其趣，庶幾有得。（《性理大全書》卷五十四・學十二・讀書法二）

（二）空所依傍

（戴）　治經先考字義，次通文理。志乎聞道，必空所依傍。漢儒訓詁有師承，亦有時傅會；晉人傅會鑿空益多；宋人則恃胸臆爲斷，故其襲取者多謬，而不謬者在其所棄。我輩讀書，原非與後儒競立說，宜平心體會經文。有一字非其的解，則於所言之意必差，而道從此失。學以牖吾心知，猶飲食以養吾血氣，雖愚必明，雖柔必強。可知學不足以益吾之智勇，非自得之學也，猶飲食不足以增長吾血氣，食而不化者也。（〈與某書〉）

（朱）　解經已是不得已。若只就註解上說，將來何濟？如畫那人一般，畫底卻識那人，別人不識，須因這畫去求那人始得。今便以畫喚做那人不得。（《性理大全書》卷五十四・學十二・讀書法二）

（朱）　經之有解，所以通經。經既通，自無事於解，借經以通乎理耳。理得則無俟乎經。今意思只滯在此，則何時得脫然會通也。且所貴乎簡者，非謂欲語言之少也，乃在中與不中爾。若句句親切，雖多何害？若不親切，愈少愈不達矣。某嘗說：讀書須細看得意思通融後，都不見註解，但見有正經幾箇字在方好。（《性理大全書》卷五十四・學十二・讀書法二）

（朱）　解經不必做文字，止合解釋得義文通，則理自明，意自足。今多去上做文字，少間說來說去，只說得他自一片道理，經意卻蹉過了，要之，經之於理，亦猶傳之於經。傳所以解經也，既通其經，則傳亦可無。經所

以明理也，若曉得理，則經雖無亦可。（《性理大全書》卷五十四‧學十二‧讀書法二）

（三）心與理

（戴）孟子曰：「心之所同然者，謂理也、義也；聖人先得我心之所同然耳。」（《疏證》卷中）

（戴）學者大患，在自失其心。心全天德，制百行。不見天地之心者，不得己之心；不見聖人之心者，不得天地之心。不求諸前古聖賢之言與事，則無從探其心於千載下。是故由六書、九數、制度、名物，能通乎其詞，然後以心相遇。（〈鄭學齋記〉）

（朱）讀書須是以自家之心體驗聖人之心，少間體驗得熟，自家之心便是聖人之心。（《性理大全書》卷五十三‧學十一‧讀書法一）

（朱）人之為學，固是欲得之於心，體之於身。但不讀書，則不知心之所得者何事。（《朱子讀書法》卷三）

按：東原與朱子對「心」與「理」二者，在內涵上之理解不同，然則東原「以心相遇」與「自家之心體驗聖人之心」之工夫理路卻是無二。

（四）涵養（體會、自得）

（戴）學以牅吾心志，猶飲食以養吾血氣，雖愚必明，雖柔必強。可知學不足以益吾之智勇，非自得之學也，猶飲食不足以增長吾血氣，食而不化者也。（〈與某書〉）

（朱）先生跋林汝器《論語說》曰：《語》、《孟》聖賢之書，本自平易，又有諸先生相為發明義理，昭著如日星然。學者體味於心，念念不已，自然血脈通貫，無所底滯，然後可言有益於吾身，不然，涉獵強記，無沉浸釀郁之功，則其所資亦淺焉耳。（《朱子讀書法》卷四）

（朱）〔先生語周謨曰〕看文字須是切己則自體認得出，今人講明制度名器皆是當然，非不是學，但是於自己身上大處卻不曾會，何貴於學。（《朱子讀書法》卷四）

（戴）宜平心體會經文。有一字非其的解，則於所言之意必差，而道從此失。（〈與某書〉）

（戴）震嘗獲聞先生論讀書法曰：「學者莫病於株守舊聞，而不復能造新意，

莫病於好立異說，不深求之語言之間，以至其精微之所存。夫精微之所存，非強著書邀名者所能至也。日用飲食之地，一動一言，好學者皆有以合於當然之則。循是而尚論古人，如身居其世睹其事，然後聖人之情見乎詞者，可以吾之精心遇之。非好道之久，涵養之深，未易與於此。」先生之言若是。(〈春秋究遺序〉)

（朱）先要虛心平氣，熟讀精思，令一字一語皆有下落，諸家注解一一貫通，然後可以較其是非，以求聖賢立言之本意。雖已得之，亦且更如此反覆玩味，令其義理浹洽於中，淪肌浹髓，然後乃可言學耳。(《朱子讀書法》卷三)

（朱）答項平父書曰：聖賢教人雖以恭敬持守為先，而於其中又必使之即事即物，考古驗今，體會推尋，內外參合。蓋必如此，然後見得此心之真，此理之正，而於世間萬事，一切言語，無不洞然了其白黑也。(《朱子讀書法》卷三)

（朱）讀書窮理，當體之於身，凡平日所講貫窮究者，不知逐日常見得在心目間否？不然則隨文逐義，趲趁期限，不見悅處，恐終無益。(《性理大全書》卷五十三・學十一・讀書法一)

（朱）讀書須要切己體驗，不可只作文字看，又不可助長。(《性理大全書》卷五十三・學十一・讀書法一)

（朱）觀書以己體驗固為親切，然亦須遍觀眾理，而合其歸趣乃佳。若只據己見，卻恐於事理有所不周。欲徑急而反疏緩也。(《性理大全書》卷五十三・學十一・讀書法一)

（朱）答曾泰之書曰：疑義且當闕之，卻於分明易曉，切於日用，治心修己處深自省察，有不合處，卻痛加矯革，如此方是為己工夫，不可只於文字語言上著力也。(《朱子讀書法》卷四)

（朱）讀書不可只專就紙上求義理，須反來就自家身上推究。秦漢以後無人說到此，亦只是一向去書冊上求，不就自家身上理會。自家見未到，聖人先說在那裏，自家只借他言語來就身上推究始得。(《朱子讀書法》卷二)

（朱）入道之門是將自己簡身入那道理中去漸漸相親，與己為一。而今人道理在這裏，自家身在外面，元不曾相干涉。(《朱子讀書法》卷二)

（五）實踐

（戴）聖賢之道德，即其行事。釋、老乃別有其心所獨得之道德。聖賢之理義，即事情之至是無憾，後儒乃別有一物焉，與生俱生而制夫事。（〈與某書〉）

（朱）讀書便是做事，凡做事有是有非、有得有失。善處事者不過稱量其輕重耳。讀書而講究其義理，判別其是非，臨事即此理。（《性理大全書》卷五十三‧學十一‧讀書法一）

（朱）聖人語言甚實，即吾身日用常行之間可見。（《朱子讀書法》卷二）

（朱）先生跋胡澹菴論語說序曰：通經之士固當終身踐言，乃為不負所學。斯言之要，所以警乎學者可謂至深切矣。然士之必欲通經，正為講明聖賢之訓，以為終身踐履之資耳，非直以分章析句為通經，然後乃求踐言以實之也。（《朱子讀書法》卷四）

（朱）先生書謂林充之曰：近讀何書？恐更當於日用之閒深加省察而去其害此者為佳，不然誦讀雖精而不踐其實，君子蓋深恥之。（《朱子讀書法》卷四）

（朱）聖人說話豈可以言語解過一遍便休了。須是實體於身，灼然行得，方是讀書。（《朱子讀書法》卷二）

五、其他：語脈完整者

（戴）士貴學古治經者，徒以介其名，使通顯歟？抑志乎聞道，求不謬於心歟？人之有道義之心也，亦彰亦微。其彰也，是為心之精爽；其微也，則以未能至於神明。六經者，道義之宗而神明之府也。古聖哲往矣，其心志與天地之心協，而為斯民道義之心，是之謂道。

士生千載後，求道於典章制度而遺文垂絕。今古縣隔，時之相去殆無異地之相遠，僅僅賴夫經師故訓乃通，無異譯言以為之傳導也者。又況古人之小學亡，而後有訓，故訓之法亡，流而為鑿空。數百年以降，說經之弊，善鑿空而已矣。雖然，經自漢經師所授受，已差違失次，其所訓釋，復各持異解。余嘗欲搜考異文，以為訂經之助；又廣覽漢儒箋注之存者，以為綜考故訓之助。……後之論漢儒者，輒曰故訓之學云爾，未與於理精而義明。則試詰以求理義於古經之外乎？若猶存古經中也，

則鑿空者得乎？嗚呼！經之至者，道也；所以明道者，其詞也；所以成詞者，未有能外小學文字者也。由文字以通乎語言，由語言以通乎古聖賢之心志，譬之適堂壇之必循其階，而不可以躐等。是故鑿空之弊有二：其一，緣詞生訓也；其一，守譌傳謬也。緣詞生訓者，所釋之義非其本義。守譌傳謬者，所據之經，併非其本經。今仲林得稽古之學於其鄉惠君定宇，惠君與余相善，蓋嘗深嫉乎鑿空以為經也。二三好古之儒，知此學之不僅在故訓，則以志乎聞道也。或庶幾焉。（〈古經解鉤沈序〉）

（朱）先生記婺源藏書閣有曰：道之在天下，其實原於天命之性，而行於君臣、父子、兄弟、朋友之間。其文則出於聖人之手，而存於《易》、《書》、《詩》、《禮》、《春秋》、孔孟氏之籍。本末相須，人言相發，皆不可一日而廢焉者也。蓋天理民彝，自然之物則，其大倫大法，所在固有，不依文字而立者。然古之聖人欲明是道於天下而垂之萬世，則其精微曲折之際，非託於文字亦不能以自傳也。故伏羲以降，列聖繼作，至於孔子，然後所以垂世立教之具粲然大備。天下後世之人，自非生知之聖，則必由是以窮其理，然後知有所至，而力行以終之，固未有飽食安坐，無所猷為，而忽然知之，兀然得之也。故傅說之告高宗曰：「學於古訓，乃有獲」。而孔子之教人，亦曰：「好古敏以求之」。是則君子所以為學致道之方，其亦可知也已。然自秦漢以來，士之所求乎書者，類以記誦剽掠為功，而不及乎窮理修身之要，其過之者，則遂絕學捐書，而相與馳騖乎荒虛浮誕之域。蓋二者之蔽不同，而於古人之意則胥失之矣。嗚呼！道之所以不明不行，不以此歟！（《朱子讀書法》卷一）

（朱）又先生嘗上疏曰：為學之道，莫先於窮理；窮理之要，必在於讀書；讀書之法，莫貴於循序而致精；而致精之本，則又在於居敬而持志，此不易之理也。夫天下之事莫不有理，為君臣者，有君臣之理；為父子者，有父子之理；為兄弟、為夫婦、為朋友，以至出入起居、應事接物之際，亦莫不各有其理，有以窮之，則自君臣之大，以至事物之微，莫不知其所以然，與其所當然，而亡纖芥之疑；善則從之，惡則去之，而無毫法之累。此為學所以莫先於窮理也。至論天下之理，則要妙精微，各

有攸當，亙古亙今，不可移易，惟古之聖人爲能盡之，而其所行所言，無不可爲天下後世不易之大法。其餘則順之者爲君子而吉，背之者爲小人而凶。吉之大者，則能保四海而可以爲法；凶之甚者，則不能保其身而可以爲戒。是其粲然之跡、必然之效，蓋莫不具見於經訓史策之中，欲窮天下之理，而不即是以求之，則是正墻面而立耳。此窮理所以必在讀書也。若夫讀書，則其不好之者，固怠忽間斷而無所成矣；其好之者又不免貪多而務廣，往往未啓其端，而遽已欲探其終；未究乎此，而忽已志在乎彼，是以雖復終日勤勞，不得休息，而意緒匆匆，常若有所奔趨，迫逐而無從容涵泳之樂。是又安能深信自得、常久不厭，以異於彼之怠忽間斷，而無所成者哉？孔子所謂「欲速則不達」；孟子所謂「進銳者退速」，正謂此也。誠能鑒此，而有以反之，則心潛於一。久而不移，而所讀之書，文意接連，血脈貫通，自然漸漬浹洽，心與理會。而善之爲勸者，深惡之爲戒者，切矣。此循序致精，所以爲讀書之法也。若夫致精之本，則在於心。而心之爲物，至虛至靈，神妙不測，常爲一身之主，以提萬事之綱，而不可有頃刻之不存者也。一不自覺，而馳騖飛揚，以徇物慾於軀殼之外，則一身無主，萬事無綱，雖其俯仰顧盼之間，蓋已不自覺其身之所在，而況能反覆聖言，參考事物以求義理至當之歸乎？孔子所謂「君子不重則不威，學則不固」，孟子所謂「學問之道無他，求其放心而已矣」者，正謂此也。誠能嚴恭寅畏，常存此心，使其終日儼然不爲物欲之所侵亂，則以之讀書，以之觀理，將無所往而不通；以之應事，以之接物，將無所處而不當矣。此居敬持志所以爲讀書之本也。此數語者，皆愚臣平生爲學，艱難辛苦已試之效。竊意聖賢復生，所以教人不過如此。蓋雖帝王之學，殆亦無以易之。（《朱子讀書法》卷一）

在如斯的比對下，我們可以發現幾個主要的類同處：

（一）儘管二人時代不同，然而所反省、所著重對治一般士人治學之弊者，皆在鑿空與未能聞道二端。就前者而言，東原具體地指出鑿空之弊曰私、曰蔽、曰緣詞生訓、曰守訛傳謬諸項。而朱子雖未必把話說得落實，其所描述之情狀亦大抵不外乎是也。

（二）今日一般認定由考據以通經、由通經以聞道的理路，爲東原治學之特徵，然則這個架構在朱子身上亦大致已成型矣。雖然在具體的操作中，東原偏向考據的一面，而朱子則傾向聞道的一端，不過卻不能否認東原頗強調聞道必須透過涵養、實踐，而朱子亦力主通經要至十分之見也。是在概念與理論上二者仍不可謂有二致。

（三）至於一般態度上的細節，如指斥儒雜佛老、主張空所依傍、求貫通、能闕疑，以及貴精不貴博……等，皆表示二人不偏漢宋二端，而在絜矩中有其交會也。外此，更值得令我們留意的是，東原不僅在概念上朱子相似，且在文脈、用語上亦常有偶合之處，如「私」、「鑿空」（穿鑿）、「緣詞生訓」（緣文生義）之斥；如「轎夫、轎中人」（主人、奴僕）之喻等皆是，前者尚可謂是一般用詞，可能巧合，而後者之比喻則不免太過神似矣。在東原確源實於朱學的前提下，我們不免懷疑，這些雷同處，也許正是東原承自朱子者而未加排斥者。

　　在上列的綱目以及此處的歸納下，可以看出，在我們將東原視爲一個考據的典型、乾嘉漢學的開創者，所理出的治學脈絡與特徵，多半皆可在朱子學說中找到相應的意見，並且這些特徵是純粹的漢學家或宋學家所未能具備的，因此我們很有理由相信，東原之駁斥朱學，其實是純義理性的爭辯，至於外在的治學理路，東原實未曾異議也。事實上，如依錢穆《三百年》中所言，東原要到《疏證》撰作之時，才開始極力譏議朱子，〔註60〕那麼在東原一生的學術表現中，多半仍不出朱學路徑也。

〔註60〕參見該書，頁305。

第六章　清代訓詁理論之新猷
——章太炎

第一節　學術體系

一、為學宗旨

　　清末民初，是近代中國的一個重大變革，除了滿漢衝突的再度浮現之外，列強的打擊，使國人對傳統文化頓時失去信心；而革命的成功，更造就了中國現代化的基石。處在這個變局中的知識份子，不論是學術的自許，抑或社會的期待，自然都不能再局促於故紙堆中的考證一途，而章太炎便是這個新舊交替中的一個典型，一面反省國故與時代的因應，一面又積極獻身於實際的救國事業，這使得政治與學術密不可分，學術的主張也因而與時代產生更直接的互動。

　　章氏嘗謂：

> 今日切要之學只有兩條道路：（一）求是，（二）致用。（〈論今日切要之學〉）

儘管對章氏此二端主張的認知容有疑義，〔註1〕不過，以二項衡諸章氏一生的

〔註 1〕陳平原謂：「章氏一生對學術研究到底該求是還是致用有過許多論述，似乎立說歧異。以致他剛剛去世，弟子姜亮夫和孫思昉就因評述其師的學術宗旨打筆仗。」（《中國現代學術之建立》，頁 29））

學術歷程，蓋亦近其實矣。更細言之，章氏在乾嘉之學的啓蒙階段造就了其求是的基礎，而自離開詁經精舍後，隨著章氏在國事上的愈趨投入，其致用的表現乃日益明顯，唯須說明者，此區分僅就其輕重大略言之耳，實則求是與致用對章氏而言，乃爲相互依存的兩端：求是以致用爲的，而致用以求是爲本。

（一）求是

清代中末葉，雖然考據學已日趨沒落，不過，章太炎早期的啓蒙，仍是建立在乾嘉的根柢上，這從章氏的自述可以明顯見出：

九歲：

> 外王父海鹽朱左卿先生諱有虔來課讀經。時雖童稚，而授音必審，粗爲講解。課讀四年，稍知經訓。（《太炎先生自定年譜》，頁2）

十七歲：

> 初讀四史、「文選」、「說文解字」。自是廢制義不爲。（同上，頁3）

十八歲：

> 初讀唐人「九經義疏」。時聞說經門徑于伯兄籛，乃求顧氏「音學五書」、王氏「經義述聞」、郝氏「爾雅義疏」讀之，即有悟。自是壹意治經，文必法古。眩厥未愈，而讀書精勤，晨夕無間。逾年又得學海堂「經解」，以兩歲紬覽卒業。（同上，頁3）

又：

> 年十六，當應縣試，病未往，任意瀏覽《史》《漢》，乃取《說文解字》段氏《注》讀之：適《爾雅》郝氏《義疏》初刊成，求得之。二書既遍，已十八歲。讀《十三經注疏》，暗記尚不覺苦，畢。讀《經義述聞》，始知運用《爾雅》《說文》以說經。時時改文立訓，自覺非當，復讀學海堂南菁書院兩《經解》皆遍。（諸祖耿，〈記本師章公自述治學之功夫及志向〉）

二十一歲：

> 是時紬讀經訓，旁理諸子史傳，始有著述之志。（《太炎先生自定年譜》，頁3）

二十三歲：

> 肄業詁經精舍；時德清俞蔭甫先生主教，因得從學。並就仁和高宰
> 平先生問經；譚仲儀先生問文辭法度。（同上，頁4）

二十九歲：

> 余始治經，獨求通訓知典禮而已；及從俞先生游，轉益精審，然終
> 未窺大體。二十四歲，始分別古今文師說。〔註2〕

從這些記述可以得知章氏啟蒙以來，乃主於治經，而治經之門徑，則自顧、王、郝三家悟出。二十三歲，章氏入詁經精舍，而正式師事「說經依王氏律令」〔註3〕之俞樾，在「求通訓、知典禮」上因而「轉益精審」。而這一個階段，章氏的著作主要是《膏蘭室札記》、《春秋左傳讀》以及《詁經精舍課藝》收錄的諸多札記。

如唐文權、羅福惠所謂：

> 俞樾趨向于保守，要求弟子們埋頭治經，不聞政事。（《章太炎思想
> 研究》，頁333）

而俞樾〈重建詁經精舍記〉亦明白揭示：

> 肄業于是者，講求古言古制，由訓詁而名物而義理，以通聖人之遺
> 經。（《春在堂雜文六編》，卷一，頁2）

在這種學術空氣下，章氏的學術表現仍是典型的乾嘉路徑。以《膏蘭室札記》而言，唐、羅二氏謂：

> 還在詁經精舍從俞樾受業時，章氏的學習筆記《膏蘭室札記》主要
> 是從文字入手，對儒家經傳和諸子著述加以考釋，涉及經義、史實、
> 輿地、名物、天文曆法、典章制度等等，尤其致力于《左傳》。（《章
> 太炎思想研究》，頁334～335）

而《春秋左傳讀》，則如陶緒、史革新之歸納：

〔註2〕《太炎先生自定年譜》，頁4～5。又此段記載雖繫於二十九歲，不過依文脈視之，
　　　　此宜追溯其古文經學立場的發軔，以其後「分別古今文師說」始於二十四歲，知
　　　　其事亦在二十三也。

〔註3〕見章炳麟〈俞先生傳〉，《太炎文錄初編》，卷二。

大致包括三方面的內容：其一、詮釋《左傳》中各種難解的古言古
字、典章名物；其二、疏證《左傳》體例、敘事和立論所包含的本
義；其三、辯明《左傳》並非劉歆僞造，《左傳》傳授系統亦非向壁
虛造。（《有學問的革命家：章太炎》，頁 239）

是眞如章太炎本身之追述：

少時治經，謹守樸學，所疏通證明者，在文字、器數之間。雖嘗博
觀諸子，略識微言，亦隨順舊義耳。（《菿漢微言》，頁 72）

此時之章氏確實純粹戴、王之一脈。

雖然，章氏對此時之成績並不甚滿意，如〈再與國人論國學書〉所謂：

左氏故言，近欲次錄，昔時爲此亦幾得五六歲。乃今仍有不愜意者，
要當精心汰淅，始可以質君子。行篋中亦有《〔膏蘭室〕札記》數冊，
往者少年氣盛，立說好異前人，由今觀之，多穿鑿失本意，大抵十
可得五耳。

又：

與穗卿交，穗卿時張公羊、齊詩之說，余以爲詭誕。專慕劉子駿，
刻印自言私淑。其後遍尋荀卿、賈生、太史公、張子高、劉子政諸
家左氏古義，至是書成，然尚多凌雜，中歲以還，悉刪不用，獨以
「敘錄」一卷，「劉子政左氏說」一卷行世。（《太炎先生自定年譜》，
頁 4～5）

余於同儕，知人所不知，頗自矜。既治《春秋左氏傳》，爲《敘錄》
駁常州劉〔逢錄〕氏。書成，呈曲園先生。先生搖首曰：雖新奇，
未免穿鑿，後必悔之。由是鋒芒乃斂。（〈記本師章公自述治學之功
夫及志向〉）

而後人論及章氏學術上的地位，亦對此不甚著意，然不可否認者，章氏此一階
段的治學歷程，卻爲其日後之發展造就一個「實事求是」的學術底層。

（二）致用

二十九歲，章氏離開詁經精舍：

有爲弟子新會梁啓超卓如與穗卿集資就上海作「時〔務〕報」，招余

撰述，余應其請，始去詁經精舍，俞先生頗不懌。(《太炎先生自定
年譜》，頁5)

這是章氏走出書齋、積極入世的開始，而俞樾之不懌者，亦宜在此。自是以後，
章氏便與近代中國的革命事業息息相關，而其學術主張與方向亦因之而漸次有
所權宜，這從蔡尚思對章太炎的這段記述可以窺見：

> 中國歷史至高無上而爲中國人所不應當忘記的有三：一爲民族思
> 想、民族感情、民族精神；一爲禮教道德；一爲歷史文獻。只要有
> 此三者，其他都是次要的；而此三者也是彼此互相關聯的。如果要
> 講此三者，便不能不歸功于孔子一個人。此三者是中國之所以爲中
> 國，中國比其他國家偉大的特點。此三者也是我一生始終堅持到底
> 而不曾動搖或輕易改變的。我在清末對孔子有所指責，那主要是因
> 爲不滿康梁之徒熱心于利祿。‘五四’新文化運動反孔反禮教反舊
> 道德以至反文言文，實在太胡鬧、太無知了！……（尚思按：我聽
> 見章先生這一席話，有兩個感想：一是他到此時才眞正講出心中的
> 話，他確實是一生始終以此三者爲其中心思想的。……。二是覺得
> 他的晚年，眞是一個尊孔讀經大師，太不合時代潮流了）(《章太炎》，
> 《自述與印象》，頁175)

是爲了扭轉時代風氣，與夫配合策略操作的需要，而章氏在學術上的主張是有
其制宜的。以是欲了解其中後期的學術意見，大抵便不能離其政治立場而言，
而這也是本文謂其「致用」的主要原因。

這裏可以由其革命的態度論起。依章氏自述，其革命的想法萌芽甚早，在
《自定年譜》中：

> 九歲……外王父海鹽朱左卿先生諱有虔來課讀經。……。暇亦時以
> 明清遺事及王而農、顧寧人著述大旨相曉，雖未讀其書，聞之啓發。
> （頁2）

> 十三歲……外王父歸海鹽，先君躬自督教。架閣有蔣良騏「東華
> 錄」，嘗竊窺之。見戴名世、呂留良、曾靜事，甚不平，因念「春秋」
> 賤夷狄之旨，先君不知也。（頁2）

而朱希祖亦記其口授之語謂：

> 本師〔章太炎〕云：余十一二歲時，外祖朱左卿授余讀經，偶講蔣
> 氏《東華錄》曾靜案，外祖謂夷夏之防同于君臣之義。余問：前人
> 有談此語否？外祖曰：王船山、顧亭林已言之，尤以王氏之言爲甚，
> 謂歷代亡國無足輕重，惟南宋之亡，則衣冠文物亦與之俱亡。余曰：
> 明亡于清，反不如亡于李闖。外祖曰：今不必作此論，若果李闖得
> 明天下，闖雖不善，其子孫未必皆不善，惟今不必作此論耳。余之
> 革命思想即伏根于此。依外祖之言，觀之可以見種族革命思想原在
> 漢人心中，惟隱而不顯耳。（〈本師章太炎先生口授少年事跡筆記〉，
> 《自述與印象：章太炎》，頁 31）

兩段記載皆出自章氏，而時間與細節略有差異，或是記憶模糊之故。要之，這段故事乃章氏屢屢言之者，〔註4〕主旨大抵只在指出其革命思想的萌芽，是早在啓蒙時期《東華錄》的啓迪。

　　此革命念頭一經發起，便從未改易。其間章氏雖曾與康梁會合，不過那是在康梁「保國、革命同舉」之時：

> 及後與梁啓超等相處，康、梁主保國、革命同舉，並謂"保中國不
> 保大清"。（章炳麟，〈民國光復〉，《章太炎講演集》，頁 182）

對章氏而言，其意則只在革命也，《年譜》中謂：

> 康氏之門，又多持「明夷待訪錄」。余常持船山「黃書」相角，以爲
> 不去滿洲，則改政變法爲虛語，宗旨漸分。然康門亦或儳言革命，
> 逾四年始判殊云。（章炳麟，《太炎先生自定年譜》，頁 6）

　　隨後，康、梁諸人漸趨保皇，而章氏乃「剪髮自誓」，斷然遂與之決裂：

> 庚子拳亂，八國聯軍入北京，唐才常輩藉勤王名，主張革命，發表
> 宣言，粵人容閎手筆也，嚴復譯成漢文，大意詆毀清政，別立政府，
> 而又云戴光緒帝爲主。余不然其說。時康、梁之徒已漸變原有革命
> 主張，而趨重保皇，遣人詢余意見，余力言奉戴光緒爲非，因剪髮
> 自誓。（章炳麟，〈民國光復〉，《章太炎講演集》，頁 182）

　　三十五歲，章氏避走日本，因識國父　孫中山先生，以其革命主張相合，

―――――――――――――――

〔註4〕如〈東京留學生歡迎會演說詞〉、〈民國光復〉等。

遂與之定交：

> 壬寅三十五歲，春即至上海，轉至日本，與秦力山交。時中山之名
> 已盛，其寓處在橫濱，余輩常自東京至橫濱，中山亦常由橫濱至東
> 京，互相往來，革命之機漸熟。余與秦力山、張溥泉等開亡國紀念
> 會于東京。中山請余至潢濱與興中會同志七十餘人宴集。（朱希
> 祖，〈本師章太炎先生口授少年事跡筆記〉，《自述與印象》，頁32～
> 33）

又：

> 余亦素悉逸仙事，偕力山就之。逸仙導余入中和堂，奏軍樂，延義
> 從百餘人會飲，酬酢極歡。自是始定交。（章炳麟，《太炎先生自定
> 年譜》，頁8）

自此而後，章氏便一面獻身國是，一面又致力於講學著述，若其大著《訄
書》便作於此時：

> 三十五歲……余始著「訄書」，意多不稱。自日本歸，里居多暇，復
> 爲刪革傳于世。（章炳麟，《太炎先生自定年譜》，頁9）

《訄書》撰作之意圖，依其識語所謂：

> 幼慕獨行，壯丁患難，吾行卻曲，廢不中權。述鞠迫言，庶自完於
> 皇漢。辛丑後二百三十八年十二月，章炳麟識。（《訄書》，頁6）

是如姜義華之詮釋：

> 辛丑後二百三十八年，指南明滅亡後二百三十八年。拒絕清代紀年，
> 實際上就是否定清王朝全部統治的合法性。匯集思考與探究的成
> 果，發出急迫的呼號，爲的是保全中國，這就是《訄書》的寫作意
> 圖。（《章炳麟評傳》，頁333）

實以漢族立場而爲濟世救國之策者。論其內容，則若姚奠中、董國炎之以爲，
乃鉅細靡遺地涉及了政治、經濟，乃至於教育、宗教等等諸多社會、國家之問
題：

> 《訄書》是一部全方位研究社會改造的著作。充滿了對思想文化、
> 對學術歷史的反思和哲學思辨。全書五十篇，構成了具有內在聯繫

的體系。其中，政治制度、經濟關係、法律制度、民族問題、國防問題、教育制度改革、宗教問題等等，基本上包含了社會改造的各個側面。（《章太炎學術年譜》，頁58）

其後，《訄書》又經兩次改訂：

初刻本共收文章五十篇，另補遺二篇，以後又經過兩次修訂。一次是在1902年，作者刪去戊戌變法時期主張改良的文章十三篇，增補鼓吹反清革命的文章二十四篇，編爲六十三篇，附錄四篇，于1904年在日本出版。1914年作者再次修訂其書。調整後，更名《檢論》。（陶緒、史革新，《有學問的革命家：章太炎》，頁241）

對照其政治活動，亦可窺見其間之互動。

至其講學，如《自訂年譜》所記：

三十六歲……。會公學生與任事者交惡，相率退學，鶴廎〔蔡元培〕就租界設愛國學社處之，招余講論。多述明清興廢之事，意不在學也。（頁9）

而黃侃亦曰：

日本政府受言于清廷，假事封民報館，禁報不得刊鬻。先生與日本政府訟數月，卒不得勝。遂退居，教授諸游學者以國學。……。其授人以國學也，以謂國不幸衰亡，學術不絕，民猶有所觀感，庶幾收碩果之效，有復陽之望。（〈太炎先生行事記〉，《自述與印象》，頁48）

是亦深含微悟，而不全在學術本身而已。

朱維錚曾謂：

從告別「本師」俞樾後，章炳麟便不再是純學者。他在主觀上雖頑強據守清中葉以來所謂「實事求是，護惜古人」的漢學傳統，但在清末民初，他的論著常常顯示學隨術變，也是客觀事實。（《訄書·導言》，《訄書》，頁26～27）〔註5〕

這一點大抵上是不錯的。直至革命成功，以至於晚年的沉潛，章氏寄託在學術

────────────

〔註5〕章氏之謝本師，依《自訂年譜》（頁8）所記，在1901年，章氏三十四歲之時。

內的淑世動機始終未曾消失。

　　而正如前述，章氏對前期之著作多有不愜，其自矜之代表作皆在中後期，特別是《齊物論釋》與《文始》二者：

> 所著數種，獨《齊物論釋》、《文始》，千六百年未有等匹。《國故論
> 衡》、《新方言》、《小學答問》三種，先正復生，非不能爲也。（章炳
> 麟，〈與龔未生書〉，《自述與印象》，頁 28）〔註6〕

而不僅章氏如此認知，此五者，正是造就章氏學術地位的主要著述。

　　自然，造成章氏前後期差異之主要原因，與章氏在佛學、西學的領悟與融鑄有其直接影響，然而本文在此所著重突顯者，是涵攝在致用的意圖下與革命的行動中，章氏的學術立場實與前期大異，如其所自忖：

> 自揣平生學術，始則轉俗成眞，終乃回眞向俗。世固有見諦轉勝者
> 耶？後生可畏，安敢質言。秦、漢以來，依違于彼是之間，局促于
> 一曲之內，蓋未嘗睹是也。乃若昔人所誚，專志精微，反致陸沉，
> 窮研訓詁，遂成無用者，余雖無腆，固足以雪斯恥。（《菿漢微言》，
> 頁 73）

實對乾嘉格局的「無用」頗有微詞，而這種批評，其實也是一種自省，故乃有雪恥之說，蓋以其後期的「致用」欲對前期的一意「求是」有所修正以及擴充。以是，如欲理解章氏在學術史上所帶出的轉折，則結構其後來學術體系的內在宗旨殆不可不加深究。我們以爲，這個宗旨便是其救國、愛國情操下所形成的保存國粹的需要。

　　在上述的引文中，若「《春秋》賤夷狄之旨」的深植，若「明亡于清，反不如亡于李闖。」的心態，大抵已可見出，在章氏革命主張的背後，其實是充滿一種強烈的民族意識的。也許，吾人可以懷疑，章氏中晚年的學行生涯是否眞的決定在這一個十許歲時的志向。然而不可否認，這個事蹟確爲章氏中晚年所屢屢追述，以是儘管其因果本末難以確定，而章氏以此心志爲其革命服務的動機卻是毋庸深疑的，在〈東京留學生歡迎會上演詞〉中，章氏明白表示：

〔註6〕 《國故論衡》等三者，於此看似不爲章氏所特重，不過那只是因爲缺乏突破耳，
　　　 非爲其內容有所不備也。由其語氣推之，實頗見章氏以此五者爲其代表之意味
　　　 也。

兄弟少小的時候，因讀蔣氏《東華錄》，其中有戴名世、曾靜、查嗣庭諸人的案件，便就胸中發憤，覺得異種亂華，是我們心裏第一恨事。後來讀鄭所南、王船山兩先生的書，全是那些保衛漢種的話，民族思想漸漸發達。但兩先生的話，卻沒有甚麼學理。自從甲午以後，略看東西各國的書籍，才有學理收拾進來，當時對著朋友，說這逐滿獨立的話，總是搖頭，也有說是瘋顛的，也有說是叛逆的，也有說是自取殺身之禍的。但兄弟是憑他說個瘋顛，我還守我瘋顛的念頭。……，兄弟承認自己有神經病；也願諸位同志，人人個個，都有一兩分的神經病。……。總之，要把我的神經病質，傳染諸君，更傳染與四萬萬人。至于民族主義的學理，諸君今日已有餘裕。（《章太炎講演錄》，頁 1～11）

大約即是以民族主義做爲號召，而欲激發東京留學生的愛國情操與革命行動。陶緒、史革新曾謂：

他竭力從中國傳統的民族觀念和西方近代民族主義思想中尋找理論依據，論證排滿革命的合理性，因此，他的民族觀深深地打上了傳統"夷夏之辨"觀念和西方近代"人種說"的烙印。（《有學問的革命家：章太炎》，頁 1）

宜得其情實。

雖然，吾人無法貿然將此意念做爲章氏革命思想的唯一原因，不過，在章氏的有意申論中，以夷夏之防的民族意識做爲章氏宣揚革命思想的要因「之一」，卻是可以肯定的。而事實上，便是在此立場下，章氏確立了國粹的定位。

至于近日辦事的方法，一切政治、法律、戰術等項，這都是諸君已經研究的，不必提起。依兄弟看，第一要在感情，沒有感情，憑你有百千萬億的拿破侖、華盛頓，總是人各一心，不能團結。當初柏拉圖說："人的感情，原是一種醉病"，這仍是歸于神經的了。要成就這感情，有兩件事是最〔要〕的：第一，是用宗教發起信心，增進國民的道德；第二，是用國粹激動種性，增進愛國的熱腸。（〈東京留學生歡迎會演說辭〉，《章太炎講演集》，頁 3）

這是章氏在1906年對東京留學生所做的演說，此中章氏明白指出救國的要務，首先就必須激起愛國愛種的熱情。而處於東西與漢滿的二大衝突中，章氏以爲震懾於西方科技的力量，中國人逐漸失去了自信，而長期在滿人的統治下，漢人也漸次磨滅了種性，以是若欲激起中國、漢人的愛國情操，便必須讓國人明白自身的長處，讓國人保存自身的國性：

> 近來有一種歐化主義的人，總說中國人比西洋人所差甚遠，所以自甘暴棄，説中國必定滅亡，黃種必定剿絕。因爲他不曉得中國的長處，見得別無可愛，就把愛國愛種的心，一日衰薄一日。若他曉得，我想就是全無心肝的人，那愛國愛種的心，必定風發泉湧，不可過抑的。（同上，頁7）

又：

> 欲保存國性，則不能處處同化于外人。匈奴人之在華者，爲漢人所同化，而匈奴之種性即淪滅。其入歐洲之一部分，至今猶爲匈牙利人，保持其野蠻民性。稽諸史乘，金清自入關後，起居飲食，禮樂法制，同化于漢，勇敢之風滅。而今則東三省女眞與愛新覺羅民族之遺風，已蕩然無存。有消滅後，不能退守關外者此也。蒙古人不喜全學漢人，除一部分語言文字外，當其據有中原時，歲常一至漠北，度其冰天雪地中之帳幕生活，故元亡猶得退蒙古，自明清迄今，外蒙仍崛然自立。吾國人之學歐美，比諸元、清之學漢，其情形是否全同，姑置不問。即使中國之民性，如野蠻民族，亦有保存之價值。況中國尚不能征服外人而徒模仿其文化，國性淪亡，蓋無疑矣。國性淪亡，志趣墮落，教育之流弊如此。（〈勸治史學並論史學利弊〉，《章太炎講演錄》，頁85）

而欲達此目的，便必須透過國粹之認知：

> 爲甚提倡國粹？不是要人尊信孔教，只是要人愛惜我們漢種的歷史。（〈東京留學生歡迎會演說辭〉，《章太炎講演集》，頁7）
>
> 釋迦氏論民族獨立，先以研求國粹爲主，國粹以歷史爲主。自餘學術，皆普通之技，惟國粹則爲特別。……。國所以立，在民族之自覺心，有是心，所以異於動物。余固致命于國粹者，聞釋迦氏言，

知梵、漢之情不異，……。且人類所以殊于鳥獸者，惟其能識往事，有過去之念耳。國粹盡亡，不知百年以前事，人與犬馬當何異哉？人無自覺，即爲他人陵轢，無以自生；民族無自覺，即爲他民族陵轢，無以自存。然則抨彈國粹者，正使人爲異種役耳！（〈印度人之論國粹〉，《太炎文錄初編・別錄》，卷二）

事實上，這樣的意見在章氏言論中是屢見不鮮的，如〈救學弊論〉：

觀今學者競言優秀，優秀者何？則失其勇氣，離其淳樸是已。雖然，吾所憂者不止於庸行，懼國性亦自此滅也。夫國無論文野，要能守其國性，則可以不殆。（〈救學弊論〉，《太炎文錄續編》，卷一）

又如：

惟有立定民族主義，曉然于非我族類其心必異，本之《春秋》，推至漢、唐、宋、明諸史，人人嚴于夷夏之防，則雖萬一不幸而至下土耗斁，終必有復興之一日也。……。民族意識之憑借，端在經史。史即經之別子，無歷史即不見民族意識所在。……，故吾人讀經主旨，在求修己之道，嚴夷夏之辨。（〈論經史儒之分合〉，《章太炎講演集》，頁 248～249）

便在此概念下，章氏「轉俗成眞」，而又「回眞向俗」，在「求是」的基礎上成就其應世的「致用」，也在不易本質的立場下，爲傳統學術找到了當代的意義。

唐文權、羅福惠二人在《章太炎思想研究》中謂：

早年治經，側重《春秋》和《左傳》，晚年則側重《孝經》和《禮》，始終一貫的則是從中探求"夷夏之辨"、"經國寧民"、"修己治人"一類教戒，以喚起民族精神，救國禦侮。（頁 15～16）

本文以爲，這是章氏自以爲得爲乾嘉雪恥之主要突破，也正是章氏中晚年學術自覺後的治學宗旨所在。〔註7〕

而此在宗旨下的國學，一方面它可能積極地與時呼應，亟於對治時弊而痛

〔註7〕這裏所謂學術自覺，僅指的是章氏在啓蒙的受教階段後，有意識地去構建其應然的學術主張與體系。

下針砭，這自是一般所認爲，較典型的「致用」；而另一方面，儘管它也可能頗爲消極，「不切實際」地拘守在典章訓詁裏，然而緣於國學本身便是國性的載體，在理解與沉浸中，不需刻意操作，本來就具有喚醒民族意識與自信的效用，這不啻也是一種「致用」。由此而視章氏中晚期的學術表現，固然亦不少若《訄書》以及《民報》中一類的議時論政之作，而符合眾人的「期待」。至於其晚年的沉潛、講學，自亦不可忽略其隱性的救國保種意圖。魯迅曾謂：

> 太炎先生雖先前也以革命家現身，後來卻退居于寧靜的學者，用自己所手造的和別人所幫造的牆，和時代隔絕了。紀念者自然有人，但也許將爲大多數所忘卻。（〈關于太炎先生二三事〉，《且介亭雜文末編》，頁 545）

語氣間似乎透露著一點消沉的味道，論者未知，便常以章氏這位高徒的描述而謂其「既離民眾，漸入頹唐」了。〔註8〕然而吾人似乎不應忽略魯迅發此言論的立場，同在該文，魯迅又謂：

> 我愛看這《民報》，但並非爲了先生的文筆古奧，索解爲難，或說佛法，談“俱分進化”，是爲了他和主張保皇的梁啟超鬥爭，和“××”的×××鬥爭，和“以《紅樓夢》爲成佛之要道”的×××鬥爭，眞是所向披靡，令人神旺。前去聽講也在這時候，但又並非因爲他是學者，卻爲了他是有學問的革命家，所以直到現在，先生的音容笑貌，還在目前，而所講的《說文解字》卻一句也不記得了。（同上，頁 546）

是魯迅之所重，本在一偏，即令魯迅注意到章氏晚年的儒宗樣貌：

> 1933 年刻《章氏叢書續編》于北平，所收不多，而更純謹，且不取舊作，當然也無鬥爭之作，先生遂身衣學術的華袞，粹然成爲儒宗。（同上，頁 547）

惜乎仍未能尊重其內在之動機。王基乾〈憶餘杭先生〉記載：

> 憶最後一次講論，其日已未能進食，距其卒尚不及十日，而遺著《古文尚書拾遺定本》亦臨危前所手定，先生教學如此，晚近眞罕有其

匹也。先生病發逾月，卒前數日，雖喘甚不食，勉爲講論。夫人止
之，則謂：「飯可不食，學仍要講。」〔註9〕

也許吾人該略爲斟酌，倘若章氏眞不存在一點激切，何得如此矻矻於文化命脈
的承傳？

上天以國粹付余，自炳麟之初生，迄于今茲，三十有六歲。鳳鳥不
至，河不出圖，惟余亦不任宅其位，繄素王素臣之跡是踐，豈直抱
殘守闕而已，又將官其財物，恢明而光大之！懷未得遂，纍于仇國，
惟金火相革歟？則猶有繼述者。至于支那閎碩壯美之學，而遂斬其
統緒，國故民紀，絕于余手，是則余之罪也！（《太炎文錄初編》，
卷一）

這是章氏〈癸卯獄中自記〉一段沉痛的吶喊，姚奠中、董國炎釋此謂：

章太炎雖然兼革命與學術于一身，但在他的潛意識中，似乎將傳統
文化、傳統學術的繼承發揚，看成自己的職責，也是舍我其誰的重
要職責。（《章太炎學術年譜》，頁83）

本文以爲，正是因爲章太炎「兼革命與學術于一身」，而其對傳統學術才有如此
重大的職責。

二、爲學途徑

誠如錢穆所言：

餘杭章炳麟太炎，爲學博涉多方，不名一家。〔註10〕

章太炎學術中所涉及的層面頗爲廣泛。在其〈自述學術次第〉中，繹其大類，
略有佛學、經學、小學、文學、子學、政治、法律、史學等，然該〈自述〉作
於章氏四十六歲時，至其晚年，則更在醫學上不少著述。不過，欲如此的範疇
結構章氏之學術，或許容有疑義，緣於其間並非有意以學科分類，故混雜中西
學科且時有重疊者。再者若「余于政治，不甚以代議爲然。」「余于法律非專，
而頗嘗評其利害。」等語，則顯然章氏並非深究其學，而僅爲籌劃國是、抨擊
時弊而發出其片議者，是此則宜歸爲學之用，而不應視爲學之體也。

〔註9〕轉引自姚奠中、董國炎，《章太炎學術年譜》，頁491～492。

〔註10〕見錢穆〈餘杭章氏學別記〉，收錄於章炳麟《國學概論》附錄二，頁159。

除此而外，在章氏中晚年的講學中，大體也頗能令人窺見其學術之輕重。1922 年，章氏在上海的講學，據張冥飛（《章太炎國學演講錄》）及曹聚仁（《國學概論》）的記錄，則以派別爲繫，列經學、哲學、文學三類，外加無派別之歷史而可爲四類。章氏曰：

> 講「國學」而不明派別，將有望洋興歎，無所適從之感。但「國學」中也有無須講派別的，如歷史學之類；也有不夠講派別的，則爲零碎的國學。現在只把古今學者呶呶爭辯不已的，分三類來討論：一、經學之派別，二、哲學之派別，三、文學之派別。（《國學概論》，頁27）

1935 年，章氏國學講習會創立，其宣講內容依王乘六、諸祖耿記錄的《國學講演錄》，則爲小學、經學、史學、諸子、文學等五類，相較之下特別又突顯了小學的地位。不過，如果稍加留意其動機，不難發現，這個綱目雖然與傳統經史子集的分類有所不同，然而涵攝在「國學」這個名目下，以及講學的介紹、導論性中，大體也難眞正呈現章氏自身的學術結構。

以是本文以爲，要了解章氏在其「致用」的目的下所形成、且眞正對後來學術造成變化的格局，恐怕還得訴諸其諸多演講中的強調，以及其具體著作中所寄託的意圖與聯繫。

不可否認，在章氏眾多演講中，也許緣於群眾的權宜、時局的因應，而在措詞或者輕重取捨上有所不同，譬如其所謂「歷史」，有時爲狹義之歷史，有時可包含經學，有時甚至包括一切國粹；而僅就狹義的一般歷史而言，本亦爲章氏所屢屢強調者，然而如其所謂：

> 語言文字之學，本有條理，故多與學子言之，歷史繁博，故未嘗詳悉誦數。（〈對重慶學界的演說〉，《章太炎講演集》，頁 73）

則可能因陳述之不易，而未必多加宣導。不過儘管如此，吾人仍可在保存國性的一脈聯繫上，隱約覷出其致用下的學術規畫。

首先，吾人可以將目標指向其〈東京留學生歡迎會演說辭〉一文，在前引中，章氏曾表示，要成就愛國的情操，「用宗教發起信心」、「用國粹激動種性」這二件事是最重要的。語末又謂：

> 以上所說，是近日辦事的方法，全在宗教、國粹兩項，兄弟今天，

不過與諸君略談，自己可以盡力的，總不出此兩事，所望于諸君的，
也便在此兩事。（頁 11）

那一年，是 1906 年，也正是章氏學術成型的時候，正如姚、董二氏所謂：

這一時期章氏的學術研究與革命活動直接關聯。（《學術年譜》，頁
97）

所指學術基本思想，也正是上述二端。〔註 11〕此後章氏學術大抵便是在此二軸
上漸次開展。

（一）宗教

與傳統儒家大異者，章氏所提倡之宗教竟直指佛教也：

只是我們中國的宗教，應該用那一件？……。孔教、基督教，既然
必不可用，究竟用何教呢？我們中國，本稱爲佛教國。佛教的理論，
使上智人不能不信；佛教的戒律，使下愚人不能不信。通徹上下，
這是最可用的。（章炳麟，〈東京留學生歡迎會演說辭〉，《章太炎講
演集》，頁 4～5）

章氏原本無意佛典，然隨著宋平子的勸讀，及其際遇感觸，遂一入而深信之，
以爲玄理之最上者：

余少年獨治經史通典諸書，……；不好宋學，尤無意于釋氏。三十
歲頃，與宋平子交，平子勸讀佛書。始觀《涅槃》、《維摩詰》、《起
信論》、《華嚴》、《法華》諸書，漸近玄門，而未有所專精也。遭禍
繫獄，始專讀《瑜珈師地論》及《因明論》、《唯識論》，乃知《瑜伽》
爲不可加。既東游日本，提倡改革，人事繁多，而暇輒讀藏經。又
取魏譯《楞伽》及《密嚴》誦之，參以近代康德、蕭賓訶爾之書，
益信玄理無過《楞伽》、《瑜伽》者。（〈自述學術次第〉）

以此爲標準而返視經學與諸子，章氏自有其相異見解。就經學而言，章氏頗不
重視儒家哲學境界：

佛法……。儒家比之，邈焉不相逮矣。（〈自述學術次第〉）

並指出其弊端謂：

〔註11〕參見《學術年譜》，頁 97。

孔教最大的污點，是使人不脫富貴利祿的思想。(〈東京留學生歡迎
會演説辭〉)

固然，這種批評帶有「致用」的目的：

我們今日想要實行革命，提倡民權，若夾雜一點富貴利祿的心，就
像微蟲霉菌，可以殘害全身，所以孔教是斷不可用的。(同上)

也可能與反對康有爲的摧生孔教有更直接的干係，然而不可否認地，無論如
何，章氏的態度顯然已打破儒家的獨尊地位。儒學既非唯一的學術歸趨，「經」
學的地位也不專由儒家獨攬，更不具過譽的神聖性，章氏以爲：

經即線是也。所謂經書，無非是一種線裝書之謂。……。蓋經之爲
書，特當代記述較詳而時常備閱者，不但不含有宗教意味，即漢時
訓經爲常道，亦非本意。後世亦有疑經爲經天緯地之意者，比儗空
闊，仍是不倫。(張冥飛，《章太炎國學演講錄》，頁 21～22)

如此，則顧、戴以來，以爲通經即能致用，以爲只要將經典中記載的三代制度
原封不動地套用於時務，便能臻於大同的信念便澈底瓦解了。就此而言，可以
說出於乾嘉的章氏，實已打破乾嘉的理路與格局，而開啓了現代學術的契機。

其次，就諸子而言，章氏提高了子學的地位而與儒學並列，視爲哲學而頗
爲重視：

原來我國的諸子學，就是現在西洋的所謂哲學。(〈研究中國文學的
途徑〉，《章太炎講演集》，頁 77)

而子學中，章氏又特重道家：

余謂老子譬之大醫，醫方眾品並列，指事施用，都可療病。五千言
所包亦廣矣。得其一術，即可以君人南面矣。(〈諸子略説〉，《國學
講演錄》，頁 199)

老子傳到孔子，稱爲儒家，大意也差不多。不過拘守繩墨，眼孔比
老子要小得多。(〈中國文化的根源和近代學術的發達〉)

如此推崇其用，又以孔子之格局遠遜，是老子於章氏心中之地位可知。至其如
此深重老、莊之因：

少雖好周秦諸子，于老莊未得統要。最後終日讀《齊物論》，知多與

法相相涉。（〈自述學術次第〉）

則大抵以其之近於法相者。是知章氏實於佛學中開了眼界，因而傾心，以爲玄理之至高，故以此爲衡量之指標，視其遠近而決定了義理境界之高下。

然章氏雖重老莊，畢竟仍下於佛法，只因佛家出世，故應世致用仍有待老莊也：

> 佛法原是講哲理的。……。論到哲理，自然高出老莊。卻是治世的方法，倒要老莊補它的空兒。（〈中國文化的根源和近代學術的發達〉）

> 余既解《齊物》，于老氏亦能推明。佛法雖高，不應用于政治社會，此則惟待老莊也。（〈自述學術次第〉）

是老莊成爲章氏上通義理，下應世務之最適選擇，而《齊物論釋》之爲章氏所寶貴者，亦不難理解矣。

固知佛、道二家對章氏而言，可謂一體之兩面，一體謂其玄理之一致，兩面則有出世與入世之別。而以佛理爲根柢，以道家爲應物樞紐，實際上亦隱隱浮現一「通經致用」的格局，所不同者，所謂之「經」已爲佛經，再不爲儒家所專擅了。

其次，就國粹而言，章氏主要指涉的是歷史與語言文字二端。這裏先就歷史爲述。

（二）歷史

章氏的「歷史」，有時在定義上並不甚嚴格，廣義地說來，其「歷史」似乎可與國粹等同：

> 爲甚提倡國粹？不是要人尊信孔教，只是要人愛惜我們漢種的歷史。這個歷史，是就廣義說的，其中可以分爲三項：一是語言文字，二是典章制度，三是人物事跡。（〈東京留學生歡迎會演說辭〉，《章太炎講演集》，頁7）

提倡國粹以愛惜歷史，揆其意，則二者概念可以相近。如若略爲約束，則此三項中的後二者約莫又可攝於較爲狹義的歷史，故章氏有時又以語言文字、歷史二者稱之：

鄙人前在東京，……。是時，清室未亡，深恐中國不能自保，以爲欲保國性，惟語言文字不變，歷史不二，爲可以持久耳。（〈對重慶學界的演説〉，《章太炎講演集》，頁 73）

又：

國于天地，必有與立，非獨政教餉治而已，所以衛國性、類種族者，惟語言歷史爲極。（〈重刊《古韻標準》序〉，《太炎文錄初編》，卷二）。

就此定義而言，章氏指其於致用之要者大體有二，其一，是一般以爲的以古爲鑒、得其規律者：

蓋事實爲綜錯的，繁複的，無一定之規律的；而歷史乃歸納此種種事實，分類記載，使閲者得知國家強與弱的原因，戰爭勝敗的遠因近因，民族盛衰的變遷，爲人生處世所不可須臾離者。歷史又如棋譜然，若據棋譜以下棋，善運用之，必操勝算，若熟悉歷史，據之以致用，亦無往而不利也。（章炳麟，〈論今日切要之學〉，《章太炎講演集》，頁 95～96）

其次，章氏則又特別強調這個縱向座標對自身處境的認知：

現在的青年應當知道自己是什麼時候的人，現在的中國是處在什麼時期，自己對國家負有什麼責任。這一切在史志上面全都可以找到明確的答覆。若是連歷史也不清楚，則只覺得眼前混沌萬狀，人類在那裏栖栖皇皇，彼此似無關係，展開地圖亦不知何地係我國固有，何地係我國尚存者，何地已被異族侵占？問之茫然無以對者，比比然也，則國之前途豈不危哉！一國之歷史正似一家之家譜，其中所載盡已往之事實，此事實即歷史也。若一國之史衰，可占其民族之愛國心亦必衰。（同上，頁 95～96）

在〈論讀史之利益〉中，章氏又約其言曰：

讀史致用之道有二，上焉者察見社會之變遷，以得其運用之妙，次則牢記事實，如讀家中舊契，產業多寡，了如指掌。（《章太炎講演集》，頁 197）

除此而外，章氏亦強調其潛移默化之國族認同感之培養：

> 若要增進愛國的熱腸，一切功業學問上的人物，須選擇幾個出來，
> 時常放在心裏，這是最緊要的。就是沒有相干的人，古事古跡，都
> 可以動人愛國的心思。當初顧亭林要想排斥滿洲，卻無兵力，就到
> 各處去訪那古碑古碣傳示後人，也是此意。（〈東京留學生歡迎會演
> 說辭〉，《章太炎講演集》，頁 10）

又：

> 國家之安危強弱，原無一定，而爲國民者首須認清我爲何種民族？
> 對於本國文化，相與尊重而發揚之，則雖一時不幸而至山河易色，
> 終必有復興之一日，設國民鄙夷史乘，蔑棄本國文化，則眞迷失本
> 性，萬劫不復矣！（〈讀史與文化復興之關係〉，《章太炎講演集》，
> 頁 110）

在這三個作用中，前二者不離傳統之認知，至後者，則大抵是章氏在民族主義下的著重與強調。

　　外此，吾人仍須稍加注意的是，在章氏的概念中，經與史其實是等同的。雖然，章氏有時論及「經學」一詞，指的仍是儒家常典之學，而不併於史學之中，如《國學講演錄》中，經、史便分爲二端，然而在不獨尊儒學，將孔子視爲史家的認知下，〔註12〕經其實便是史，章氏曰：

> 一般人的意見，往往把經學、史學分而爲二。其實經是古代的史書，
> 史是近代的經書，二者本來是一致的。我們之所謂"經"，當然和
> 耶、佛、天方不同。我們之所謂"經"，等于現代一般人所說的"線
> 裝書"。線裝書上所記載的是非美惡、成敗利鈍，在在和現代有關，
> 我們不得不去注意。《尚書》當然是史；《禮》經、《樂》書，等于史
> 中之志；《春秋》便是史中紀傳，不過當時分散各處，體例未備，到
> 司馬子長作《史記》，才合而爲一，有紀有傳，有志有書。所以，史
> 即經，經即史，沒有什麼分別。現在我們假如單單講經，好像沒有
> 用處；單單講史，亦容易心粗氣浮。所以，我的意思，非把兩者合

〔註12〕《訄書‧訂孔》：「章炳麟曰：仲尼，良史也。」

而爲一不可。(〈"經義"與"治事"〉,《章太炎講演集》,頁113～
114)

也許吾人不能以爲這是章氏以佛學取代儒學的宗教、哲學地位後,刻意對經學
的重新安頓,不過,他確實爲經學在現代學術中找到了一個新的定位。

(三)語言文字

至於語言文字,除了依循傳統概念,以之爲解經工具外,章氏首先又將其
範圍擴及一切古言古字:

> 此種學問,漢〈藝文志〉附入六藝。今日言小學者,皆似以此爲經
> 學之附屬品。實則小學之用,非專以通經而已,周秦諸子、《史記》、
> 《漢書》之屬,皆多古言古字,非知小學者必不能讀。(〈論語言文
> 字之學〉)

並且注意到語言文字的掌握與使用,由文學、譯書等事以言深識語文之要,遂
謂小學實爲「一切學問之單位之學」也:

> 若欲專求文學,更非小學不可,漢時相如、子雲;唐時韓、柳,皆
> 通小學,故其文字閎深淵雅,迥非後人所及。……。詩人當通小學,
> 較之專爲筆語者尤爲緊要。……。要之,文辭之本,在乎文字,未
> 有不識字而能爲文者。加以不明訓詁,則無以理解古書,胸中積理
> 自爾匱乏,文辭何由深厚?……。譯書之事,非通小學者亦不爲功,
> 所以者何?通行文字所用名詞,數不逾萬,其字則不過三千而已,
> 外來新理豈能以此包括?求之古書,未嘗不有新異之名詞可相影
> 合,然其所涵之義究有不同,呼鼠尋璞,卒何所取,若非深通小學,
> 何能恣意鎔化。……。如上所說,則小學者,非專爲通經之學,而
> 爲一切學問之單位之學。(〈論語言文字之學〉)

如此的說法,似乎有將小學獨立的可能,而成爲今日之語言文字學者,不過,
吾人應該注意的是,所謂「一切學問之單位之學」者,固仍不脫其「工具」之
屬性,而既見視爲工具,則小學自然還是小學。

然質實而言,眞正能表現其應世的獨特主張者,還在其視小學爲國之獨有
以及種性所寄的定位。章氏曾謂:

教育之善者，志趣與智識，可以平均發展。否則如英之于印度，法之于安南，以英、法文施教而消滅其國民性者是也。(〈勸治史學並論史學利弊〉)

又：

《說文》之學，稽古者不可不講。時至今日，尤須拓其境宇，舉中國語言文字之全，無一不應究心。清末妄人，欲以羅馬字易漢字，謂爲易從。不知文字亡而種性失，暴者乘之，舉族胥爲奴虜而不復也。夫國於天地，必有與立，所不與他國同者，歷史也，語言文字也。二者國之特性，不可失墜者也。昔余講學，未斤斤及此。今則外患孔亟，非專力於此不可。余意凡史皆《春秋》，凡許書所載及後世新添之字，足表語言者皆小學。尊信國史，保全中國語言文字，此余之志也。(諸祖耿，〈記本師章公自述治學之功夫及志向〉)

以爲語言文字同歷史一般，爲各國各族所獨有，因而成爲種性的表徵與防線，一經改易，而種性亦將隨之而不存。是語言文字得以因其自身的屬性而具備了存在的意義。事實上，也正是如此的認知，使章氏打破了傳統的小學格局，而產生不同的目標與走向。

以視章氏之小學，約其要者，大抵在《國學講演錄‧小學略說》、《國故論衡》(上)、《文始》、《小學苔問》、《新方言》數項。其中〈小學略說〉固爲導論，重「述」而輕「著」；唯《文始》、《小學苔問》、《新方言》三者方爲章氏理論之實踐，而《國故論衡》則爲其「簡要之義」。章氏謂：

大凡惑并音者，多謂形體可廢，廢則言語道窒，而越鄉如異國矣；滯形體者，又以聲音可遺，遺則形爲糟魄，而書契與口語益離矣。余以寡昧，屬茲衰亂，悼古義之淪喪，愍民言之未理，故作《文始》以明語原，次《小學苔問》以見本字，述《新方言》以一萌俗。簡要之義，著在茲編。(《國故論衡‧小學略說》)

是知此三者爲章氏所特重者，並且相對於前修：

近世小學，似若至精，然推其本則未究語言之原，明其用又未綜方言之要。(〈自述學術次第〉)

則《文始》、《新方言》又尤爲要者。

就此而言，可以說章氏的小學主要集中在假借、語源，以及方言研究三者。如果從清代小學的基礎來看，章氏如斯的發展似乎也是順理成章的，若其《國學概論》所謂：

> 研究小學有三法：
>
> 一、通音韻：古人用字，常同音相通；這大概和現在的人寫別字一樣。凡寫別字都是同音的。不過古人寫慣了的別字，現在不叫他寫別字罷了。但古時同音的字，現在多不相同，所以更難明白。我們研究古書，要知道某字即某字之傳訛，先要明白古時代底音韻。
>
> 二、明訓詁：古時訓某字為某義，後人更引伸某義轉為他義；可見古義較狹而少，後義較廣而繁。我們如不明白古時底訓詁，誤以後義附會古義，就要弄錯了。
>
> 三、辨形體：近體字中相像的，在篆文未必相像，所以我們要明古書某字底本形，以求古書某字底某義。（頁14〜15）

又：

> 近代言小學者眾矣，經典相承，多用假借，治雅馴者徒以聲誼比類相從，不悉明其本字。……。余以鞅掌之隙息肩小學，諸生往往相從問字，既為噉先正故言，亦以載籍成文，鉤校扗韋，斷之己意，以明本字藉字流變之跡，其聲誼相禪，別為數文者，亦稍示略例，觀其會通，次為《小學荅問》，開而當名辯物，正言斷辭則備矣。（《小學荅問》）

其中「通音韻」、「辨形體」二項所針對者便在破假借、說本義一項，至其所指意義、理由者亦全為乾嘉之家法。

除此，對於詞族，章氏謂：

> 清代講小學的人總算是最多，現在的講法，卻有弊病，聲音、訓詁、形體，都是小學的部分，近人不重聲音、訓詁專講形體，形體是講不了的。近來應用的字已達三千以上的數目，專從形體上去求，實太瑣碎，應該從音訓上去學。文字原是言語的符號，未有文字以前，卻已有了言語，這是一定的道理，不會錯的。凡聲相近的，義也相

近，譬如"天，顛也"。人身最高部是顛，天也是最高部，所以音義也相近。這樣去講求，就能得著系統。得了系統，就可以卸煩。對于很複雜的文字，不求了解他的根原，專從形體上去講求，既覺得紛煩而且無實用，這是小學的途徑。(〈研究中國文學的途徑〉，《章太炎講演集》，頁 77)

強調的是從語言的體系去執簡御繁。至方言則以爲：

考方言者，在求其難通之語，筆札常文所不能悉，因以察其聲音條貫，上稽《爾雅》、《方言》、《說文》諸書，敦然如析符之復合，斯爲貴也。乃若儒先常語，如不中用、不了了諸文，雖亡古籍，其文義自可直解，抑安用博引爲然。自戴、段、王、郝以降，小學聲均炳焉，復於保氏，其以說解典策，謰然理解，獨於今世方言北蓋如也。(〈新方言序〉)

若綜其實，則今之里語，合於《說文》、《三倉》、《爾雅》、《方言》者正多。雙聲相轉而字異其音，鄰部相移而字異其韻，審知條貫，則根柢豁然可求。余是以有《新方言》之作。(〈論漢字統一會〉，《太炎文錄初編・別錄》，卷二)

大抵亦在配合故訓，從方言尋繹古語之痕跡與印證。

這些都是承繼乾嘉的部份，在這條脈絡上，章氏自然有其一定的貢獻，不過，章氏在小學上的真正成就，恐怕還得著眼於其在應世的目的下，對這些主題所賦予的時代意義。

1. 《文始》與語原

首先可以注意到的，是章氏所強調語言文字的一個內涵。對章氏而言，語言文字不只是語言文字，乃與世之興衰隆替俱進者：

泰逖之人，欵其皋門而觀政令，於文字之盈歉，則卜其世之盛衰矣。……。先師荀子曰：后王起，「必將有循於舊名，有作於新名。」是故國有政者，其倫脊必析，綱紀必秩，官事民志日以孟晉，雖欲文之不孟晉，不可得也。國無政者，其出話不然，其爲猶不遠，官事民志日以呰窳，雖欲文之不呰窳，不可得也。(《訄書・訂文》)

又：

上世語言簡寡，故文字少而足以達悁。及其分析，非孶乳則辭不輯。若彼上世者，與未開之國相類，本無其事，固不必有其言矣。（〈正名雜義〉，《訄書》重訂本）

因此語言文字實爲當世政治社會之反映。以人之系列字爲例：

又古之言人、仁、夷同旨。案，《說文》古文仁字作尸。而古夷字亦爲尸。……。乃知人與仁、夷古只一字。蓋種類之辨，夷字從大，而爲人。自禹別九土，始以夏爲中國之稱，製字從頁，臼、攵以肖其形。自禹而上，夷、夏並號曰人耳。夷俗仁，故就稱其種爲人，以就人聲，而命德曰仁。仁即人字。自名家言之，人爲察名，仁爲玄名，而簡樸之世未能理也。古彝器人有作夊者。重人則爲夊，以小畫二代重文，則爲仁，明其非兩字矣。自夷夏既分，不容通言爲人，始就人之轉音而製夷字。然《說文》儿字下云：「仁人也，古文奇字人也。」夫古文與小篆一字耳，何故別訓爲仁人？則知古史官之製儿字，蓋專以稱東夷，以別夏人。夷俗仁，故訓曰仁人。《白虎通義》謂夷者蹲夷無禮義，故儿字下體詰屈，以象蹲夷。且《海內西經》「仁羿」，《說文繫傳》儿字下注引作「人羿」。是儿、夷一字異讀之明徵。（〈正名雜義〉，《訄書》重訂本）

故章氏謂：

通其源流正變言之，則人、儿、夷、夊、仁、尸六字，於古特一字一言，及社會日進，而音義分爲四五。夫語言文字之繁簡，從於社會質文，顧不信哉！（〈正名雜義〉，《訄書》重訂本）

又以兄、弟二字言：

因造字的先後，就可以推見建置事物的先後。且如《說文》兄、弟兩字，都是轉注，並非本義，就可見古人造字的時代，還沒有兄弟的名稱。又如君字，古人只作尹字，與那父字，都是從手執杖，就可見古人造字的時代，專是家族政體，父權君權，並無差別。其餘此類，一時不能盡說。（〈東京留學生歡迎會演說辭〉，《章太炎講演集》，頁8）

故章氏以爲：

發明這種學問，也是社會學的一部。（同上，頁8）

因謂：

> 近方草創學術志，覺定宇、東原真我師表，彼所得亦不出天然材料，
> 而支那文明進化之跡，藉以發見。〔註13〕

同文中，章氏續解釋道：

> 試作通史，然後知戴氏之學彌侖萬有。即小學一端，其用亦不專在
> 六書七音。頃斯賓薩爲社會學，往往探考異言，尋其語根，造端至
> 小，而所證明者至大。何者？上世草昧，中古帝王之行事，存于傳
> 記者已寡，惟文字語言間留其痕跡，此與地中僵石爲無形之二種大
> 史。中國尋審語根，誠不能繁博如歐洲，然即以禹域一隅言，所得
> 固已多矣。〔註14〕

是探尋語言發展的來龍去脈，而文明進化之跡亦可得而見矣。語言文字自此而
不只是表情達意的符號，儼然與章氏論國粹所深重之歷史渾然不二矣。

2.《小學荅問》與假借

上述言語根之歷史意義，其實亦已兼涵文字之制作矣。蓋上引〈研究中國
文學的途徑〉中，章氏已謂：「文字原是言語的符號。」以是自文字時代以來，
言文之發生發展應該得以一致。若其謂兄、弟二字：

> 父子、君臣、夫婦、朋友各有正文，而昆弟獨假於韋束之次弟，其
> 後乃因緣以製「羣」字。《說文》兄雖訓長，毛公故訓義實爲茲。……。
> 斯則兄弟、昆弟，古無其文，蓋亦無其語也。……。本無兄弟、昆
> 弟之名，故亦不製其字。及其立名借字，則社會已開，必在三王之
> 際也。（〈正名雜義〉，《訄書》重訂本）

正是此意。由是而文字亦得爲衡量社會興衰之指標：

> 此夫中國之所以日削也。自史籀之作書，凡九千名，非苟爲之也，
> 有其文者必有其諺言。秦篆殺之，《凡將》諸篇繼作，及酈氏時，亦
> 九千名。行乎酈氏者，自《玉篇》以逮《集韻》，不損三萬字，非苟

〔註13〕〈與吳保初書〉，轉引自董國炎、姚奠中，《學術年譜》，頁73。

〔註14〕轉引自董國炎、姚奠中，《學術年譜》，頁73～74。

> 爲之也，有其文者必有其謰言。北宋之亡，而民日呰媮，……。若
> 其所以治百官、察萬民者，則兢乎檄移之二千而止。以神州之廣，
> 庶事之博，而以佐治者塵是，其庸得不澶漫掍殺，使政令悛巡以日
> 廢也？（〈訂文〉，《訄書》重訂本）

然而在此概念下，吾人應該注意的是，章氏所指文字之制作實專謂史官、王者
之責任與「修述」：

> 孟晉之後王，必修述文字。其形色志念，故有其名，今不能舉者，
> 循而摭之。故無其名，今置於用者，則自我作之。其所稱謂，足以
> 厭塞人之所欲，欲廢墜得乎？若是，則布政之言，明清長弟，較然
> 如引繩以切墨，品庶昭蘇，而呰媮者竟矣。吾聞古之道君人者，曰：
> 審諦如帝。（〈訂文〉，《訄書》重訂本）

而不甚認同普遍社會之生成，以是雖然章氏並不否認文字非起於一人一地：

> 造字之初，非一人一地所專，各地各造，倉頡采而爲之總裁。後之
> 史籀、李斯，亦匯集各處之字，成其《史籀篇》、《倉頡篇》。秦以後
> 字書亦然，非倉頡、史籀、李斯之外，別無造字之人也。庶事日繁，
> 文字遂多。《說文》之後，《玉篇》收兩萬字，《類篇》收五萬字，皆
> 各人各造而編書者匯集之。後人如此，古人亦然。許書九千字，豈
> 叔重一人所造？亦采前人已造者耳。荀子云：「好書者眾矣，而倉
> 頡獨傳者，一也。」斯明證矣。（《國學講演錄》，頁14～15）

然而卻也不認同俗書的地位：

> 北宋之亡，而民日呰媮，其隸書無所增；增者起於俗儒鄙夫，猶無
> 增也。（〈訂文〉，《訄書》重訂本）

又：

> 近來學者，常說新事新物逐漸增多，必須增造新字，才得應用，這
> 自然是最要，但非略通小學，造出字來，必定不合六書規則。（章炳
> 麟，〈東京留學生歡迎會演說辭〉，《章太炎講演集》，頁8）
>
> 後人造形聲之字，尚無大謬，造會意則不免貽笑，若造象形、指事，
> 必爲通人所嗤。如"丟"，去上加一，示一去不返，即覺傖俗可笑。
> 今人造牠、她二字，以牠爲泛指一切，她則專指女人。實則自稱曰

我，稱第三者曰他，區別已明，何必爲此駢枝？依是而言，將書俄屬男，寫娥屬女，而泛指之我，當別造一锇字以代之。若"我師敗績"、"伐我北鄙"等語，我悉改書爲锇，不將笑絕冠纓耶？（章炳麟，《國學講演錄》，頁10）

顯然章氏在「約定俗成」這個概念的理解與今人有絕大之落差。

在此，求本字一事除了在訓詁上的本然作用外，似乎又被賦予了另一層意義，蓋此經過後王「修述」的本字，才能表現社會進化的痕跡，而成爲另一種的「歷史文獻」。

以是對於本字，章氏實存有一種使命感，而欲使之「用眞」「復始」：

至乎六書本義，廢置已夙，經籍仍用，假借爲多。舍借用眞，茲爲復始，其與好書通用，正負不同，曹者不睹字例之條，一切訾以難字，非其例矣。（〈正名雜義〉，《訄書》重訂本，頁236）

此大抵可以解釋章氏之行文多見古語古字之因，章氏謂：

余少已好文辭，本治小學，故慕退之造詞之則。爲文奧衍不馴，非爲慕古，亦欲使雅言故訓，復用于常文耳。（〈自述學術次第〉，《中國現代學術經典：章太炎卷》，頁647～648）

雖不自以爲慕古，然而以古爲正，欲使雅言故訓復甦，而遑顧語言的時代演變與社會的約定俗成，就後代眼光看來，亦未嘗不有慕古、復古之實。

3. 《新方言》與方言

肯定中國境內諸語之同出一源，恐怕是揚雄以來即有的概念。以是乾嘉之論轉語，本多利用方言之材料。這一點章氏亦不例外：

博物學復待專門爲之。鄙意今日所急，在比輯里語，作今方言。昔仁和龔氏，蓋志此矣，其所急者，乃在滿洲、蒙古、西藏、回部之文，徒爲浩侈，抑末也！僕所志獨在中國本部，鄉土異語，足以見古字古言者不少。若山東人自稱侉子，侉從夸聲，本即華字。此可見古語相傳，以國名爲種名也。盧州鄙人謂都市居民爲奮子，奮從大聲，《説文》云：「大者，人也。」亦古語之流傳也。比類知原，其事非一，若能精如楊子，輯爲一書，上通故訓，下諧時俗，亦可以發思古之幽情矣。（〈丙午與劉光漢書〉，《太炎文錄初編》，卷二）

所不同者，章氏於此特又強調「下諧時俗」、「發思古之幽情」，實爲其發揚國粹、保存種性的另一種寄託。

除此而外，面對當時的白話文運動，章氏從方言爲古語之遺的立場上，以爲言文之別實無據依，倘能由方言一返古語，則言文本一，且又可兼得於古之雅馴：

> 若綜其實，則今之里語，合於《說文》、《三倉》、《爾雅》、《方言》者正多。雙聲相轉而字異其音，鄰部相移而字異其韻，審知條貫，則根柢豁然可求。余是以有《新方言》之作。……。俗士有恆言，以言文一致爲準，所定文法，率近小說、演義之流。其或純爲白話，而以蘊藉溫厚之詞間之，所用成語，徒唐、宋文人所造，何若一返方言，本無言文岐〔歧〕異之徵，而又深契古義，視唐、宋儒言爲典則耶？（〈論漢字統一會〉，《太炎文錄初編‧別錄》，卷二）

至返古之途，則在小學：

> 要之，白話中藏古語甚多，如小學不通，白話如何能好？且今人同一句話，而南與北殊，都與鄙異，聽似一字，實非一字，此非精通小學者斷不能辨。（章炳麟，〈白話與文言之關係〉，《章太炎講演集》，頁 220）

> 但令士大夫略通小學，則知今世方言，上合周、漢者眾，其實貴過於天球、九鼎，皇忍撥棄之爲！彼以今語爲非文言者，豈方言之不合於文，顧士大夫自不識字耳。（章炳麟，〈論漢字統一會〉，《太炎文錄初編‧別錄》，卷二）

> 文言合一，蓋時彥所嘩言也。……。方國殊言，間存古訓，亦即隨之消亡。以此闉囝烝黎，翩其反矣。余以爲文字訓故，必當普教國人。九服異言，咸宜撢其本始，乃至出辭之法，正名之方，各得準繩，悉能解諭。當爾之時，諸方別語，庶將斠如畫一，安用豫設科條，強爲斁括哉！（〈正言論〉，《國故論衡》）

大抵章氏存在一理想性之企圖，以爲只要通習小學，則今古四方得以會通，而返本復初，俱同於古也，設若更使古語復行，以古代今，則言文之異自然消除。

同時尚不僅此,以古代今的概念實際上亦同時整合了方音之歧異。對於方言,章氏曾有一項隱憂:

> 我國人尚有一種天然之積病,在乎言語不能統一,交通上既形窒礙,感情上亦生出許多誤會。在國內南北省如是,在海外各埠亦然。至南洋僑胞,以閩粵人為最眾,惟常以方言不同,交接亦不甚親洽,廣府音與客語差別,甚或有謂客家非廣東人者,此團體所以不能固結,而社會與國家,亦均受情形之牽累也。(〈在吉隆坡青年益賽會的演說〉)

是語言之統一,亦得令族群之認同增強,而有助於促進民族之和諧。正如姚、董二人所謂:

> 章太炎、劉師培、黃侃等人,對于方言研究,都不僅僅著眼于古代語言的演變。他們都考慮到未來的文言一致問題,都考慮到發揚國粹、激發愛國心問題。(《學術年譜》,頁121)

因此綜合章氏之論語原、假借、方言三者視之,章氏實著重於語言文字發展間一體之聯繫,欲由其同者會通異端,欲由其異者分析變遷。會通異端在促進融合,而分析變遷則在歷史中發現自身之定位與責任,二者皆與章氏發揚種性之概念密切相繫。

然而吾人始終不應忘記,在章氏的國粹思想中實深植著夷夏之辨的概念。這一點自然表現在語言文字的主張上。如其〈重刊《古韻標準》序〉:

> 今世語言訛亂,南朔異流,終之不失古音,與契合《唐韻》部署者近是。夫欲改易常言,以就三代元音,其勢誠未可也。若夫金、元虜語,侏離而不馴者,斯乃纏及幽、并、冀、豫之間,自淮漢以南亡是,方域未廣,曷為不可替哉?(《太炎文錄初編・文錄》,卷二)

談的雖只是語音,不過其中貴古賤今、重夏貶夷的心態自是顯然可見矣。

以是對於當時屢有主張白話、拼音之議者,章氏頗不以為然,並落實於其語言研究上,追本溯源,欲明本國語言文字之不可輕廢:

> 余治小學,不欲為王菉友輩,滯於形體,將流為字學舉隅之陋也。
> 顧、江、戴、段、王、孔音韻之學,好之甚深,終以戴、孔為主。
> 明本字,辨雙聲,則取諸錢曉徵。既通其理,亦猶所歉然。在東閑

暇，嘗取二徐原本，讀十餘過，乃知戴、段而言轉注，猶有泛濫。
繇專取同訓，不顧聲音之異，於是類其音訓。凡説解大同，而又同
韻或雙聲得轉者，則歸之於轉注。假借亦非同音通用，正小徐所謂
引申之義也（同音通用，治訓故者所宜知，然不得以爲六書之一）。
轉復審念，古字至少，而後代孳乳爲九千，唐宋以來，字至二三萬
矣。自非域外之語（如伽、佉、僧、塔等字，皆因域外語言聲音而
造），字雖轉繁，其語必有所根本。蓋義相引伸者，由其近似之聲，
轉成一語，轉造一字。此語言文字自然之則也。於是始作《文始》，
分部爲編，則孳乳浸多之理自見。亦使人知中夏語言，不可貿然變
革。又編次《新方言》，以見古今語言，雖遞相嬗代，未有不歸其宗，
故今語猶古語也。凡在心在物之學，體自周圓，無間方國。猶於言
文歷史，其體則方，自以己國爲典型，而不能取之域外。斯理易明，
今人猶多惑亂，斯可怪矣。（〈自述學術次第〉，《中國現代學術經典：
章太炎卷》，頁 647）

綜合上述，可以說，在章氏發揚國粹的精神下，除了傳統諸子經學外，宗教、
歷史、語言文字三者實爲其特爲突出而用以宣傳者，其《新方言》（1907）、《小
學荅問》（1909）、《文始》（1910）三者皆作於〈東京留學生歡迎會演說辭〉
（1906）後不久，實亦不能無涉。以是諸般學術分別以其對歷史的反映與夫國
性之寄託而可能有其獨立之學術意義。是學術之意義發生變化，或是產生異趨，
則其宗旨、內涵之轉變殆亦不難想見了。

　　是可知處在中西文化的磨合期中，章氏的學術實際呈現傳統與現代的兩面
性。就文字、聲韻、訓詁三者而言，一方面做爲理解國粹的門戶，而仍不脫工
具屬性的「小學」樣態；然則一方面它又見列爲國粹的一端，本身已爲被理解
的客體，而影響了近代語言文字學的形成。

　　（四）小學之定位

　　上面的陳述中，儘管本文肯定了章氏「小學」的兩面性，然而那只是一種
意義賦予的變化而已，質實而言，章氏對「小學」本身屬性的認知並沒有產生
根本性的變異。意者，其本質仍在識字，其目的固爲解經、治古書，至謂其「直
接」「創造」了現代「語言文字學」，則不免是一場誤會，或是附會。以下即針

對此二項更略做說明。

　　1. 治古書

　　典型的小學，做爲一種工具，特別被視爲是經學的一個附庸，而章氏則明白以小學對治者爲言語，以是所有以言語記錄之文獻，皆有賴於小學之發用：

> 或謂小學專爲說經之用，則殊不然；因經書之文雖爲古代之言語，
> 而言語卻不限于經書也。……。此如算學本非爲測天步曆而作，而
> 測天步曆實有賴于算學。故小學固非專爲說經之用，而說經實有賴
> 于小學。（〈清代學術之系統〉，《章太炎講演集》，頁101）

不過這種擴大並不能表示章氏與清儒將有所不同。蓋清代諸儒在實際的訓詁工作中早已不限於經學，如石臞之《讀書雜志》、亭林之《日知錄》皆用以治子治史者。大抵考據訓詁本是一種治學的精神與態度，不有材料之限制，或者因爲清儒之主軸端在經學，以是在其他領域上，似乎也不存在特別討論的必要。而章氏本身之學術實亦不限於經學：

> 弟近所與學子討論者，以音韻訓詁爲基，以周秦諸子爲極，外亦兼
> 講釋典。蓋學問以語言爲本質，故音韻訓詁其管龠也；以眞理爲歸
> 宿，故周秦諸子其堂奧也。（章炳麟，〈致國粹學報社書〉）

故所討論範疇自亦有所變易，唯此變易不涉根本、不異乾嘉，只是將清儒所未明言者直接表出、確定而已。至本段標以治古書，而不以治經，是亦緣此之故。

　　大致說來，章氏在治學途徑上，仍是乾嘉一脈的，如其對清儒之肯定：

> 清代小學所以能成爲有系統之學者，即因其能貫通文字、聲音、訓
> 詁爲一之故。（〈清代學術之系統〉，《章太炎講演集》，頁101）

> 小學至清而盛，亦至清而衰，桂、段、嚴、王諸公，劌志許書，眇
> 達神恉，由形體以洞聲義，自是故訓可通，經記可說，流澤被于學
> 者廣矣，故曰盛。（〈今字解剖題詞〉，《太炎文錄續編》，卷二之下）

乃著眼其文字、聲韻、訓詁之貫通，以及由小學以通經之效。至其之論治經，實亦不有異致：

> 學者有志治經，不可不明故訓，則《爾雅》尚已。（〈小學略說〉，《國

學講演錄》，頁 38）

又：

> 惟欲說經，必先通小學，始能了解古人之言語。（〈清代學術之系
> 統〉，《章太炎講演集》，頁 101）

而在此基礎上，章氏實又將乾嘉的許多治學工作表現的更爲具體與眞實，如上
述範疇的擴充即爲其例。只是雖然章氏在此未必有意與清儒立異，然則具體的
過程常常要消解許多模糊，其發展的可能也因此而有所限定。這一點，吾人在
其治經（古書）進程中便可發見。

從亭林之發端，而至東原所確定的這一個「由字以通其詞，由詞以通其道」
的治經模式，實成爲乾嘉以來治經的典範，章氏於此似乎也不存在反對的理由。
只是這一個進程，到了章氏手中卻有了不同的表述：

> 凡學先以識字，次以記誦，終以考辨，其步驟然也。今之學者能考
> 辨者不皆能記誦，能記誦者不皆能識字，所謂無源之水，得盛雨爲
> 潢潦，其不可恃甚明。然亦不能盡責也。識字者古之小學，晚世雖
> 大學或不知，此在宋時已然。（〈救學弊論〉，《太炎文錄續編》，卷
> 一）

又：

> 研究經的方法，先求訓詁文義，進一步再探求他事實上的是非得失。
> 至于如何運用？那末，運用之妙，存乎一心，在于各人的自得。而
> 且時勢不同，應付亦異，這是講不了的。（〈"經義"與"治事"〉，
> 《章太炎講演集》，頁 114）

可以肯定的是，這兩個模式在由小學以通經學的主軸上是一致的，只是其間畢
竟仍有二項異處，其一，由小學以通經一項，對許多清儒而言，特別是二王以
下，幾爲充要條件，而章氏僅視爲一必要條件，故訓詁文義、是非得失與運用
三者明爲三個進程，小學與考辨分離，而小學之用亦只在識字、解文義耳。其
二，清儒以通經即可致用，認爲只要能夠確實地理解經書，以經中記載之制度
與準則應用於現世，而大同之治便有實現的可能。而章氏則以「運用之妙，存
乎一心，在于各人的自得」，顯然其中尚欠一段工夫，並且還是「講不了的」工
夫。

　　表面上看來，這二項異點似乎只是表述角度與輕重的不同而已，不過它卻使後來的學術版圖悄悄地重整。首先，就後者而言，通經致用的概念，本是建立於對儒家的「信仰」與經書的信守。因此對傳統儒生來說，這一個模式是絕對毋庸置疑的，而章氏之敢於打破定律，其實正代表著其儒家「信仰」之瓦解。誠如本文前此之謂，在章氏學術體系中，玄理之最上者是為佛學，其入世之用，則有與之相近之道家，而儒家之於二者則有所不逮，至經學者，章氏僅見視為歷史，雖仍多所重視，不過，主要的原因乃在於其有知古鑒今，以及激發種性之用。是僅僅做為一種歷史，本身只是過去的陳跡，而非絕對的真理，這著實已宣告著董仲舒以來定於一尊的儒家地位至此正式終止。雖然，章氏所推崇的佛教終究未能成為「國教」，不過，儒家自此退為諸子、經學由是退出政治，卻是一個不爭的事實。確實，我們也不能說儒學的這個變局全然由章氏一人所造成，因為若非時代風氣的造就，而章氏一人何能蚍蜉撼樹？只是做為駁斥康有為建立孔教之中堅，則其推波助瀾之力殆亦不可輕易否認。章氏在此是一個時代的表徵，而且是一個具有領袖氣質的表徵。

　　其次，就小學與通古書一項，章氏因而提出治學之道遂有所或異：

　　　治國學之方法：
　　　a. 辨書籍真偽
　　　b. 通小學
　　　c. 明地理
　　　d. 知古今人情變遷
　　　e. 辨文學應用（《國學概論》，頁 10～24）

在此五項中，後二者涉及「是非得失」以及「運用之妙」，不再限於治經一事，殆可視為破除儒家信仰後之副產品。至前三項則主要在於文本之理解。比照清儒，如閻若璩之辨《尚書》、戴東原之疏《水經》，亦未見有所增益，甚至比諸東原《七經小記》之規畫，則尚有不及者。不過儘管如此，在這個結構中，吾人卻不應忽略其間的隱性變化，蓋小學之概念已與前此不同，而訓詁與故訓亦隨之產生了間隙。具體言之，清儒之言訓詁，本含故訓之意，而故訓者，雖然主要仍指的是《爾雅》一類解釋詞義之作，不過漢儒之注疏是亦在列，以是其所包含的內容便不只是字義、詞義，而兼及名物、典章，及其章旨、微言。若

陸宗達、王寧所言：

> 漢代以來，「小學」一直是經學的附庸，直至發展到乾嘉鼎盛時期，
> 仍舊未能全然擺脫作爲經學釋讀術的附庸地位。因此它的內容包羅萬
> 象，與經書內容有關的無不需要涉及。（《訓詁與訓詁學》，頁 328）

故大抵如東原者，便相當清楚要正確地解釋語言，除了由文字語言本身入手外，
對語言背後所指示的實際客體的認識亦是不可或缺者。以是儘管清儒之言考據
與訓詁仍有不同，而其界限則不甚分別，若「由詞以通其道」者，便只含混地
以詞之理解統括了一切。至章氏則不然，雖然在表達上與清儒不異：

> 韓昌黎曰：凡欲作文，須略識字，識字者，通小學也。小學本爲古
> 時兒童識字之學，今因數千年方言文字之變遷，乃爲專學。固不必
> 盡人皆通，然讀古書，則不可不明小學。……。而通小學須兼及訓
> 詁音聲，故小學分爲三種，一訓詁、二形體、三音聲。（《國學講演
> 集》）

不過較之清儒，章氏小學之定義其實狹隘的多，以是其論及訓詁，乃多只針對
義書而已，如：

> 古人訓詁之書，自《爾雅》而下，《方言》、《說文》、《廣雅》以及毛
> 《傳》，漢儒訓詁，可稱完備。（《國學講演錄》，頁 43）

又：

> 然自許叔重創作《說文解字》，專以字形爲主，而音韻訓詁屬焉。前
> 乎此者，則右《爾雅》、《小爾雅》、《方言》；後乎此者，則有《釋名》、
> 《廣雅》，皆以訓詁爲主，而與字形無涉。《釋名》專以聲音爲訓，
> 其他則否。（〈論語言文字之學〉，《國粹學報》第二十四期）

甚至在嚴格的定義下，其小學僅僅專指於「識字」、語言之學：

> 所謂小學，其義云何？曰字之形體、音聲、訓詁而已。……。以古
> 韻讀《說文》，然後知此之本字彼引伸、假借之字；以古韻讀《爾雅》、
> 《方言》諸書，然後知此引伸、假借之字必以彼爲本字。能解此者，
> 稱爲小學。若專解形體及本義者，如王箓友所作《說文釋例》、《說
> 文句讀》，祇可稱爲《說文》之學，不得稱爲小學；若專解訓詁而不
> 知假借、引伸之條例者，如李巡、孫炎之說《爾雅》、郭璞之注《爾

雅》、《方言》，祇可稱爲《爾雅》、《方言》之學，不得稱爲小學；若
專解音聲，而不能應用於引伸、假借者，如鄭庠之《古音辨》、顧寧
人之《唐韻正》，祇可稱古韻、《唐韻》之學，不可稱爲小學。(〈論
語言文字之學〉，《國粹學報》第二十四期)

是側重形、音、義三者之會通衍變，排除「語言」而外的其餘「訓詁」，以及「語
言」之內形、音、義的個別理會，則其範疇可謂漸趨專、狹了。

也許吾人沒有直接證據證明章氏受到西方學術分類的影響，不過，「小學」
之定義既爲如此精確之「正名」，而限定其「職分」只在與解古書事直接相涉者，
是其與清儒之有別殆可無疑。也許站在現代學術的立場上，吾人應以章氏爲傳
統小學指出的這一個定位感到慶幸，畢竟它在一定程度上助長了語言文字學的
發生，然而精確的本身常常代表著取捨，對傳統小學而言，本來處於模糊卻也
充滿許多可能性的狀態，而章氏卻循名責實，將之限定在識字、語言之途。自
然，這同時也代表著對其他選項的排斥，由是涉及諸多面向之考證自不能再涵
攝其中，而故訓中外乎語言文字、外乎識字、識古字者亦將一一剔除，是表面
上看似類同之進程，其背後之學術結構卻早已不復相同了。

除此而外，眞正表現章氏之治學特色者還在於以下二事。一是治經、治子
的區隔；一是外來學說的運用。

前面已經提過，章氏大致上是主張經、史合一的，與佛家、諸子之言玄理
者不同。反映在治學方式上，章氏也以爲二者應該分途：

前因論《墨辯》事，言治經與治諸子不同法，昨弟出示適之來書，
謂校勘訓詁，爲說經說諸子通則，并舉王、俞二先生爲例。按校勘
訓詁，以治經治諸子，特最初之門徑然也。經多陳事實；諸子多明
義理（此就大略言之，經中《周易》亦明義理，諸子中管、荀亦陳
事實，然諸子專言事實，不及義理者絕少）。治此二書者，自校勘
訓詁而後，即不得不各有所主。此其術有不得同者。故賈馬不能理
諸子，而郭象、張湛不能治經。若王、俞二先生，則暫爲初步而已
耳。〔註15〕

〔註15〕 〈太炎先生〔致章行嚴〕的第二書〉，收錄於胡適〈論墨學〉，《胡適學術文集：中
國哲學史》，頁723。

是治經、治子之不同，其內在實爲歷史與哲學之異趨，對章氏而言，乾嘉基本工夫之校勘訓詁所能致力者只在直陳的事實，至義理者，則仍有所不及。具體言之，其原因大約有二，其一，表現在陳述上的不同，事實的陳述容有重贅，而義理則貴精審：

> 經多陳事實，其文有時重贅；傳記中經，則其類尤眾，說者亦就爲重贅可也。諸子多明義理，有時下義簡貴，成不可增損一字；而《墨辯》尤精審，則不可更有重贅之語。假令毛、鄭說經云，"辯，爭彼也"，則可；墨家爲辯云，"辯，爭彼也"，則不可。今本文實未重贅，而解者乃改爲重贅之語，安乎不安乎？（同上）

其二，歷史的語言，意義的表現直接，只要疏通僻字難句，而意在言中；哲學的語言，概念複雜，多以術語呈現，以是僅僅說明語言上的意義，仍不能說明其內涵。章氏以幾何之術語爲例，而曰：

> 其在傳箋者，則多用直訓，或用界說，而用語根者鮮矣（如仁者，人也；義者，宜也；齋之言齊也；祭者察也：古傳記亦或以此說經，其後漸少）；其在墨辯者，則專用界說，而直訓與語根，皆所不用。今且以幾何原本例之，此亦用界說者也。點線面體，必明其量，而不可徑以直訓施之。假如云，"線，索也"，"面，蹙也"，于經說亦非不可，于幾何原本，可乎不可乎？……。諸子誠不盡如墨辯，然大抵明義理者爲多。諸以同義之字爲直訓者，在吾之爲諸子音義則可，謂諸子自有其文則不可。（同上）

雖然章氏並不否認，哲學的語言仍須借助訓詁之功，不過「其於大達亦遠矣」，故對二王之治子，僅視爲「從旁窺伺」耳：

> 襄胡適之與家行嚴爭解《墨經》，未有所決。余嘗曉之曰：「昔人治諸子多在治經後，蓋訓故事實，待之證明，不欲以空言臆決也。今人于文字音義多未昭哲，獨喜治諸子爲名高，宜其多不安隱矣。」時有難者曰：「郭象豈通經明小學者，而注《莊子》，後來莫及。公何未之思耶？」余曰：「郭氏專意玄言，自有傳授，則不藉通經明小學而得之。然大體雖得，義訓猶不免粗疏。今之治諸子者，本非專門，乃是從旁窺伺，如王懷祖與曲園先生皆是。然則微旨固難審知，

而知者特文句耳。非得其訓故，稽其事實，何由說之？」(〈菿漢閒
話〉,《太炎文錄續編》,卷一)

如斯之主張，實與乾嘉一貫以訓詁明即義理明之認知有顯著不同，然與東原透
過實物與實踐來通解經文的進程卻有近似之處。蓋二者皆注意到語言文字的局
限，以直解文義並不能完全掌握其內涵。所不同者，對東原而言，經學涵義理，
故本近於子，不將區別其表達方式之異同；章氏之治經則近史而不重義理，故
以為二者在語言性質上亦有所異。相較而下，章氏在語言概念的辨析上實略勝
一籌。

至於外來學說的操作，則更是章氏的一個時代特徵。

一般說來，章氏確實是一個以捍衛國粹為職志的傳統學者，以是，在某些
議論上偶有排斥西學的表現，如：

中西學術，本無通途，適有會合，亦莊周所謂「射者非前期而中」
也。今徒遠引泰西，以徵經說，有異宋人以禪學說經耶？(〈與人論
樸學報書〉,《太炎文錄初編・文錄》,卷二)

然質實以言，在章氏的學術中，確是有意地接納不少外來學說。

章氏對佛學之推崇自不待言，[註16] 而其他東西學術之接觸亦頗為廣泛，
並且時間甚早，如姚奠中、董國炎二人所述：

《〔膏蘭室〕札記》不但考釋範圍極廣，且已涉及西學。卷三釋《淮
南子》、《管子》及《歷物疏證》諸條多見。論及光學、化學、天文
地理頗多。東半球、西半球理論運用自如。引證西方學者和書籍有
李提摩太、韋廉臣《格物探源》、雷俠兒《地學淺釋》、赫士譯《天
文揭要》等。(《章太炎學術年譜》,頁35～36)

是其於詁經精舍時期便已有意的學習與運用西學了。及其東赴日本，而所見益
廣矣：

既出獄，東走日本，盡瘁光復之業。鞅掌餘閒，旁覽彼土所譯希臘、
德意志哲人之書，時有概述。鄔波尼沙陀及吠檀多哲學，言不能詳，

〔註16〕從〈東京留學生歡迎會演說詞〉中「我們中國，本稱為佛教國。」看來，章氏似
乎已承認佛教的中國化。不過，章氏在佛學與學理上的研習仍直取印度佛典也。

因從印度學士咨問。梵土大乘已亡，《勝論》、《數論》傳習亦少，唯吠檀多哲學，今所盛行。其所稱述，多在常聞之外。以是數者，格以大乘，霍然察其利病，識其流變。（〈自述思想遷變之跡〉，《自述與印象：章太炎》，頁 18～19）

大致說來，章氏後來對外學的吸收，除佛學外，主要集中在哲學與社會學。依姜義華之表述，章氏自日返國後，在《訄書》重訂本中引用的書目，有泰勒（Tylor）《原始文化》、韋斯特馬克（Westermarck）《人類婚姻史》、吉丁斯（Gidding）《社會學》、瓦茨（Waitz）《原始民族人類學》……等計約二十餘種。〔註17〕可見其涉獵之廣。

前引〈東京留學生歡迎會演說詞〉中章氏曾謂：

後來讀鄭所南、王船山兩先生的書，全是那些保衛漢種的話，民族思想漸漸發達。但兩先生的話，卻沒有甚麼學理。自從甲午以後，略看東西各國的書籍，才有學理收拾進來。（《章太炎講演錄》，頁 1）

是章氏自言在這些學說上的所得，乃有助於學理面之吸收。而以之為學理，則章氏恐怕頗引為理解的方式、成因的解釋，或是推論之據依者。以下是兩個章氏援用外學的簡短例子：

以印度勝論之說儀之，實、德、業三，各不相離。人云、馬云，是其實也；仁云、武云，是其德也；金云、火云，是其實也；禁云、毀云，是其業也。一實之名，必與其德若，與其業相麗。故物名必有由起。雖然，太古草昧之世，其言語惟以表實，而德業之名為後起。故牛、馬名最先；事、武之語，乃由牛、馬孳乳以生。世稍文，則德、業之語早成，而後施名于實。故先有引語，始稱引出萬物者曰神；先有提語，始稱提出萬物者曰祇。此則假借之例也。（《國故論衡・語言緣起說》）

所謂「儀之」，乃用以做為一種理解之方式。章氏在此藉《勝論》中實、德、業三者之結構說明了語言孳生之狀態。從章氏的用法推之，「實」者，大約指的是

〔註17〕此自是以其明顯可見者略為計耳，實則不止此數。詳見《章太炎評傳》，頁 348～349。

本體，「德」者為性質、屬性，而「業」者為功能、作用也。〔註18〕由是依《勝論》之義，「實、德、業三，各不相離」，譬之語言，章氏以為，一物之名稱、屬性與作用之語詞亦密切相繫，故謂「物名必有由起」，以是事、武之語可由牛、馬孳生，而神、祇之名，亦緣引、提而作也。由是，章氏解釋了假借的生成，不過其時章氏所謂之假借，蓋一般以為之引伸，同在《國故論衡》，其〈轉注假借說〉謂：

> 孳乳日繁，即又為之節制，故有意相引申，音相切合者，義雖少變，則不為更制一字，此所謂假借也。

而引申即是語詞產生的動力。

其次，在〈正名雜義〉中，章氏引姊崎正治之言謂：

> 姊崎正治曰：表象主義，亦一病質也。凡有生者，其所以生之機能，即病態所從起。故人世之有精神見象、社會見象也，必與病質偕存。馬科斯牟拉以神話為言語之癭疣，是則然矣。抑言語者本不能與外物泯合，則表象固不得已。若言雨降（案：降，下也。本謂人自陵阜而下），風吹（案：吹，噓也。本謂人口出氣急），皆略以人事表象。繇是進而為抽象思想之言，則其特徵愈著。若言思想之深遠，度量之寬宏，深者所以度水，遠者所以記里，寬宏者所以形狀空中之器，莫非有形者也，而精神見象以此為表矣。……。要之，生人思想，必不能騰躍於表象主義之外。有表象主義，即有病質憑之。（《訄書》）

揆其意，則表象主義，約即今日隱喻（metaphor）者，而章氏則又以言「假借引伸之原」也：

> 其推假借引伸之原，精矣。然最為多病者，莫若神話，以「瑞麥來牟」為「天所來」，而訓「行來」，以「燕至得子」為「嘉美之」，而造「孔」字。斯則真不失為癭疣哉！（《訄書》）

雖然，本文並未一一檢討章氏所有引證外學之操作，而其在語言文字上的用例

〔註18〕陳梅香據《佛學大辭典》以為：「實際上「實」指的是本體，「德」為屬性，「業」為作用。」（《章太炎語言文字學研究》，頁30）又，佛學原始之定義之內涵與外延恐不如此單純，本文以為章氏在此亦只是取其表面之模式言之耳。

實皆與此相仿。

在這兩個例子中，吾人可以發現其操作其實還在一個頗為生硬的階段，亦即，章氏並未深入闡述那些理論學說形成的方式與證據，而只是借助其既成之結論，而用以論述，甚至「論證」本國學術之種種現象。固然，吾人不能否認章氏對這些學說的態度亦是有取有捨的，只是取捨的標準似乎仍是自由心證的，從過去的經驗、情理的推測，甚至是主觀意圖的依違以為判斷之依據，而不是回到現象本身，去全面地歸納、檢測學說的合理性。以是其結果仍是駁雜，而在信度與效度上皆存在疑義的。若上述二例，《國故論衡》成於 1910 年，而〈正名雜義〉則出現在《訄書》1914 年之修訂，二者時間相近，而同為解釋假借引申，理由卻不相同，或許此二說可以不互斥，而章氏畢竟在此並無一語及之。是知此大約還在「六經注我」的模式，是採用合於己說之學理，而非藉學理以修述己說。

要之，處於中西學術正面交鋒的初期，章氏對傳統學術的發揚與深化的努力確有其歷史性的地位，不過，在理解這些學說形成的背景後，半個多世紀以來的後人，對其結論與所造成的學術發展，似乎應在合理性上有其一定的反省。

2. 語言文字學

嚴格說來，謂章太炎開創了現代的語言文字學，並不是一個正確的說法，然而卻也不可否認，章氏思想中對語言文字的看法，確實造就了今日的小學更接近語言文字學。

就文獻的呈現與發展的脈絡來看，正式提出「語言文字學」的名稱以取代傳統「小學」者，章氏是其權輿。而從國粹的角度看待小學，吾人的確也看到了小學有成為中國現代語言文字學的可能與跡象。正如陸、王二氏所謂：

> 一門學科有了自己固定的研究範圍，並且在與其他科學較為嚴密的
> 分工中確定了自己的位置，便為它向近代的理論科學發展，奠定了
> 有利的基礎。（陸宗達、王寧，《訓詁與訓詁學》，頁 329）

然而即使在今日，文字、聲韻、訓詁的研究仍大體以六書、系聯、破借讀本為主軸，與西方語言學上種種生成語法、認知語言、優選理論……等仍大異其趣。這裏不是說二者之間沒有交通的部份，也不在比較二者的優劣高下，只是，

在一般聲稱受到西方科學、語言學影響而造就的現代語言文字學，卻仍然在核心、目的，甚至研究、思維模式上呈現出種種異趣，是所謂小學已成現代語言文字學的意涵，以及其所藉以評價的依據，恐怕都是有待仔細斟酌與確定的。因此，類此之表述：

> 使"小學"真正擺脫經學的附庸地位，發展出一門獨立的語言文字學，是章太炎在語言文字學上的首要貢獻。……。把"小學"改稱為"語言文字學"，不是簡單的易名，而是標志著這門學科的根本變化。……。而章太炎將它確定為語言文字學，便確定了它的研究範圍，找到了它在近代科學中應有的位置。（陸宗達、王寧，《訓詁與訓詁學》，頁 328）

是否將言過其實，而不免過度攙雜了後人的期待與理想？

事實上，章氏雖有「語言文字學」的想法，不過並未刻意表彰，若陳梅香所謂：

> 章氏可說是提出「語言文字學」名義的第一人；而後在陸續發表的國學演講中，實仍以「小學」為名。（《章太炎語言文字學研究》，頁 5）

除一般陳述偶然的指稱外，章氏對此稍有解釋者，大抵僅在其三十九歲（1906）以章絳之名發表在《國粹學報》的〈論語言文字之學〉，以及六十五歲（1932）在北京師範大學的講辭〈清代學術之系統〉。〔註19〕而較典型，且為一般所引證者實為前者之「片段」。為了避免斷章取義，以下擬較為完整理引述章氏之原文。

文章之始，章氏首先確定了語言文字學為國學之門戶，而此語言文字之學即古之小學也：

> 今欲知國學，則不得不先知語言文字，此語言文字之學，古稱小學。

隨即，章氏解釋「古之小學」原始：

〔註19〕前者見《國粹學報》第二十四、二十五期；講辭則由柴德賡記錄、錢玄同審定，發表於 1934 年《師大月刊》第十期，又收錄於馬勇編《章太炎講演集》，頁 98～106。

> 蓋古者八歲入小學，教之識字，其書與今千字文相類，周有〈史籀篇〉，秦有〈蒼頡篇〉，漢有〈凡將篇〉、〈滂熹篇〉、〈急就篇〉，大抵非以四字為句，即以七字為句，取其便於誦習，故以小學為名。

蓋即幼童識字之學。然隨著時代之變遷，識字成了識古字，以致須藉助字形、訓詁與音聲之研究以溝通古今，由是而構成了「語言文字之學」：

> 然自許叔重創作《說文解字》，專以字形為主，而音韻訓詁屬焉。前乎此者，則右《爾雅》、《小爾雅》、《方言》；後乎此者，則有《釋名》、《廣雅》，皆以訓詁為主，而與字形無涉。《釋名》專以聲音為訓，其他則否。又自李登作《聲類》，韋昭、孫炎作反切，至陸法言乃有《切韻》之作，凡分二百六韻。今之《廣韻》，即就《切韻》增潤者，此皆以音為主，而訓詁屬焉，其於字形略不一道。合此三種，乃成語言文字之學。

進而章氏分辨了小學與語言文字學之不同：

> 此固非兒童占畢所能盡者，然猶名為小學，則以襲用古稱，便於指示，其實當名語言文字之學，方為塙切。

是知二者之異，主要在於章氏以「小學」之義本指「古者八歲入小學」之識字之學，而一旦語言變遷，使得過去直截的識字之學，變成考據性的識古字學，而不得不更發展出相應的文字、聲韻、訓詁知識時，固已「非兒童占畢所能盡者」，以是，再稱之「小學」已有不愜，故提出「語言文字學」以為「循實責名」。由此可知，章氏其實並沒有提出新的架構，欲將小學「轉化」成語言文字學的意圖，相反地，他只是針對小學發展中既定的「實情」，而擬為其更「塙切」的定名而已。

　　以下，自「此種學問，漢〈藝文志〉附入六藝，皆似以此為經學之附屬品。……。則小學者，非專為通經之學，而為一切學問之單位之學。」一段，章氏將小學施用的範疇擴及一切學問，這是前述已經提及的了。或者吾人可以說這是章氏的一種突破，不過質實而言，此時的小學仍是一種附庸，從經學之附庸變成一切學問的附庸，而章氏亦僅是就其本然以擴大其施用耳。〔註20〕

〔註20〕黃錦樹亦曾指出章氏「語言文字學」之於「小學」，只是「正名」耳：「章太炎於光緒三十二年年初在《國粹學報》第二十四、二十五期上發表了一篇〈論語言文

　　復次，則又是前面已引述的一段：「所謂小學，其義云何？……不可稱爲小學。」章氏又將小學限定在識字、識古字上。須知，這裏的「小學」，實際上已是章氏主張的語言文字學。大抵章氏是保持古代小學的基本作用：識字讀書，而以限制語言文字學之核心目的，以是就材料言可以擴大，然就本質言，卻不能超出識字的意圖。就此而言，大抵便可說明其與《爾雅》、《說文》以來之傳統小學實亦一脈相承。若更就其將《說文》、《爾雅》、古韻之學排除在語言文字學外，殆可確定其與西方語言學中將音系、語義等語言構成的本身視爲研究對象者乃絕無相涉了。

　　外此，此段文字的另一個重點，是章氏同時呈現了其以音韻爲入門的小學架構：

> 所謂小學，其義云何？曰字之形體、音聲、訓詁而已。《說文》所述，重在形體，其訓詁惟是本義，而於引伸、假借則在所略。然古今載籍用本字本義者少，而用引伸、假借者多，若墨守《說文》，則非特於古籍難通，即近世常行之學，亦不得其解矣。是故引伸、假借之用，不得不求之《爾雅》、《方言》諸書。雖然，凡假借者，必其聲

字之學〉，在中國「國學」的視域內首度爲這一門近代化中的學術命名。命名實爲正名。……。他接著解釋了何以要「正名」（易名），換言之，也就是道出二者的異：「此固非兒童占畢所能盡者。」（道出了「名」早已離「實」）。」（《章太炎語言文字之學的知識（精神）系譜》，頁3）然則其下又謂：「他並沒有一如期待的指出「語言文字之學」和「小學」的差異，只在前頭暗示——「正名」似乎是爲了讓這門學術脫離經學附庸而成爲一門獨立的學科。這層涵意指出後馬上隱沒入「小學」的不斷前景化之中。更妙的是，此文不見於太炎自己結集的著作裏，在太炎往後的著作中，也不見再用「語言文字之學」之名。……。換言之，「語言文字之學」此一措辭太炎後來放棄了。」（《章太炎語言文字之學的知識（精神）系譜》，頁4）則似又將「語言文字學」與「一切學問之單位之學」的概念合爲一事而生出「期待」。我們以爲，如果「易名」只是「責名」，那麼章氏便無意有所造作，或令之「獨立」。至「一切學問之單位之學」的定位雖有異於前，質實而言，亦只是在既有的本質下擴充其「用」而已。以是，既然本質未變，則改易名稱也不是那麼重要的事，是章氏亦不甚執著也。「襲用古稱，便於指示」事實上已交代其後來「猶名爲小學」的態度，是以不見其全改稱「語言文字學」，便以爲有「放棄」之動作，殆亦有失其情。而況，在章氏晚期的演講中，「言語學」、「語言文字」之用語實亦不眞爲罕見也。

音相近，凡引伸者亦大半從其聲類漸次變遷，而古韻今韻往往殊異，

古之同聲者在今則異，古之異聲者在今則同，而今字之引伸、假借

則非自今日始，率皆沿襲古初，一成不變，以今世音韻讀之，覺此

字與彼字音韻絕殊，何以得相引伸、何以得相假借？是故欲之引伸、

假借之源，則不得不先求音韻。

此中章氏以爲讀古書識古字的主要困難在於引伸與假借的辨析，而「假借者，必其聲音相近」、「凡引伸者亦大半從其聲類漸次變遷」，是二者皆有賴於音韻之學的佐助也，故章氏謂：「治小學者，實以音韻爲入門」。

以上是〈論語言文字學〉中，涉及其語言文字學的解釋。另外，在〈清代學術之系統〉中，其實只有如斯的一段簡要的說明：

"小學"本合文字、聲音、訓詁三部分而成，三者不能分離，故欲

爲此學定一適當之名稱卻頗難，爲名"文字學"則遺聲音，名爲"音

韻學"又遺文字，我想可以名爲"言語學"，因爲研究小學，目的

在于明聲音、訓詁之沿革以通古今言語之轉變也。清代小學所以能

成爲有系統之學者，即因其能貫通文字、聲音、訓詁爲一之故。(《章

太炎講演集》，頁 101）

比對二者，其大意大略不二，唯其名稱又易之爲「言語學」而已。只是本質既無二致，是其名稱亦可不涉閎旨。

因此會合二者，吾人可以說，章氏「語言文字學」或「言語學」的提出，只是根據小學的發展現狀所作的一種「循實責名」而已，本無意圖去開發任何創新的學門，相反地，章氏反而頗爲復古地去要求「語言文字學」只能在於解讀古籍耳。具體而言，這一門學科，其「目的在于明聲音、訓詁之沿革以通古今言語之轉變也」，在此目的下，章氏以爲其主要議題在於引伸假借的分析，以是，研究文字的目的在破讀假借引伸，爲本字本義之確定；訓詁學則重要歸納引伸假借之條例；至音韻學則爲繫聯引伸假借之軌跡者。如果吾人稍稍留意，此三者與清儒，尤其是二王，在小學上之主要貢獻自是若合符節。

因此可以說，潛藏在「語言文字學」下的小學，其實並沒有實質的改變，章氏在此亦只是二王、俞樾之傳人耳。然而不可否認的，章氏「語言文字學」的提出，配合其國粹上的定位，竟也在後人的期待、誤解與詮釋下產生某種程

度的質變，一方面它維持著傳統小學的目的，解讀古書、解釋語言；一方面它又在語言、文字的名目下使得文字、聲韻、訓詁三者可以被視爲獨立研究的客體。〔註21〕這二種性質的同時並存，使得它不能等同於西方的語言學，然而卻也使得傳統故訓中溢乎語言文字者被排斥在外，這大抵便是「現代中國語言學」之實際狀態。〔註22〕

第二節　治學方法與訓詁運用

除卻章氏早期學術尚未成型時的表現，如《膏蘭室札記》、《春秋左傳讀》等，眞正呈現章氏學術風格與時代特徵之小學著作，無疑是《文始》、《新方言》與《說文苔問》三者。其中《說文苔問》破假借、《文始》繫語原，而《新方言》則旨在明方言之徵於古語，蓋亦不外《文始》之支脈。

一、語原研究

（一）《文始》

《文始》一書之定位，就其實際之操作而言，多有人以其局限在字形，而主張歸之爲「字根」、「字族」者。而陸宗達、王寧，則以中、西「語源學」之目的雖有類同，而操作方法乃大異其趣，故別稱傳統一脈爲「字源學」以與區別：

> 古人稱實詞爲"字"，訓詁學裏的"字源"相當于語言學所說的"詞源"。傳統字源學的目的是爲了探討古代漢語的詞彙意義的來源，與西方語源學的目的有相似之處，但在方法上卻差別很大。爲了不使有些人硬用西方語源學來套傳統字源學，還爲了保持歷史的舊說以便對它進行歷史的評價，我們不把"字源"改稱"詞源"，而在前面加上"傳統"二字，當然前面還有一個減去了的定語是"中國古代"。（〈傳統字源學初探〉，《訓詁與訓詁學》，頁352）

〔註21〕若上引陸宗達、王寧之說即是也，詳見其〈訓詁學的復生發展與訓詁方法的科學化〉與〈章太炎與中國的語言文字學〉，收錄於《訓詁學訓詁學》。

〔註22〕在此所指的「現代中國語言學」主要是針對傳統小學的脈絡而言，至於現代另有學習西方語言學以研究中國語文材料者，其定位尚待商榷，而其研究目的、範疇、理論等，亦與傳統小學無涉，實未可混爲一談也。

而《文始》正爲其中總結之作：

> 晚近出現了一部傳統字源學的總結之作，那就是章太炎先生的《文
> 始》。（同上，頁356）

然而質實而言，章氏之以形體爲途徑，實不全爲後人所以爲不解語言者，而後
人論語言之執於排形跡，未嘗不將落於另外之一偏；而就今日之概念言，「字」
與「詞」做爲文字、語言的區隔實已爲人普遍接受，僅爲在方法上有所分別，
而又造成語言、文字現象之混淆，殆亦不免得不償失。要之，章氏既自稱作「《文
始》以明語原」，是不論其具體操作若何，欲理解章氏之意見，仍需尊重其本然
之意圖與設想。

　　大體而言，章氏《文始》之操作可由四個概念構成，其一，闡明語言緣起
與發展之過程以爲理據；其二，設定初文、準初文做爲原始語言之遺跡；其三，
建立成均圖以明音韻演變之軌則；其四，提出孳乳與變易二端以爲系聯語言之
途徑。

　　1. 語言緣起孳生

　　章氏之論語言發生、發展，其設想大抵見於〈語言緣起說〉，該文本爲〈論
語言文字之學〉一段，後經修改而冠以此名，收入《國故論衡》，其間差異，則
主要在轉注、假借之理解有所不同。緣於《文始》之撰作實在章氏修訂該文之
後，故本文之論述乃以後出爲重。

　　首先在〈語言緣起說〉中，章氏之開宗名義，以爲物之命名，並不是任意
性的，而有其必然之聯繫：

> 語言者，不馮虛起。呼馬而馬，呼牛而牛，此必非恣意妄稱也。諸
> 語言皆有根，先徵之有形之物，則可睹矣。何以言雀？謂其音即足
> 也。何以言鵲？謂其音錯錯也。……。此皆以音爲表者也。何以言
> 馬？馬者，武也。何以言牛？牛者，事也。……。何以言神？神者，
> 引出萬物者也。何以言祇？祇者，提出萬物者也。此皆以德爲表者
> 也。要之以音爲表，惟鳥爲眾；以德爲表者，則萬物大抵皆是。乃
> 至天之言顛，地之言底，山之言宣，……，有形者大抵皆爾。（《國
> 故論衡》上）

此中，章氏大略又分爲二類，若鳥類者，多以鳴聲爲名，是謂表音，而其餘眾

物則一般以表其德（屬性）。驟視之，這個概念與現今普遍以爲之約定俗成者自是相左，若陸、王二氏所謂：

> 一種情況，在語言發生的起點，音與義的聯繫完全是偶然的。《荀子·正名篇》所說的 "名無固宜，約之以命。約定俗成謂之宜。異于約者謂之不宜" 的理論，準確地反映了音義聯繫的社會約定性。（〈因聲求義論〉，《訓詁與訓詁學》，頁 64）

然而若仔細推敲，二者所談並不盡然一事。蓋章氏名其篇謂〈語言緣起說〉，則如無特別說明，在直截的理解下，指的便是語言之初始狀態。然此似非章氏本意，首先可以注意到的是章氏的敘述：「諸言語皆有根」。以「諸」修飾「言語」，則「言語」者殆爲複數。此句在〈論語言文字之學〉中，原做的是：「一切言語皆有其根」則此意更明矣。故以下所舉之例，雀、鵲、馬、牛、神、祇云云，確實皆是一個一個的「言語」。復次，比對同文中的另一段論述：

> 雖然，太古草昧之世，其言語惟以表實，而德業之名爲後起。故牛、馬名最先；事、武之語，乃由牛、馬孳乳以生。世稍文，則德、業之語早成，而後施名于實。故先有引語，始稱引出萬物者曰神；先有提語，始稱提出萬物者曰祇。此則假借之例也。

以「言語」、「名」，「名」、「語」爲互文，是知其「言語」，實可爲語詞之謂。而章氏之「言語」，實又與「語言」不二，故「諸言語皆有根」的另一種表述，即是「語言者，不馮虛起」。﹝註23﹞而在此段引文中，吾人又可發現：其一，這裏比較了實、德、業三者之名在生成與孳生的先後，而有太古、有文之世的不同，是太古有「名」之生成，後世亦有「名」之生成，後世有「名」之孳生，而太古亦有「名」之孳生；其二，章氏以「惟」字表現了太古之世「只有」表實之言語，而前段所舉引、神、提、祇諸名之例，此中則明白列爲後世之名。則知其論「語言緣起」者，其範疇並不專在草昧之世。是稱「語言」而實爲「語詞」，指「緣起」而不在最初，顧所謂「語言緣起」者，其眞正的意義殆只宜是「語詞發生」而已。

﹝註23﹞蓋依其文脈推之，首句直指意旨，以下則爲之申論，是「諸言語皆有根」實是「語言者，不馮虛起」的同義語，固知章氏之「語言」、「言語」在此只是避複的同義詞而已。

　　將「語言緣起」理解爲「語詞發生」，則章氏所論實近於今人所謂的孳生狀態，亦即陸、王所謂的另一種情況：

> 另一種情況，隨著社會的發展和人類認識的發展，詞匯要不斷豐富，在原有語詞的基礎上要產生新詞。新詞產生的一條重要的途徑，就是在舊詞引申到距離本義較遠之後，在一定條件下脫離原詞而獨立。有的音雖無變，已成他詞，也有的音有稍變，更爲異語。這就是語詞的分化，也就是派生詞。同一語根的派生詞──即同根詞──往往音相近，義相通。在同詞族中，派生詞的音和義是從其語根的早已約定俗成而結合在一起的音和義發展而來的，因此帶有了歷史的可以追索的必然性。這就是所謂的"音近義通"現象。(〈因聲求義論〉，《訓詁與訓詁學》，頁 64)

至於語言最初如何形成的問題，章氏似未特別著意，在其所舉發生之例中，表音之語尚可謂無中生有，至以「事」生「牛」、以「武」生「馬」，而「事」云「馬」云，又從何而有？章氏既未在此有所申論，而又將表德、表音之名混爲一談，是知章氏並未眞正涉入最終之「語言緣起」。

　　章氏既不特指語言之初萌，則對其「諸語言皆有根」之說，其「根」之所指，實不爲今日所謂語根。以陸、王之區分而言：

> 根詞指同源派生詞的總根，源詞則指某一派生詞直接所由出的詞。
> (〈論字源學與同源字〉，《訓詁與訓詁學》，頁 369)

則章氏所指，是比較接近源詞的，而在層層地系聯源詞的過程中，源詞亦逐漸地趨近根詞，只是章氏實從未認爲其初文、準初文即爲今之語根，否則《文始》中不應又有「片之聲義受諸釆」〔註24〕、「行之聲義受諸陰聲之于」〔註25〕諸語。

　　在申明語詞發生之規則後，其下「以印度勝論儀之」一段是本文前引者，章氏又續以《勝論》中實、德、業三者爲喻，以爲「一實之名，必與其德若，與其業相麗，故物名必有由起。」欲加強其理據矣。

　　是物之名既得諸實、德、業三者，而此三者之被提出，實有賴於人之應物

〔註24〕見《文始》，頁 73。

〔註25〕見《文始》，頁 135。

與覺知也，故章氏謂：「物之得名，大都由于觸受。」〔註26〕而觸受之感覺有違逆，是感受之匭異者，則有特名，反之則多爲發聲：

> 觸受之惡者，動蕩視聽，眩惑熒魄，則必與之特異之名。其無所靈異者，不與特名，以發聲之語命之。夫牛、馬、犬、羊，皆與人異，故其命名也，亦各有所取義。及至寓屬，形體知識，多與人同。是故以侯稱猴，侯者，發聲詞也。以爰稱蝯，爰者，發聲詞也；蝯之變而爲爲，元寒、歌戈相轉，若援讀如撝矣。(《國故論衡上・語言緣起說》)

由是而章氏擬構了語言發生之基礎。

而在此基礎上，章氏進一步申論語言孳生的過程：

> 語言之初，當先緣天官，然則表德之名最夙矣。然文字可見者，上世先有表實之名，以次桄充，而表德、表業之名因之；後世先有表德、表業之名，以次桄充，而表實之名因之。是故同一聲類，其義往往相似。如阮元說，從古聲者，有枯、槁、苦、窳、沽、薄諸義。此已發其端矣，今復博徵諸說。如立「爲」字以爲根，爲者，母猴也，猴喜模效人舉止，故引申爲詐僞；凡詐僞者異眞實，故引伸爲訛誤，其字則變作譌。爲之對轉爲猨，僞之對轉復爲譌矣。(同上)

此以物之德、實、業三者解釋語言之發展，就語言而言，章氏似以爲表德之名宜乎先有，唯此或無所徵驗，遂又落實於可見之文，因謂上世先有表實之名，而後擴充出表德、業之名；而後世則先表德、實，而擴生表實之名。然不論何者先出，孳生之語殆得於三者之互推、引伸，以是聲類之同者，其義遂往往亦相似矣。

此中理據，除借《勝論》之說，章氏亦曾以姊崎正治之表象主義以爲說明，二者俱見上述矣。於此，章氏又以爲其理實與轉注、假借有涉，故又兩相配合爲說。不過，章氏之轉注、假借曾經修訂，〔註27〕是其與語言孳生之呼應亦隨

〔註26〕見《國故論衡（上）・語言緣起說》。

〔註27〕陳梅香《章太炎語言文字學研究》（頁 76～102）亦曾明確指出、並析論章氏轉注、假借說之階段變化，唯其所論於階段劃分，乃至於內涵之理解皆與本文略有異同。大抵本文於此涉及轉注、假借，只在對照章氏孳生之理解而已，故於其間之異同

之不同。在〈論語言文字之學〉中，章氏時主四造二用之說：

> 凡指事、象形、形聲、會意，皆造字之法也。

> 轉注、假借，皆用字之法也。

而其之釋轉注，以爲即引伸：

> 實則轉注者，即是引伸之義。

而假借有三，其近於轉注之一項則實與轉注相配，蓋轉注就本義生出引伸義言，而假借則指引伸義尚未造字之前，借用本義字形之狀態：〔註28〕

> 若夫假借之例，則所謂依聲託事是已。然有本無其字，依聲託事者，亦有本有其字，依聲託事者。本無其字者略有二種，一與轉注相近，一與轉注相遠。其相近者，如古祇有人字。東夷之人蹲踞，下體詰詘，于是又作儿字。人類相愛，名曰人偶，于是又作仁字，或作尸形，亦即仁字。東夷性仁，由此尸形用作夷字，其後復造從大從弓之夷字。凡諸仁者，性皆平均，夷轉訓平，於是又作徲字。若據古初，諸義皆已萌芽，諸形猶未造作，則惟一人字兼該無數訓義，此即所謂轉注也，其後漸製諸字，各有定形，則稱古之專用人字者，名爲本無其字，依聲託事。如云仁者人也，其下人字，亦即仁字，屬於假借矣。〔註29〕

是此一組轉注、假借，所言雖二，實僅在詞義之引伸一事。固知引伸義之獨立即成孳生語，是章氏則以謂語言孳生乃同於轉注、假借二者：

> 如上所說，爲字、禺字、乍字、辛字、辡字，一字遞演，變爲數字（廣說此類，其義無邊，今姑舉五事明之），此即所謂轉注者也。其釋轉注，亦未嘗不可云「建類一首，同意相受」，而義則與許君有異。許所謂「首」，以形爲之首也，吾所謂首，以聲爲之首也；許所

則姑且不再一一申論了。

〔註28〕陳梅香釋此云：「就脈絡意義而言，做爲兼該數義的字爲其後製作定形字的假借字，如人與仁、夷與徲。」（《章太炎語言文字學研究》，頁81）應即此意。

〔註29〕章氏〈論語言文字之學〉所論假借有三類，其一爲本有其字之假借，若今所謂別字者；餘二者皆爲本無其字之假借，其中，與轉注相近者如正文所述，而與轉注相遠者則爲「觸口成聲，用相比況」之形容語也。

謂「同意相受」，兩字之意，不異毫釐，得相爲互訓也，吾所謂「同
意相受」，數字之義，成於遞演，無礙於歸根也。雖然此轉注也，而
亦未嘗不爲假借。就最初言，祇造聲首之字，而一切遞演之字皆未
造成，則聲首之字兼該遞演之義，是所謂轉注也。就自今日言，已
有遞演之字，還觀古人之專用聲首以兼該諸義者，則謂之「本無其
字，依聲託事」，是即所謂假借之近於轉注者也。（〈論語言文字之
學〉）

此後，在《國故論衡》中，章氏則又以轉注、假借同爲造字之則：

余以轉注、假借，悉爲造字之則。（〈轉注假借説〉）

因修訂前説，而謂：

蓋字者，孳乳而浸多。字之未造，語言先之矣；以文字代語言，各
循其聲。方語有殊，名義一也，其音或雙聲相轉，疊韻相迆，則爲
更制一字，此所謂轉注也。孳乳日繁，即又爲之節制，故有意相引
申，音相切合者，義雖少變，則不爲更制一字，此所謂假借也。（〈轉
注假借説〉）

是此時轉注所謂，在於方言變化的文字現象，若假借則針對意義引伸的文字現
象而言。蓋方言本爲一語，唯音有變化，遂造出二字；至引伸則義有不同，卻
未獨立，而仍「假借」原字者。以視語言之孳生，章氏乃謂：

《説文》句部有拘、鉤；𣪊部有𣪊、堅，已發斯例，此其塗則在轉
注、假借之間。「轉注者，建類一首，同意相受」。今所言類，則與
戴、段諸君小異。考、老聲類皆在幽部，故曰建類。若夫「同意相
受」，兩字之訓，不異豪釐。今以數字之意，成于遞衍，固與轉注少
殊矣，又亦近于假借。何者？最初聲首，未有遞衍之文，則以聲首
兼該餘義。自今日言，既有遞衍者，還觀古人之用聲首，則謂之「本
無其字，依聲托事」，故曰在轉注、假借間也。（《國故論衡（上）·
語言緣起説》）

其中差異主要有二，其一，轉注、假借雖仍在文字制作上有繁簡之相對，而所
指已非引伸一事，而更落實於文字現象之於語言變化的呼應。其二，轉注、假
借之與孳生，已不全合，故章氏僅謂「在轉注、假借間」。

　　就前者言，本文以爲這個改變反映了章氏在語言與文字的辨異與反省。蓋以轉注、假借爲用字之則者，章氏實已否定新字之制作。然雖無新字，倘以舊形配合新語，則因所表音義不同，舊形亦得視爲新字。唯章氏似乎亦不如是，而直接將字形問題擱置一邊者，故其論轉注，只專在引伸義之生成，與形實不相涉。而其論假借，乃繫於引伸義與本字之間。固知引伸義尚未獨立成新詞時，本無制作新字問題，而一旦引伸化爲孳生，則又脫離本字，另作新形。是孳生之語不寄本字，而引伸之義不作新形，時點既不重疊，而「假借」之狀態殆無由發生。章氏以後發之狀態而論前事之干係，亦不免牽強。

　　以是，在《國故論衡》中，章氏首先讓轉注、假借重新納入造字之則中，實已透顯回歸文字現象的意圖，若其之檢討前說時：

> 休寧戴君以爲考，老也，更互相注，得轉注名。段氏承之，以一切故訓皆稱轉注。……。由段氏所說推之，轉注不繫於造字，不應在六書；……。泛稱同訓者，後人亦得名轉注，非六書之轉注也。同聲通用者，後人雖通號假借，非六書之假借也。（〈轉注假借說〉）

一則批評段氏互訓之說不繫於造字；一則區分一般與六書之轉注、假借。皆表現出較強烈地去突顯文字現象的態度。以是在後來的定義中，假借雖仍在引伸，不過所重已在於以舊形兼表新義，若龍師所謂：

> 假借之法既是以音寄義，則如上文所說以艸名的「茍」及刀俎的「且」爲「茍且」，以燃燒的「然」及煩毛的「而」爲「然而」，自是表音文字的出現，本無可疑。（《中國文字學》，頁149）

實可視爲新字之產生。所不同者，是表音可與引伸無涉，而章氏所執之引伸義尚不爲獨立之新詞耳。相較前說，雖仍舊混於語言，不過確實已更進一步地向文字接近了。視章氏將之改列爲造字之則，固不得忽略其中內在意義之變化。〔註30〕

〔註30〕若陳梅香所謂：「〔章太炎〕在假借的説解當中，從對許慎説法的否定，以別字、後出字與本字的相對性也是假借的一種，到確認以引伸爲假借的主張，並亦從語言恣抑的角度，説明不使文字更製一字的大要，將「假借」一詞的詮釋，歸結於引伸的方式。」（《章太炎語言文字學研究》，頁99）籠統地以引伸爲假借，恐怕不能正視章氏更易六書結構的意圖也。同時而假借之與章氏前説之轉注、前説中（與轉注相近之）假借、轉注之差異亦因此而界域不清矣。

至其轉注，章氏以其爲方言差異所形成之異體，則音義容有或異，而本來實同一語。雖然，章氏在此談的仍不是字形的造作，而只是字形的溝通：

> 古來語言不齊，因地轉變，此方稱老，彼處曰考；此方造老，彼處造考，故有考老二文。造字之初，本各地同時並舉，太史采集異文，各地兼收，欲通四方之語，故立轉注一項。是可知轉注之義，實與方言有關。《說文》同部之字，固有轉注；異部之字，亦有轉注，不得以同部爲限也。（〈小學略說〉，《國學講演錄》，頁 12 〜13）

要之，所著眼者已專在文字現象了。

轉注、假借既已進一步趨近文字現象，則其與語言之孳生不免產生必然之縫隙，這便涉及本文所提出的第二點差異：語言之孳生不等於轉注、假借，而「在轉注、假借間」。章氏在此提出之異同主要是，孳生之同於轉注，在孳生語與根詞、方言彼此間，皆有音聲上之同近；其異者，在於方言之語義原則上相同，而孳生詞與根詞則必然略異。孳生與假借，皆成於遞衍，唯假借所談在遞衍之前，而孳生所謂則在遞衍之後。由是則孳生乃分別與轉注、假借有所異同，卻又不完全等同任何一方，故章氏易其原說：「雖然此轉注也，而亦未嘗不爲假借」，而爲：「固與轉注少殊矣，又亦近于假借」。語氣強弱間，則已從同一現象別爲二事矣。

綜而言之，章氏在此構擬了一套語言發生與發展的過程，確定了語言初生音義結合的必然，以及語言發展音義相繫的理據。然而同時也應該注意的是，透過轉注，假借說的修訂，及修訂前後與孳生現象的互證、比較，可知其一，章氏在此中實有意識到語言、文字現象的不同，而於後來的意見中有所區隔；其二，以方言說轉注，強化了異體字在語言溝通上的作用與必要。

《文始》之成書蓋近於後說，是吾人不應忽略這些概念在《文始》中可能產生的影響。

2. 初文、準初文

在確定了語言孳乳的發展過程後，章氏自《說文》獨體中摘出初文、準初文計 510 字，以爲孳乳之始，此即章氏之語根，而一般見視爲字根者。

在〈文始敘例〉中，章氏謂：

> 敍曰：倉頡之初作書，蓋依類象形，其後形聲相益，即謂之字。文
> 者物象之本，字者言孳乳而浸多也。以訖五帝三王之世，改易殊體，
> 封于泰山者七十有二代，靡有同焉。然則獨體者，倉頡之文，合體
> 者，後王之字。

大抵章氏援用許慎以獨體爲文，合體爲字的說法，合體既是由獨體所構成，則其發生造作理應在獨體之後。而在這個理解下，章氏實又極端地以倉頡與後王井然地區別文與字之時代，亦即倉頡所造爲文，且只有文；而後王所造爲字，且只有字。若〈敍例〉中，有「略例乙」一項：

> 略例乙曰象形、指事始于倉頡（依類象形本統指事爲說），其餘四事
> 亦已備矣。何者？二、三積畫，既是重一，徒無異形相合，已庫會
> 意之嵒；又從丿乀、回從重囗，命以象形、指事，于會意亦兼之也。
> 氏從乀聲、内從九聲，巳、乚雖不成名，乀、九居然可視，斯亦形
> 聲之例也。初文、準初文無慮五百，當數千名之義，假借託事，自
> 古已然。中之與嵒、号之與与，聲義非有大殊，文字即已別見，當
> 以轉注，宛然合符。或言六書，始于保氏，殊無徵驗，《管子・輕重
> 戊》曰：「處戲作九九之數，以合天道。」經典九數見名則始保氏，
> 保氏非作九數，知亦不作六書，意者古有其實，周定其名，非倉頡
> 時遽無六書也。

章氏特別指出倉頡時代，六書之「意」已備，則其前提，應是肯定了非象形、指事「字」之未見。

由是章氏便由獨體之文中建立其初文與準初文，而立爲「語根」：

> 道原窮流，以一形衍爲數十，則莫能知其微。余以顓固，粗聞德音，
> 閔前修之未宏，傷膚受之多妄，獨欲浚抒流別，相其陰陽，于是剌
> 取《說文》獨體，命以初文，其諸渻變，及合體象形指事，與聲具
> 而形殘，若同體複重者，謂之準初文。都五百十字，集爲四百五十
> 七條。（〈文始敍例〉）

這裏自然明確的指出初文與準初文之作用乃在追根溯源，事實上，「初」之一字本已明顯有此意涵。至其擷取初文之方，依章氏自言，乃即《說文》之獨體者。依理而言，所有獨體既然皆爲倉頡時文，則自然可以視爲最早的一批文字，只

是在具體實例中，獨體又有互相孳乳者，是孳乳與被孳乳者是否同期或有疑義。
於此章氏則以爲：

> 獨體之文既寡，倉頡作書勢不簡略，若是，觀二、三之複一，即知
> 準初文者亦出軒轅之季。（〈文始敍例〉）

從而取消其時間差距。然又爲表現其中仍有不同，由是又將獨體分爲初文、準
初文，以自初文變化而來之獨體謂爲準初文，至具體之變異，章氏歸納大抵在
「渻變」、「合體」、「聲具而形殘」與夫「同體複重」之四途。蓋以實非初文，
而與初文同時，並可視爲最早文字，故謂之準初文，「準」字於此，應即「視同」
之意。

於是，章氏確定了 510 個初文與準初文，而依其〈敍例〉略例甲的原則，
建立了 457 條孳生脈絡：〔註31〕

> 略例甲曰……。今敍《文始》，悉箸初文，兩義或同，即從并合。其
> 準初文或自初文孳乳，然以獨立爲多，若準初文無所孳乳，亦不可
> 得所從受者，不悉箸也。（〈文始敍例〉）

其中有三要項：

(1) 若兩初文而表同語者，可視爲異體，予以省併。

(2) 準初文者，依理本由初文孳乳而來，則欲繫源，也應在所從孳乳初文
之下，不得爲最終之源。章氏於此並未特別討論，或從具體現象之觀
察，謂其「獨立爲多」，故仍並列。而此「獨立」云云，所指宜謂其與
所孳乳之初文表示之語言實不相涉，各有其孳乳脈絡者。〔註32〕

(3) 準初文之無孳乳者，既無所出，則亦無論列之必要。

〔註31〕依陳梅香歸納，實有 463 條。

〔註32〕或有以獨體之不可分析性爲「獨立」者，如陳梅香以爲：「初文主要是以獨體爲主，
進而在獨體的基礎上，有所渻變、合體、複重，或聲音具備而字形有殘佚等情形，
因爲具備「獨立」特性的必要條件，所以仍有初文的性質，故名爲準初文，而此
「獨立」之意，蓋在仍有具備某一部分獨體不可分析的特質。」（《章太炎語言文
字學研究》，頁 125），然依其語脈，章氏此文乃繼上引「獨體之文既寡，倉頡作書
勢不簡略，若是，觀二、三之複一，即知準初文者亦出軒轅之季。」而來，是所
言實在交代自初文孳乳之準初文何以能夠與初文並列之因。以是「獨立」之謂，
宜就孳乳源流言，不應在字形也。

是在系聯孳乳的原則下，章氏省併了異體、獨立了準初文，並且刪削了無孳乳者，造成實際的條目略少於初文、準初文之全體數量。〔註33〕

最後，在這個部份裏還應該附帶說明的是，歷來多有因見章太炎由字形所得初文的概念做爲語源的濫觴，便直謂其不明語言文字之異致者，若齊佩瑢則直謂：

> 章氏所謂「語根」，如以音爲表之類，乃是物名的由來；如立爲字以爲根之類，乃是文字形體的孳乳之根而非語言之根，雖然「名原」和「字原」二者都和「音原（語根）」有莫大的關係，但是與上面我們所說的「語根」稍有些不同；況且文字的形體孳分和語言音義的孳分並不能完全相諧而密合無間呢。所以我們求語根，非和文字的形體隔離而不以字形爲主不可。後來他作文始，大概動機於此，不過方法上又有些變更。（《訓詁學概論》，頁139）

> 所謂「初文」及「準初文」者，仍是「立爲字以爲根」的一脈相傳的老法，脫不開字形的束縛；即使「初文」與「語根」相應，這種「初文」也當求之於最古的文字形式，不宜死守說文部首及其說解，須知部首是許君分析字形構造單位的結果，據形系聯的方法，雖皆有音有義，但大多都是許君及當時小學家的「望形生義，就義定音」，不惟經典不用，實際上也有許多不是代表語言的「字」，故許君亦有疑不能定者，如丨、凵丿乀丿乁之類皆是。（同上，頁140）

齊氏的意見，實是《文始》常受到的典型批評，其中之質疑主要有二：其一，

〔註33〕陳梅香引姚榮松《古代漢語詞源研究論衡》意見，而謂：「將初文、準初文總共510字，卻只集列爲457條，其合併的原因，即在於「部分初文，彼此亦有孳乳關係」，故而出現條目與字數不合的現象！」（《章太炎語言文字學研究》，頁396～397）然依陳氏文中例舉，叩孳乳於乞、片孳乳於釆、后孳乳於幺等，叩、乞，片、釆，后、幺諸字在《文始》中實分列爲六，不應造成條目之減少也。反之，若《文始》陰聲歌部中：「《說文》：『麗，旅行也。』從鹿、丽。古文作丽，篆文作𠀉。丽、𠀉皆獨體指事，蓋𠀉亦初文也。」一條而具二初文，實爲(1)項之省併；而據陳文之計數，合章氏明指與未明指之初文、準初文，實僅503字（參《章太炎語言文字學研究》，頁126），宜即(3)項之刪削者。是陳、姚之說恐不爲眞。

文字孳乳雖不能與語言孳乳無涉，然二者之發展實有參差；其二，即欲借形體以刺探語原，則「初文」亦不能執於《說文》之獨體。

似此之懷疑自然是有道理的，就《文始》之表象而言，也似乎難以辯駁，只是如果吾人以爲章氏在時代的局限下，而對此毫無覺知，恐怕又是蔽於「後見之明」的過度自信。

首先，就第一點論難而言，儘管不能否認章氏在語言文字間尚有許多曖昧之處，不過，謂章氏在《文始》中毫無分其畛域，似又不免小覷了章氏。僅由上述章氏以準初文孳乳於初文，卻又可在語言的孳乳上獨立別出，便可見章氏之語言仍有別於文字。而章氏在各條的系聯中，專就聲義而不拘形體，蓋亦可確定其所見者眞不在文字而已。然則何以章氏明知其之有隔，卻仍將初文視同「語根」？

本文以爲這個問題應該配合章氏論及文字反映社會隆污之概念來看。前述曾經提到，章氏同意「於文字之盈歉，則卜其世之盛衰」之說法，而以爲「孟晉之後王，必修述文字」。至其原因，乃在於「解垢益盛」、「庶事之博」，若不有足夠之文字以相應，則政令不免「逡巡以日廢也」。文字的繁簡既成了文明興衰的表徵，文字的本身由是而變成了文明的記錄：

> 自史籀之作書，凡九千名，非苟爲之也，有其文者必有其諺言。……。
> 衍乎鄉氏者，自《玉篇》以逮《集韻》，不損三萬字，非苟爲之也，
> 有其文者必有其諺言。（〈訂文〉，《訄書》重訂本）

就此而言，倉頡之作書因而產生了另一種意義，成爲早期文明進化的一個里程碑。倉頡以後，文字因事務的需要而作；是倉頡以前，既未足以逼出文字的迫切需要，而其事務自亦簡約也，故章氏謂：

> 上世語言簡寡，故文字少而足以達悟。及其分析，非孳乳則辭不斠。
> 若彼上世者，與未開之國相類，本無其事，固不必有其言矣。（〈正
> 名雜義〉，《訄書》重訂本）

由此章氏縮短了「字原」與「語原」的距離，將文字以前的語言狀態消減成一個容許暫且擱置的程度，從而使得倉頡的初文具備較高的原始性。

然而章氏是否因而直接忽略了文字語言的時間參差，而將「字原」視同爲「語原」？答案恐怕亦非是。若其〈敘例〉中略例己乙條：

> 語言不齊，自結繩之世已然，倉頡離于艸昧，蓋巳二三千歲矣。（〈文
> 始敍例〉）

乃明白指出初文與草昧時期之語言的距離。是章氏並非全然不顧其間之差異
者。要之，如前所述，「諸語言皆有根」、立某字以爲根者，其根之所指，只是
單一語詞的孳生源而已，並不是今人所理解的語根。以是對於章氏如此的安排，
較合理的解釋恐怕是，在材料的完整性、可靠性，與夫原始性的權衡中，章氏
選擇了《說文》所保存的初文、準初文做爲語原系聯的「基準」，蓋由此而上，
語言簡寡且無跡可徵；自此而下，則文字與語言的發展漸趨一致，「有其文者必
有其謰言」，而文字既爲社會開化的表徵，是語言的大量孳生也應發生在文字創
造後的時期。因此，僅以初文爲始，而系聯初文時代以下的語言，大抵亦可爲
整體漢語同源詞的貫通造就一個良好的底層。在這個基礎上，若能更進一步系
聯初文、準初文，則今日所謂之語根似亦可期矣。唯章氏並未貿然從之，這或
許便是章氏謹慎的地方。而論語原，卻立足於文字時代，以初文爲極限，似乎
又透露了書名《文始》的原由。

　　大抵吾人不應忽略章氏之初文間實亦有其孳乳者，是初文不爲最終語根可
以無疑。而《文始》中例：

> 《說文》：「果，木實也，從木象果形。」此合體象形也。孳乳爲蓏，
> 在木曰果，在地曰蓏。（《文始一》，頁 56）

> 覆與大義相受，故媥、奄訓覆，皆從大，《說文》：「夏，中國之人也。」
> 夏有大義，宜孳乳于西。（《文始五》，頁 121）

> 乾孳乳又爲健，《易》曰：「乾，健也。」健者，仉也，上出能犯則
> 剛，故曰乾剛坤柔。孳乳爲侃，剛直也，爲悍勇也，爲扜怢也，扜
> 有抗義。孳乳爲戰，止也，爲戰盾也，盾所以扜身蔽目也。（《文始
> 一》，頁 68）

在系聯孳乳從受時亦不專執於形體。甚至在其略例庚中：

> 蓋同韻同紐者，別有所受，非可望形爲論，況復旁轉、對轉，音理
> 多涂，雙聲馳驟，其流無限，而欲於形內牢之，斯子韶所以爲莉舒
> 之徒，張有沾沾，猶能破其疑滯，今之小學大明，豈可隨流波蕩。
> 《文始》所說，亦有嫥取本聲者無過十之一二，深懼學者或有錮

駔，復衍右文之緒，則六書殘而爲五。特詮同異，以謀方來。（〈文
始敍例〉）

更深懼拘於形體而直截批評右文之不可泛濫者。固知上承以因聲求義著稱之二
王學術，章氏豈在語言文字之界域上毫無覺知？僅從章氏初文、準初文之設置，
語原、語根之用語，便草率論定章氏文字語言間時代之不辨、概念之相溷者，
實亦不免輕於斟酌而過於自信了。

其次，就以《說文》獨體爲刺取初文之依據而言，以甲骨與《說文》相比，
向來提出的質疑自是《說文》與小篆的代表性。就《說文》而言，章氏所提的
理由在於：

> 古文自漢時所見獨孔子壁中書，更王莽、赤眉喪亂，至于建武，史
> 篇亦十七三、四，《說文》徒以秦篆葺合古籀，非不欲備，勢不可也。
> 然〈倉頡〉、〈爰歷〉、〈博學〉三篇，財三千三百字，〈凡將〉、〈訓纂〉
> 繼之，縱不增倍，已軼出秦篆外。蓋古籀及六國時書駁駁復出，而
> 班固尤好古文，作十三章，網羅成周之文，及諸山川鼎彝蓋眾。《說
> 文》冣字九千，視秦篆三之矣，非有名器之刻、遺佚之文，誠不足
> 以致此。此則古籀慗遺，其梗概具在《說文》，猶有不備，《禮經》
> 古文、《周官》故書、三體石經、陳倉石鼓之倫，亦足以禆補一二。
> （〈文始敍例〉）

是章氏從歷代字書收字之多寡推測，《說文》所收實已爲漢前文字之大成者，以
是「古文大篆雖殘缺，倉頡初文固悉在許氏書也」，則《說文》獨體即爲倉頡之
「文」。而就後者言，固反映出章氏對出土文字的不信任：

> 自宋以降，地藏所發、真僞交糅，數器相應，足以保任不疑，即暫
> 見一二器者，宜在蓋闕，雖攟摭不具，則無傷于故訓也。若乃熒眩
> 奇字，不審詞言之符，譬之瘖聾，蓋何足選。誠欲遵修舊文，商周
> 遺跡，盤紆刻儼，雖往往見矜式，猶不逮倉頡所作爲珍，反乃質之
> 疑事，徵以泐形，得蟲毛，失六猭，取敗瓦，遺球磬，甚無謂也。
> （〈文始敍例〉）

先呈現章氏之意見，主要乃欲說明，章氏在《說文》的取材上並非是盲從、迷
信權威，而實亦有其斟酌與評估的。

這些理由，從今日的理論或眼光看來，自然仍有其局限處。然而如果吾人從技術面與當時的處境來看，則亦有其不得不然之處。蓋甲骨文之爲人所知，約在 1898 至 1899 年間，而劉鶚的《鐵雲藏龜》出版於 1903 年，羅振玉的《殷虛書契前編》付梓於 1913 年，〔註34〕而章氏《文始》則初刊於其間的 1910 年。是《文始》撰作之時，而甲骨之學尚在草創，故其眞僞之懷疑本無可厚非。然即使不在材料上有所深疑，而甲骨文之辨識在其時不僅數量有限，亦且眾說紛紜。吾人著實不應忘記，章氏的本來企圖，是想大幅地系聯語言，以收其執簡御繁之效。是在此情況下，設若章氏有意取材於甲骨，而甲骨所能提供的資源實亦極其有限。龍師宇純在提及許慎撰作《說文》，明有古籀，卻仍以小篆爲主，其因在於：

> 其說文解字一書，則以小篆爲主幹，而以古文，籀文爲附從，仿佛後出的小篆，轉可爲我國文字的楷式。實則緣於：一、小篆文字較多，有小篆而無古籀者有之，有古籀而無小篆者無有；二、以小篆與籀文相比，小篆較易解釋；三、壁中古文觀念上雖早於籀文，其難解程度反遠在籀文之上；因此不得不採先小篆後古籀的說法。(《中國文字學》，頁 170）

移以視諸章氏在甲、金與篆體間的取捨，即使不有眞僞之懷疑，殆亦不失爲最適選擇。事實上，就是今日，甲、金，甚而後來簡帛文字的研究已有一定的基礎，然而《說文》與夫小篆卻仍是文字學的主軸、古文字的基礎。以研究字形爲主體的文字學尚且不能全盤否定《說文》的價值，何以章氏《文始》的取材要受到如斯的質疑？大抵就理論面言，要指出一個理想的狀態可以是容易的，然而落實於具體操作，卻常常要面對許多技術上的妥協。後人逞於自以爲是的科學眼光，而提出一個自己尚未能克服的理想去要求古人，其實是一種不切實際，又不負責任的輕率態度。

要之，章氏之初文與準初文，不過是選取一個系聯語源的「切入點」而已，那實際上是由文字進入語言的「門戶」，在初文、準初文的標舉之後，章氏實又力圖擺脫形體的牽滯。並且在這個意圖上，章氏也已盡可能地上溯至最早、且最完整的文字系統，以期減少文字、語言的參差與時間差了。以是謂章氏拘於

〔註34〕參見陳夢家《殷虛卜辭綜述》，頁 2～3。

形體、迷信《說文》似乎顯得有些無稽。如果吾人可以從章氏的設定去理解《文始》，而非強執「語根」的概念去誤解初文，那麼這些爭議即使不是毫無理由，在尚未發現解決方式前，後人似乎也還未具備足夠的立場。

3. 音轉規律

（1）韻部

章氏在韻部上的音轉說明，自然是他著名且備受爭議的成均圖，而羅列在圖上的是章氏所確立的古韻二十三部。

大體而言，章氏在古韻上的認知，若陳新雄所言，則略有二十二、二十三、二十二之三變。〔註35〕其所據依之證據分別是：〔註36〕

① 二十二部

〈〔丙午〕與劉光漢書〉（1906）：

> 古韻分部，僕意取高郵王氏，其外復采東、冬分部之義，王故有二十一部，增冬部則二十二。清濁斂侈，不外是矣。（《文錄》，卷二）

② 二十三部

《文始》（1910）：

> 隊脂相近，同居互轉，若聿出內朮戾骨兀鬱勿弗卒諸聲諧韻，則《詩》皆獨用，而𡿨隹畾或與脂同用，及夫旮昧同言，坁汱一體，造文之則已然，亦同門而異戶也。（頁74）

《國故論衡‧小學略說〔成均圖〕》（1910）：

> 脂隊二部同居而旁轉，舊不別出，今尋隊與術物諸韻，視脂微齊平入不同。其相轉者，如𣲈從𧰭聲，渠魁之字借為顐，突出之字借為𡿨顐是也。（頁425）

〔註35〕姚榮松依靳華（鍾敬華）《論章太炎的古音學》一文所述，以為在二十三部前，1908年撰作《新方言》之時，曾以脂、灰分部，而為二十三部。然而亦如姚氏所謂：「這是否是《新方言》寫作期的觀點，實在不得而知，因為他此時不過在韻目上將脂灰劃為兩部，對歸字並沒有作具體的劃分。甚至在《新方言》寫作時『或依舊義，不悉改也』，這就說明這個時期只是初步提出構想。」以其在《新方言》之未實踐，二年後的《文始》又未據改，是此說恐尚未有定也。參見姚榮松，〈《文始‧成均圖》音轉理論述評〉，《國文學報》第二十期。

〔註36〕詳見陳新雄《古音學發微》，頁459。

③二十二部

〈音論〉（1931）〔註37〕：

> 自孔氏《詩聲類》，始分冬于東、鍾、江，自爲一部。然其所指聲母，
> 無過冬中宗眾躬蟲戎農夅宋十類而已，徧列其字，不滿百名，恐古
> 音不當獨成一部。……。由今思之，古音但有侵部而已，更無冬部
> 也。

就所列文獻言，其古韻分部之主張實眞有其變化者。是可見章氏實以石臞之分部爲基礎，先從東部別出冬之一部以成二十二部。〔註38〕隨後，在《文始》中，又於脂部中析出隊部，以成二十三部。最終，則復以冬部之字少，不應獨立一部，以併於侵部，又回復成了二十二部。

而成均圖既用以配合《文始》者，則其時蓋主於二十三部之說。至其詳細韻目，可約如以下之所列：東、冬、陽、青、蒸、支、脂、隊、至、泰、之、魚、歌、眞、諄、寒、宵、幽、侯、侵、緝、談、盍。雖然章氏謂：

> 孔氏固云，冬古音與東鍾大殊，與侵最近，乃不能并冬于侵，……。
> 余向作《文始》，尚沿其說，及作〈二十三部音準〉，亦未攷正。……。
> 書已刻行，不及追改，然學者當知之。（〈音論〉）

然而本文於此引述成均圖者，乃爲呈現章氏音轉之理，故權且仍偏重其二十三部之說。

在古韻二十三部的基礎上，章氏別其陰陽，圓周列次以明其通轉之「跡」，而成「成均圖」者。陰陽對轉之理，本自孔顨軒（廣森）來，章氏謂：

> 聲有陰陽，命曰對轉，發自曲阜孔君，斯蓋眇合殊聲，同其臭味，
> 觀夫言語遷變多以對轉爲樞，是故乞燕不殊、亢胡無別，但禓羸桯
> 一義而聲轉，幽夎杳晻同類而語殊。（〈文始敍例・略例丁〉）

〔註37〕該文曾二度易名，據潘承弼等輯〈太炎先生著述目錄初編〉所載，1931年11月刊於《國學叢編》第一期第四冊，題〈論古韻四事〉；1935年3月《中國語文學研究》中作〈音論〉；1935年11月載於《制言》第五期易爲〈韻學餘論〉，又收錄於《太炎文錄續編》卷一。三文雖略有文字微異，實無涉閎旨，是以目前所見最早繫年。

〔註38〕此實同石臞晚年之說。

而在《國故論衡・成均圖》中，章氏復舉孔氏之三失，而謂：「今爲圓則正之，命曰成均圖。」是此圖實有意於修正、發展孔氏陰陽對轉之說。〔註39〕

首先，是在陰聲、陽聲的配置上，章氏謂：

> 孔氏《詩聲類》列上下兩行，爲陽聲、陰聲；其陽聲即收鼻音，陰聲非收鼻音也。（〈成均圖〉）

由此出發，章氏進一步細分鼻音實有三類：

> 然鼻音有三孔道，其一侈音，印度以西皆以半摩字收之，今爲談、蒸、侵、冬、東諸部，名曰撮脣鼻音；其一弇音，印度以西皆以半那字收之，今爲青、眞、諄、寒諸部，名曰上舌鼻音；其一軸音，印度以央字收之，不待撮脣上舌，張口氣悟，其息自從鼻出，名曰獨發鼻音。（〈成均圖〉）

以今日之標音言，「侈音」之「撮脣鼻音」即雙脣鼻音–m；「弇音」之「上舌鼻音」蓋舌尖鼻音–n；而「軸音」之「獨發鼻音」則謂舌根鼻音–ng。〔註40〕是鼻音乃因發音部位之不同而隔爲侈音、弇音、軸音三者，章氏對此分別頗爲重視，故曰：

> 不悟是者，鼻音九部悉似同呼，不能得其觸理。今江河之域，撮脣鼻音，收之亦以半那字，惟交廣以半摩字收之。此于聲音大劑，能條理始終矣。（〈成均圖〉）

由是其一，章氏比例之，以爲陰聲相對亦有弇、侈、軸之別：

> 夫陽聲弇者，陰聲亦弇；陽聲侈者，陰聲亦侈；陽聲軸者，陰聲亦軸。是故陰、陽各有弇、侈而分爲四，又有中軸而分爲六矣。（〈成均圖〉）

至於陰聲之弇、侈、軸究爲何指，章氏並未具體描述，以是亦頗生出後人的許多臆測，若陳晨者，〔註41〕即根據發音部位之相近，而以爲陰軸、陰弇、陰侈，

〔註39〕陳新雄亦謂：「章君自謂其圖所以正孔氏之失也。……。孔氏有三失，故章君爲圖以正之。」《古音學發微》，頁 467。

〔註40〕參見姚榮松，〈《文始・成均圖》音轉理論述評〉）。

〔註41〕姚榮松謂陳晨即馮蒸。參見〈《文始・成均圖》音轉理論述評〉。

分別爲–φ、–i、–u：

> 因爲陰陽之間兩兩對稱，既然都是指韻尾，與陽聲相對應的又是不
> 帶鼻音的，那一定是發音部位相當的元音韻尾，–i 和–n 發音部位相
> 近，–u 和–m 發音部位相近，再核諸這幾個陰聲韻尾所轄的上古韻
> 部，除個別韻部尚需討論外，基本上與我們的推測相合。（〈漢語音
> 韻札記四則〉）

> 這每組對應的陰陽韻部之間，韻尾是相當的，即–φ 配–ng，–i
> 配–n，–u 配–m。（同上）[註42]

而姚榮松在陳晨基礎上，另採用李方桂之擬音則以爲：

> 陰軸聲：收–g，–k（魚）陰弇聲：收–d，–t，–r（脂、微、至、泰、
> 歌），例外：–g，–k（支）陰侈聲：收–g^w，–k^w（幽，宵），例外：–g，–k
> （之，侯）（〈《文始‧成均圖》音轉理論述評〉）

並謂：

> 不過，這裏存在的基本問題是章氏似乎牽就對陽聲韻尾的認知，不
> 得不使其對轉的陰聲韻部也呈現了–g，–k 同時出現在軸、弇、侈三
> 類中，這也許是章氏未曾措意的一點。（同上）

顯然這些精確的語音學的理解仍存在一定的誤差，且未必符合章氏原意。

誠如王力所謂：

> 自從顧亭林以來，古韻學家只知道分析韻部，不知道研求各韻的音
> 值。他們未嘗不心知其意：尤其是江永，戴震，孔廣森諸人，都是
> 心裏大致地猜定某韻古讀某音，然後定下古韻的部居來的。但是，
> 他們卻不曾明白說出某韻古讀某音。直到章太炎才用中國漢字去描
> 寫二十三部的音值，雖沒有國際音標那樣正確，但我們由此可知他
> 所假定的古代韻值的大概。由此看來，章氏是知道注重韻值的第一
> 人。（《漢語音韻學》，頁 396～397）

上古的擬音，即使在今日亦眾說紛紜，各行其是。王力所謂清儒對音值的「心

〔註42〕陳晨並未說明其擬音系統，依文意推測，可能是其據章氏描述所擬章氏上古音系
　　　統。

以下，則則酌引《文始》中例，以明章氏操作之一般：

> 《説文》：「永，水長也。象水坙理之長永也。」變易爲羕，水長也。
> 旁轉清，變易爲坙，水脉也。對轉魚，變易爲渠，水所居也。又孳
> 乳爲泳，潛行水中也，潛行者必知水理。由長義又孳乳爲詠歌也。
> 《書》曰「歌永言」。（《文始・五》，頁 134）

揆章氏之意，此中：

(1)「永」爲初文，指事字。義爲水長，陽部。

(2)「永」變易爲「羕」，水長義同，陽陽同部。

(3)「永」變易爲「坙」，水脉也，義與長永之水坙理一致。陽青旁轉。

(4)「永」變易爲「渠」，水所居也，與水脉義近。陽魚對轉。

(5)「永」孳乳爲「泳」，潛行者必知水理，故引申爲潛行水中。所言皆水
　　理，而施受不同，宜乎同所而異狀也。陽陽同部。

(6)「永」孳乳爲「詠」，水長若歌之長詠，同狀而異所。陽陽同部。

雖然在實例的判斷上不無可議，〔註52〕也或者在理論上有許多仍待深化之
處。不過，我們仍以爲章氏在系聯語源上的整體架構尚足以自圓其說，特別是
考慮從字形入手一途，絕不爲中國語源學落後、粗糙的表徵。相反地，本文以
爲這是象形文字的優勢，倘若吾人能在此處進一步確定其效用與局限，是其爲
功，實亦西方語源學所不能及者。

（二）《新方言》

章氏之《新方言》與《文始》其實是一體二面的。蓋《文始》本明語原，
而《新方言》一萌俗，亦藉古語統乎俚語，若其〈正言論〉所謂：

> 文言合一，蓋時彦所嘩言也。此事固未可猝行，藉令行之不得其道，
> 徒使文學日窳，方國殊語，閒存古訓，亦即隨之消亡。……。世方
> 瞀惑，余之所懷，旦莫難遂，猶願二三知德君子，考合舊文，索尋

〔註52〕若何九盈即謂：「按照章氏自己下的定義，看他對『變易』和『孳乳』的具體運用，
　　　　有些例子也很難講得通。如『永』變易爲『羕』，這是對的，《説文》對二字的釋
　　　　義都是『水長也』（且不論永是否爲泳的本字）。變易爲『渠』，這就與概念不符，
　　　　因爲『永』與『渠』的意義並不『相雕』，變易爲『坙』也不妥。《説文》：『坙，
　　　　水脉也。』」（《中國現代語言學史》，頁 517～518）

古語，庶使夏聲不墜，萬民以察，芳澤所被，不亦遠乎？（《國故論衡》）

所不同者，其一，《文始》之求語源乃力圖上溯，極於文字尚未生成之原始語言狀態；而《新方言》則欲廣納方言於雅言之中，故僅著重雅俗之語言對應，而較無最終根源問題。其二，《文始》之對象主要在雅言，故始終與文字系統保持密切之對應；而方言之記錄則多賴採集，雖不乏文獻所摘，多逐漸與文字脫節，而為通假之記音。以是《文始》仍可藉重字形，而《新方言》則一般與文字無涉矣。即有涉乎本字本義者，亦不免要以通入雅言來做為媒介了。

至落實於研究途徑，《新方言》與《文始》基本上可以說是一致的。蓋《文始》之尋語根固不待言，而《新方言》之溝通雅俗，亦無非建立在二者同源的前提上。以是聲近、義通二項實同為其主要之溝通途徑。所不同者，語源所繫為所生與生出，而方言則猶若孿生兄弟之相隔變易。為此偏重之相左，而《新方言》在聲近與義通的標準亦有所調整。首先，在義通一項，談孳乳者，為語言之分化，故其源詞與孳生詞原則上必須相近，存在引申之聯繫，卻不得全等，否則固仍一語；至方言則反是，由於其為一語在異地的演變，故即使演變的過程與方向不盡然一致，而可能造成些微誤差，然卻不能否認其基本上仍是同義的。其次，在聲近方面，今日常言上古、中古、現代等音系及其對應，主要仍指的是雅言之一脈，儘管《詩經》兼涵十五國風、切韻併攝南北，而論者一向旨在解經，於雅言外之方音實未及深析。是章氏既欲溝通方言，則各地音系自不得又含混籠統矣。以是除仍以成均圖為基礎外，章氏更企圖由此建立與各地方音之對應規律。由是章氏在《訄書・方言》中以方言為界，略分全國為十土：〔註53〕

1. 直隸、山東、山西、彰德、衛輝、懷慶。〔註54〕
2. 陝西。
3. 汝寧、南陽，湖北至於鎮江。〔註55〕

〔註53〕以下所列據《訄書》重訂本摘入。《章氏叢書》本《檢論》則與此略異，蓋後者以湖南入於汝寧等地，因只得九種也。

〔註54〕《檢論》未列山東。

〔註55〕《檢論》作汝寧、南陽、湖北、湖南、江西。

4. 湖南。〔註56〕

5. 福建。

6. 廣東。

7. 開封而東，山東曹、沇、沂，至江、淮間。

8. 江南蘇州、松江、大倉、常州，浙江湖州、嘉興、杭州、寧波、紹興。

9. 徽州、寧國。

10. 雲南、貴州、廣西。

更在〈正言論〉中具體構擬出許多雅、俗之音變規則：

今以紐韻正音，料簡州國。訛音變節，隨在而有；妙契中聲，亦或獨至。明當以短長相覆，爲中國正音。既不可任偏方，亦不合慕京邑。其表如左方：

濁音去聲變清音界	直隸、山東、河南、山西。
清音去聲變濁音界	湖北、湖南、廣東、廣西、福建。
濁音上聲變去聲界	除浙江嘉興、湖州二府，他處皆然。
去聲不別影喻二紐界	除江南、浙江，他省皆然。
上聲似平界	陝西。
入聲似去界	直隸、山東、河南、山西。
舌上音歸舌頭界	福建。
舌上音歸喉音界	廣東。
舌上音變正齒界	江南、浙江、廣東、湖南、廣西、雲南、貴州。
輕脣音歸牙音界	除廣東，他省多有。
牙音誤輕脣音界	廣東。
喉音誤齒頭音界	廣東。
齒頭音歸喉音界	各省多有。
齒頭音變正齒音界	各省多有。
匣紐變喻紐界	浙江。

〔註56〕《檢論》附於汝寧、南陽一區中。

疑紐誤娘紐界	除廣東，他省多有。
泥紐變娘紐界	除雲南、貴州，他省多有。
泥紐變來紐界	直隸、山東、河南、江蘇北部、安徽北部。
彈舌音變來紐界	安徽北部。
彈舌音誤禪紐界	江南、浙江、江西、湖南、雲南、貴州、廣東。
魚韻誤支韻界	雲南、貴州、廣東、浙江。
鼻音收舌收脣無別界	除廣東，他省皆然。
東冬二韻無別界	除湖南、江西、安徽，他省皆然。
青眞二韻無別界	除廣東，他省皆然。
眞諄二韻無別界	除嶺北諸省，迤南諸省皆然。
江陽二韻無別界	除江西，他省皆然。
術物等韻誤入模韻界	直隸、河南、湖北、湖南。
麻韻誤如曷末平聲界	除江蘇江寧府、浙江紹興府，他處皆然。
麻韻誤先韻幽韻界	除浙江、江西、湖南、廣東，他省皆有。

中國領土如斯廣袤，語言亦復錯綜分歧，究竟章氏如何得此分區與夫其間音聲流轉，實難想見，至章氏則於此未及一語，或許亦只是文獻上的離析分合，與一點自由心證耳。要之，若朱星所謂：

> 章氏這個漢語方言分區雖然用今天的調查研究水準去衡量有很多是不正確的，但是他首先提出劃分方言區，有首創之功。他也知道方言區主要根據語音來劃分，而且注意聲調的區別，知道由於山地隔絕更容易造成許多小方言土語，知道用兵與遷都會使方言發生變化，知道方言區分與水道有關係，所以沿江而下語音相同，四川上游與秦接，下游與楚接，……這些都是有見地的。但他這個方言分區意見畢竟是極粗糙而且有很多錯誤的。……。他分析方言的訛音變節列為一個表，也是極混亂的。（《中國語言學史》，頁 612～613）

對於章氏之結論，也許不必存在過度的肯定與溢美，然而處於方言研究之初起，章氏所提出的草圖確有不少值得仿效與借鑑之處。

除若是之調整，在體例上，章氏《新方言》旨在溝通雅俗，除仿照《爾雅》，以釋詞、釋言、釋親屬、釋形體、釋宮、釋器、釋天、釋地、釋植物、釋

動物等十項標舉篇名外，訓解則先列詞書、〔註57〕古注爲條，而後通其方音之變轉。若以下諸例者：

> 《說文》：「彼，往有所加也。」引伸謂佗曰彼。蘄州指物示人則呼曰彼，音如波。（〈釋詞〉，卷二）

> 《釋名》：「履，禮也，飾足所以爲禮也。」《說文》：「鞮，革生鞮也。」今通謂履爲鞮，惠、潮、嘉、慶之客籍尚謂之履。（〈釋器〉，卷六）

> 《爾雅》：「熊子，狗。」郝懿行曰：「東齊登、萊、青至遼東，音轉如羔。（〈釋動物〉，卷十）

章氏自言：

> 考方言者，在求其難通之語，筆札常文所不能悉，因以察其聲音條貫，上稽《爾雅》、《方言》、《說文》諸書，斂然如析符之復合，斯爲貴也。乃若儒先常語，如不中用、不了了諸文，雖亡古籍，其文義自可直解，抑安用博引爲然。自戴、段、王、郝以降，小學聲均炳焉，復於保氏，其以說解典策，謙然理解，獨於今世方言呰蓋如也。（〈新方言序〉）

確實如此。

統觀《新方言》一書，據章氏〈序〉中自計，其條目約在 800 上下，比諸《說文》9353 字、《爾雅》2091 條實不爲多，唯略多於《方言》之 669 條，〔註58〕至歸類於十篇中，則或繁或寡，頗不均衡，顯然這並不是一部完備的著作。至其原因，除了其在〈序〉中所言，蒐集未臻完整外，〔註59〕大抵章氏亦不及，且無意兼納全盤之方音，而此，恐怕也非章氏一人所能爲之者。蓋就前引〈序〉中所示，《新方言》之取材，實不有意於易解之常文，而僅在於「難通之語」。而此「難通」，自然指的是本字之未明者，具體言之，其窒礙所由大抵來自方言間音轉的參差與錯綜：

> 蓋有誦讀占畢之聲，既用唐韻俗語，猶不違古音者；有通語既用今

〔註57〕 主要是《說文》，其次則有《爾雅》、《廣雅》、《釋名》、《方言》等。

〔註58〕 此處《爾雅》、《方言》之計數，權據楊端志說，分見《訓詁學》，頁 461、478。

〔註59〕 〈新方言序〉：「恨見聞不周浹，其有異語，俟佗日補之。」

> 音，一鄉一州，猶不違唐韻者；有數字同從一聲，唐韻巳來，一字
> 轉變，餘字猶在本部，而俗語或從之俱變者，远陌紛錯，不可究理，
> 方舉其言，不能徵其何字，曷足怪乎？（章炳麟，〈新方言序〉）

蓋方言之系聯者，乃假定其爲同語者也，是其流變，亦僅偏重音之一端耳，以是欲於迷轉之音途中「按圖索驥」，還其「原形」，則樞紐可謂恒在音理：

> 若夫矜之爲光棍也、耿之爲耳卦也、亞腰之爲呼腰也、和門之爲歡
> 門也，其語至常，其本字亦非僻隱不可知者，不曉音均變轉之友紀，
> 遽循其脣吻所宣以檢字書，則弗能得斯。（同上）

章氏由此推重東原《轉語》，並循斯推衍，以爲其要項有六：

> 戴君《轉語》之所以貴，因以比類。應得六例，一曰一字二音，莫
> 知誰正。衣開曰褽，從《聲類》則音如啟，依多聲則音如叉。物亂
> 曰縮，準《唐韻》則聲如茜，隨語轉則聲如糟是也；二曰一語二字，
> 聲近相亂。謂去曰朅，朅、去雙聲，故言朅者猶書去。謂吃（本既
> 之借，依類音訖）曰啜，啜、吃疊韻，故言啜者，猶書吃是也；三
> 曰就聲爲訓，皮傅失根。據地不起曰賴簍，因以聲訓則曰賴詐。受
> 人雕蔽曰譝在尻裏，因以聲訓則曰鞔在鼓裏是也；四曰餘音重語，
> 迷誤語根。楬曰楬剌，以剌亡義則蔽楬。紇曰紇怛，以怛亡義則蔽
> 紇怛。釜曰釜盧，以盧亡義則蔽釜是也；五曰音訓互異，淩雜難曉。
> 打飯即盛飯，打卦即貞卦，打聽即偵聽。言打同，所爲言打異。在
> 面曰巴，爲輔；在孔曰巴，爲魄；在尾曰巴，爲把。言巴同，所爲
> 言巴異是也；六曰總別不同，假借相貿。凡以手斂持通曰叉，以手
> 持脅則別曰侈；凡有所攝受通曰用，以口受食則別曰啻是也。明斯
> 六例，經以音變，諸州國殊言詁詘者，雖未盡憭，儻得模略，足以
> 聰聽知原。（同上）

質實而言，於此六例，章氏所言甚爲簡略，僅於各條例下略舉數例提示而已。如此之表述，自是曖昧不清，致後人對此之理解亦隨之含糊籠統，若朱星即以爲：

> 1. 有些方言詞義同而字不同，這是由於一字讀二音而產生的紛
>   歧，……。這是由一詞數音而分出數個方言詞。

2. 還有本一個字而某地讀差了，就按這個音另造一個字，……。這是從一個詞的變讀上分出方言詞來。

3. 某一個詞後來為了簡便，就用聲義相同或相近的寫出，好似又產生了一個方言詞，其實仍是一個詞，這是一個詞而用兩種寫法：……

4. 有些詞是複音詞有後綴，而後綴是無意義的，考證詞源的往往不知道而死命在後綴字上去作文章，反而把後綴前面的語根字忽略了，這樣會使人上當，……。這是由單音詞分化成複音詞。

5. 有的方言詞用同一個同音字，但它們的語源各不同，如果以為同出一個語源就上當了。

6. 意義有廣狹，本用二字，……，但有些方言混合亂用，……。這是詞義由狹（縮小）變廣（擴大）的例子。(《中國語言學史》，頁 607～608)

又陳梅香：

> 第一例所說方言語詞中有意義相同的一字卻分為兩種音讀；第二例所論為意義相同的方言詞，在聲音上也非常相近，卻分為兩個不同的字形；第三例是方言詞語的意義相同，卻用聲義相同或相似的方式再造出新的詞語；第四例為有些詞語雖然是複音詞，在意義的追索上，未能注意後綴字沒有意義；第五例為方言詞語中有字音相同，但所指意義則不同；第六例為意義有廣狹的分別，用字也應有所不同，方言詞語卻混而互用。(《章太炎語言文字學研究》，頁 290～291)

這兩個說法看似全然接近，不過仔細分辨，在第二、四例上又有若干差異。第二例中，朱氏言「造」字，而陳氏僅言分形，在意義上有主動被動、制作與現象之不同；至第四例，朱氏言「語源」不同，而陳氏則謂「意義」不同，蓋語源不等語義，語源同者語義可以不同（雖然可能相近），而同義詞間即使音近，其語源各異的現象更是常見，是二者所指可以不為一事。然則不論二者之同異，其於章氏原旨實亦若即若離。

　　欲了解章氏之六例，首先宜注意三項前提，其一，此六例所指，實針對方

言在尋求本字時所須掌握之基本理解，抑或所可能造成之誤謬所發，以是章氏
續言：

> 明斯六例，經以音變，諸州國殊言詰誳者雖未盡憭，儻得模略，足
> 以聰聽知原。（〈新方言序〉）

而在同段引文中，又可推出第二個前提，蓋以「經以音變」做爲「明斯六例」
的附加條件，則六例所言，雖與音轉有涉，而實在於形義二端。其三，就章氏
六例之語言結構言，諸例皆以四言二段爲述，前段說明現象，而後段則指現象
所帶來之理解障礙。

由此可以發現，若上述二氏之詮釋，除卻與章氏本意不符者外，其餘也在
主軸上時有偏離，而若是之小結，更見其核心之失準：

> 綜合來說，前三個原則都在字義相同的基礎上，從字音對應不一致
> 的現象當中，考求合乎方言本音的本字，後三個原則是在聲音的辨
> 別上，求索意義切當的方言本字。（陳梅香，《章太炎語言文字學研
> 究》，頁 290～291）

> 章氏所提的六例也只是爲考辨方言詞找出其字源本字。第一例、第
> 二例是聲音轉變；……。因此，除第一例、第二例外都不是聲音轉
> 變問題，而是字形變寫、字義轉移、詞義擴大等問題。（朱星，《中
> 國語言學史》，頁 608）

若從本文之理解，則章氏第一例所指出的一字二音現象，可能並不是方言的問
題。驗諸章氏本文，於縮字一例，〈釋言〉曰：

> 《說文》：「蹙，躡也。」《廣韻》子六、七六二切。子六切者今轉平
> 聲如糟，俗字作蹧，凡事被蹙躡則壞，故今謂損壞爲蹧，重言爲蹧
> 皋，或言蹧蹋。又《說文》：「縮，亂也。一曰蹙也。」古縮、蹙同
> 聲（《說文》：「摍，蹙引也。」蹙亦即縮）故今謂凌亂無敍爲縮，亦
> 讀如糟，蘄州正謂之縮作所六切。」據此，則縮作七六切，今音轉
> 讀如糟，其源則自躡而來，言蹙躡而壞也。（《新方言》，卷二）

又：

> 《說文》：「縮，亂也。一曰蹙也。」「摍，蹙引也。」今浙江謂以散
> 繩亂絮縱而引之曰摍。引之而亂曰摍亂，音並作佗厚切，如敊、搋

　　讀佗候切矣。或稍侈如斗，亦舌頭音也。凡齒音多歸舌，流變之例

　　如此。(《新方言》，卷二)

以是，則縮作佗厚切，語義來自「搯」，謂「引之而亂」也。是二音所代表者，實在來源上有其異致，唯就音之流轉、義之引伸皆有其依據，故「莫知誰正」而無從取捨。

　　而褒字之例，亦不外是，〈釋器〉曰：

　　《聲類》：「褒，開衣領也。口禮反。」(《玉篇》引褒從多聲。讀口

　　禮反者，猶《說文》引《論語》「跢予足」，今作啓，是褒有啓音也)

　　今人謂開裳下齊爲開褒，俗書作气，無義。或呼開褒爲充夜切，此

　　正如哆、爹、膠等，皆入麻禡韻也。書作開叉者，亦非本字，或應

　　作哆，訓張，音敕加切耳。(《新方言》，卷六)

是於「開褒」一詞中，褒有口禮、敕加二切，亦分別生出啓、叉二異體，褒字《說文》未見，依《聲類》所言，前者可能爲褒之本音本義，後者則與從多聲之字同轉，雖亦可作「衣開」解，而章氏則疑其只是「張」義，宜爲哆字之借。是此二音雖與現象、用義之理解無涉，然於本源、引伸之確定固亦異趨。

　　須知，章氏所論之方言乃不限一區，是上古某字某語在不同地區而有不同音讀本是常態，若依朱、陳所釋，則此條恐爲虛設矣。本文以爲，《新方言》一書本爲求本字本源而作，就此而言，方言之音義本是現象，至其與本字的配合才是其目的，也才可能產生問題，因此一字二音者若非涉及來源之判定，亦不需有「莫知誰正」之疑義。

　　以二音爲來源之不同，則二音實即二語。與此相反，章氏第二例指出的，正是一語二字者。所云「去」、「朅」之例，〈釋言〉云：

　　《說文》：「去，人相違也。」丘據切。「朅，去也。」丘竭切。今南

　　方多言去，北方多言朅，或音如鎧(苦蓋切)，然猶書作去者，以去、

　　朅本雙聲耳。(《新方言》，卷二)

此中以去、朅於《說文》中分爲二字，亦可同義通用，唯至後代之言「去」義，南方多言丘據切，本爲「去」者；而北方之丘竭切，所言則應爲「朅」字。以其言「去」者同，故曰一語，爲其所從來者有異，是云二字。此二語本可不相

涉，唯因二者雙聲，復有通借，故令北方雖言丘竭切，而字實作「去」形，遂使二字相亂，混其音聲、語言矣。

復視吃、啜之例，同在〈釋言〉：

> 《說文》：「啜，嘗也。」昌說切。今南方謂食之爲吃，北方謂食之爲尺。吃即既字，尺即啜字，然猶書作吃者，韻近相亂耳。（《新方言》，卷二）

是南方言吃，北方謂尺，分由既、啜二字而來，「既」者，《說文》謂「小食也」，是與啜者同有食用之義。而北方言啜，卻作吃字，復因假借而混同二者。

是知此條所謂，實爲音近義通之二字，在二地方言中分別見用爲同一義之常用字，緣其偶然之音近，故得通假，遂使二語之音義在字形不別之狀況下難以釐清矣。

此例與第一例實有若干雷同，蓋二者皆在同形之現象下而有不同之來源。唯其一，例一之二源表現爲一音，例二則音有相同相近者；其二，例一所論僅爲一字，是二源者有取捨之問題；至例二者則實爲二字，正欲破其形體之偶合而予以分別對待。

至例三「就聲爲訓」者，章氏自言此爲《釋名》聲訓之例，若兆字之例：

> 《說文》：「兆，廱蔽也，從人象左右皆蔽形，讀若瞽。」今人言廱蔽者曰謾在兆裏，猶言在術中墮其調中耳。或云鞔在鼓裏，此即《釋名》以聲爲訓之例也。（《新方言·釋言》，卷二）

以今日一般之理解，《釋名》之聲訓即使多涉主觀，不過大抵皆不反對其目的乃在求源者。然而此意似非章氏所謂，蓋其下「皮傅失根」，顯然與此相違。倘暫且擱置《釋名》，僅就其例而言，章氏在此似以爲「廱蔽」義原詞原形宜爲「謾在兆裏」，唯後人漸失本源，「就聲爲訓」，而理解爲「鞔在鼓裏」，其義雖然無別，而實已不爲原詞。若今日之言「龜裂」，多已不知「龜」爲「皸」字之借，而逕解爲若龜紋之裂者。

又其「賴葰」者：

> 《釋文》：「葰音子臥反，又側嫁反。」今人謂踞地不起曰賴葰，因以有所要求亦曰賴葰，皆音側嫁反。鄭君說《禮》已以葰爲詐矣。今凡踞地要求亦皆書作賴詐也。（《新方言·釋言》，卷二）

是同爲側嫁反，而以詐替萋，另成新詞矣。

　　是「就聲爲訓」者，蓋與「顧名思義」異曲同工，是僅就音聲而任意生出對語詞構成之理解。以其不探本質而又迷失本源，故有「皮傅失根」之慮。

　　以是而反視章氏條例中之自注：

　　　　此例即《釋名》舊法，未爲甚謬，然求其聲義則是，指爲本語則非，

　　　　如「天，顯也」，不可直以顯爲天。「春，蠢也」，不可直以蠢爲春。

蓋亦以聲義無別，而實非本語。至章氏於《釋名》聲訓之理解亦可由是而窺見了。

　　例四指出者爲「餘音重語」，此則與《國故論衡》中「一字重音」者可以不二，蓋章氏條中自注：

　　　　此例亦昉於古，如焦僥有僥亡焦、旁皇有旁亡皇。與疊韻連語純亡本字者又各有異。

而焦僥之例正見於〈一字重音說〉。章氏該文謂：

　　　　中夏文字率一字一音。亦有一字二音者，……。今以《說文》證之，凡一物以二字名者，或則雙聲、或則疊韻，若徒以聲音比況，即不必別爲製字，蹞踔而行，可怪也。……。然則遠溯造字之初，必以一文而兼二音，故不必別作彼字，……。如《說文》人部有焦僥。僥，本字也，焦則借音字，何以不兼造僬？則知僥字兼有焦、僥二音也。如《說文》鷹部有解鷹。鷹，本字也，解則借音字，何以不兼造獬？則知鷹字兼有解、鷹二音也。……。大抵古文以一字兼二音，既非常例，故後人旁駙本字，增注借音，久則遂以二字并書，亦猶越稱於越、邾稱邾婁，在彼一字讀二音，自魯史書之，則自增注於字、婁字于其上下也。（《國故論衡上》）

是一字重音乃指的是一字兼表二音之現象。以《說文》言，則此現象多半發生在一物以二字爲名，且二音多具雙聲、疊韻之關係者。只是此現象並非漢語常態，故後人讀之，則多仍添注借字以符音節之數。以視章氏條例，或以一名二音，故曰「重語」，或以添注者皆爲聲符借字，於義無涉，故謂「餘音」。然雖曰無義，該音符實爲本字部份之音。倘置之不顧，則物名不全，亦使本字之音義不完矣。是知何以楬剌、紇怛、釜盧諸詞，不論剌、怛、盧，而楬、紇、釜

諸字之義亦將有所「蔽」。欲以此見蔽之語求其語根，又寧得不迷不誤？

例五則謂「音訓互異」，以其中「打」字一例視之：

> 其以聲假借者，如言打飯、打酒，此打乃借爲盛，《說文》：「盛，黍
> 稷在器中也。」占卜謂之打卦，此打乃借爲貞，《說文》：「貞，卜問
> 也。」廉察謂之打聽，此打乃借爲偵，《史記・淮南王傳》「爲中詗
> 長安」，服虔曰：「偵，候之也。」然則音雖訛變，而上尋假借，韻
> 部未遷，明其傳之自古矣。（《新方言・釋言》，卷二）

則顯見同爲「打」之字形，而打飯、打卦、打聽之打，實分別爲盛、貞、偵三字之借者。以是「音訓互異」之謂，實指的是一字之多向假借所造成代表語言各各相異之現象。是欲一一勘破假借，自是「淩雜難曉」。

此與例二同謂假借之現象，然此言諸語同借一字，故意義各別。而例二則爲單一假借事件中，借字、本字又雜有同義之偶合者，是所指出之訛混實又不爲一事矣。

最後，例六之所言實與例二亦相近，皆在假借一端。標題中，章氏稱之「總別不同，假借相貿」，其意實已甚爲明確。視其例舉，則「又」、「侈」之斂持、斂脅；用、畣之攝受、受食，所異果在泛稱與別稱之相異。唯其總、別之詞於音亦復相近，故同在假借間產生辨析之困難矣。至其與例二之區隔，蓋例二爲同義，而此僅爲近義而已。

大致說來，此六例確實指出了探求方言本字的基本難處，而章氏固亦自知其在實踐上的局限與里程也，若〈序〉中所謂：

> 後生不可待也，及吾未入丘墓之時爲之理解，猶瘉於放失已。會儀
> 徵鎦光漢申叔、蘄黃侃季剛亦好小學，申叔先爲札記三十餘條，季
> 剛次蘄州語及諸詞氣，因比輯余說及二君所診發者，亡慮八百事，
> 爲《新方言》十一篇。

殆不免流露勉力而爲之情態矣。

後人每於章氏之《新方言》多所批評，然而似乎罕見公允之對待者。若朱星所謂：

> 我們並不反對研究考證方言詞的根源，但這只是研究方言的一個次
> 要目的，而且有許多歷代新創造的方言詞，在《爾雅》、《方言》、《說

文》中根本找不到根據。因此，章氏對方言研究的認識是極不全面的。（《中國語言學史》，頁 605）

以西方語言學的體系做為衡量的標準，而將章氏延續中國以方言為訓詁的學術傳統視為不全面的認識，似乎有失客觀。而即使依其標準為是，那麼章氏在他的學術目標或興趣中，選擇一個方言學中的次要領域做為其某一部方言著作中的研究目的，甚至更欲引為其於方言學上致力的終身目標，又何嘗需要受到是非的批判？大抵這種批評隱含兩二項前提，一是以西方的語言學為是，一是將章氏的個人學術直接等同於時代的發展。以是一旦章氏的學術表現不符合西學時，而章氏就必須遭受傳統、落後的指責。事實上，這二項前提都不能成立。蓋章氏撰作《新方言》的意圖是極為直接明顯的，乃欲藉語言文字系統、傳承的系聯以突顯其文化根源性耳，這是章氏因應其時代變局所賦予學術的使命，也是中國學術一貫的傳統。就此而言，章氏已可說是頗為成功的。在不能尊重各自學術藉以生發的文化背景，以及各人處理學術議題的主觀意圖，而蠻橫地移植一個突來的價值標準以框架既有的現象、品評個人的是非，不僅態度上缺乏多元的尊重，恐怕對事實的認知亦且失真矣，是類似之批評姑且置之可也。

除此而外，較引起共鳴的恐怕是王力的意見了，在〈新訓詁學〉中，王力謂：

> 《新方言》的方法更為危險。現代離開先秦 2000 餘年，離開漢代也近 2000 年，這 2000 年來，中國的語言不知經過了多少變化。《新方言》的作者及其同派的學者懷抱著一個錯誤的觀念，以為現代方言裏每一個字都可以從漢以前的古書尤其是《說文》裏找出來，而不知有兩種情形是超出古書範圍以外的。第一，古代方言裏有些字，因為只行于一個小地域，很可能不見于經籍的記載。而那個小地域到後來可能成為大都市，那些被人遺棄的字漸漸占了優勢。第二，中國民族複雜，古代尤甚，有些語匯是借用非漢族的，借用的時代有遠有近，我們若認為現在方言中每字都是古字的遺留，有時候就等于指鹿為馬。上述的兩種情形，以後者的關係尤大。（《王力文選》，頁 373）

類此之說，有羅常培、〔註60〕何九盈、〔註61〕趙振鐸等。〔註62〕

這種論點在邏輯上看似言之成理，不過卻有誤解章氏之嫌。如果吾人猶記章氏在〈訂文〉中，明以文字語言之繁簡做爲社會隆污的表徵，那麼章氏何以不將肯定語言之發生、發展是與時俱進、層出不窮的？不能否認，章氏之《新方言》確實是建立在爲方言尋本字的意圖上，然則章氏卻從未正面主張「現代方言裏每一個字都可以從漢以前的古書尤其是《說文》裏找出來」的這種全稱肯定。王力的認知極可能是從章氏「今之殊言，不違姬漢」的目的，以及「上稽《爾雅》、《說文》、《方言》諸書」的途徑推測出來的。不過章氏的實際做法只是盡可能地爲方言尋繹本字耳，而方言或多、或少在兩漢以前的古籍中可以找到本字的這個前提，應是可以肯定的。

要之，本文以爲，儘管《新方言》的完成度仍然有待提昇，然而章氏在《新方言》中所寄託的兩個意圖：爲方言求本字，與夫證明方言之出於雅言者，大抵已具備足夠的說服力。並且在這個研究過程中，章氏也建立了許多方言研究的雛形，指出了推求本字的諸多議題。就此而言，章氏實已稱職地完成其自己所賦予與以及後人所期待的時代使命。

《新方言》之成書約在 1908 年，對於百年前的這個成果，後人頗有微詞。然而在提出了這種種的批評之後，對章氏的理論進行了現代、科學的修正後，今人是否可以妥善地完成雅言、方言的系聯，爲多數方音尋回其本來的形體？如果吾人對此不能全然肯定的話，那麼對章氏的那些「教誨」究竟又代表什麼意義？在趙振鐸的批評中：

> 但是語言發展的道路又是曲折複雜的，就語言整個詞匯來說，它對社會各方面的變化是敏感的，它處在經常不斷的變動狀態。今天的許多詞，包括現代漢語方言裏的詞，未必都是從《爾雅》、《說文》所記錄的詞直接繼承下來。因此，只是從音義上分析，不探索它的歷史進程，對它們的變化脈絡不甚了了，所得的結論也就未必能夠使人信服。這又是章炳麟某些論點受到非議的原因。（《中國語言學

〔註60〕詳見周祖謨《方言校箋及通檢》中羅〈序〉。

〔註61〕詳見其《中國現代語言學史》，頁 425。

〔註62〕詳見其《中國語言學史》，頁 457～458。

史》，頁 457～458）

質實而言，這些概念章氏何嘗不知，其所謂「六例」者不正是具體釐清「變化脈絡」的一種努力？在章氏從無到有的建立了許多也許不甚成熟的途徑後，吾人不能進一步去反省、深化，甚至否定這些條例，而在具體的實踐中有所推動，卻仍只停留在純理論的、概念性的，不切實際的口頭批評，這似乎有虧「後人」之職守。也許在《新方言》的研究中，最需要檢討的是，章氏〈序〉中「後生不可待也」一句。

二、其　他

　　章氏語言文字之學，本以《文始》、《新方言》及《小學荅問》為之代表。《文始》申名語原，這是略無疑義之事。而《新方言》，以今日之眼光看，固有視之為方言學者，然在「一萌俗」的意圖下，所重亦不在方言本身，而在如何以雅言統合方言也，是此為方言尋求本字的工作，質實而言，亦不啻為語源學之旁支。〔註63〕這是本文將《新方言》附屬於語源學中的原因。

　　而在此之後，原本應該接著著重說明的，是《小學荅問》之主旨，然若其書中前言所記：

> 諸生往往相從問字，既為陳先正故言，亦以載籍成文，鉤校柾葦，
> 斷以己意，以明本字、藉字流變之跡，其聲誼相禪，別為數文者，
> 亦稍示略例，觀其會通，次為《小學荅問》。

是該書乃以假借為主，語源為從者。語源自不需再有贅語，而假借則緣於章氏之論語源，實混同了六書假借、一般通假與夫引申孳生等概念，故於前述已略略及之矣。於此可更稍加提起者，是章氏後來專以引申論許君假借，而此處之假借實已別為所謂「同音通假之字」，唯假借之名沿用已久，則章氏亦因之隨俗矣：

> 凡同音通假之字，非《說文》所謂假藉，然自鄭君已用斯名，後人
> 相承不改，今亦隨俗。（《小學荅問》，頁 1）

至其內容，則宜專指〈論語言文字之學〉中本有其字的二項：

〔註63〕蓋一般語源學乃以今溯古，而方言以俗歸雅，雅又為古之直承，是歸雅與溯古實亦一事也。

> 本有其字者，如近世仍用之字，多借同音、同部、同紐者以代正文，
> 如ナ皆作左，乀皆作右，壽皆作前，罙皆作深，旱皆作厚，虫皆作
> 專，橵皆作散，以及古今載籍，隨分移用者，無不皆是。亦有後人
> 為之則稱別字，古人為之則稱假借者，如來之作麥，麥之作來，煤
> 之作墨，墨之作煤，雖是同部同聲，實乃沿襲誤用，但其由來已久，
> 故亦無所訾議。此二者，皆本有其字者也。

此二項，章氏實亦語焉未詳，揣其意，殆於音同音近的條件下，一為別字，一為別字、借字之相因俗成者。要之，皆置其本字而不用者之謂。

至其破字之法，就其音轉規則實同《文始》，依其義通條件則等乎《新方言》，只是在層次與多元性上又不若二者之複雜。因此，在通假一項，本文僅此略做交代，不更為述了。在此項中，本文所欲陳述的，還在於散見章氏議論中的諸多片段意見，以其異於傳統，有見突破，抑或涉乎今日若干訓詁要題者。

（一）反訓

反訓在今日似為一個頗見討論的議題，然與二王相類，章氏雖也注意到這個現象，不過似乎於並不特別重視，只附論於《小學荅問》最末一條耳。

該條之問曰：

> 古有以相反為誼，獨亂訓為治。《說文》𤔔、亂本與𤔟分，其它若苦
> 為快、徂為存、故為今，今雖習為故常，都無本字，豈古人語言簡
> 短，諸言不言非者，皆簡略去之邪？（頁51）

此條所問一事，而例舉則有二端，蓋亂與苦、徂諸字，一有本字，一無本字，二者原因不盡相同，而章氏乃由引申、假借為之分論。

首先可以先檢視「苦」、「徂」之例，章氏謂：

> 其它亦有制字者，而相承多用通藉，若特為牛父，引申訓獨，而《詩
> 傳》又訓為匹，則是讀為等夷之等也；介為分畫，引申宜訓兩，而
> 《春鄂傳》以介特為單數，則是讀為孑孓之孑也。苦、徂、故之為
> 快、存、今，亦同斯例，特終古未制本字耳。（《小學荅問》，頁53）

此先以「特」字為例，其本義為「牛父」，引申可有「獨」義，至「特」之訓「匹」，實為「等」字之借；又「介」字亦然，蓋「介」之有「兩」、「單」之義者，一為引申，一為「孑」字之借。章氏以為苦、徂、故字者與此不二，只是

後者之快、存、今三義未有本字耳。而未有本字，則章氏固以其爲一般所言造字之假借。亦即，快、存、今等語，方其造字時，便以音近之苦、徂、故三形爲其文字，以是與苦、徂、故三字之本義偶成對反耳。

然此說移釋亂字又有所不合。原本若問語所道，《說文》𤔔、亂與𢿫實有所異，檢諸《說文》：

> 𤔔，治也。幺子相亂，𤔔，治之也。讀若亂同。一曰理也。（《說文》，四下）

> 亂，治也，從乙，乙，治之也。從𤔔。（《說文》，十四下）

> 𢿫，煩也，從攴從𤔔，𤔔亦聲。（《說文》，三下）

則果然井然，是亂、𤔔二字皆爲「治」者，而今所謂「亂」義，實爲𢿫字。據此，吾人似可同以假借爲之說解，則訓「煩」之「亂」，實久借不歸者，以是而與亂之本義偶成反訓矣。只是《說文》𢿫下所云「從攴從𤔔，𤔔亦聲」卻直接呈現了𢿫與𤔔的孳生淵源，以是章氏則復以詞義之引申變化爲說：

> 語言之始，誼相同者多從一聲而變，誼相近者多從一聲而變，誼相對相反者亦多從一聲而變。……。故先言天，從聲以變則爲地；先言陽，從聲以變則爲黔；先言古，從聲以變則爲今；……。亦有位部皆同，訓詁相反者，始爲基，終爲期、爲極；聯爲毅，斷爲絕；……，並以一語相變，既有殊文，故人無眩惑。（《小學荅問》，頁 52）

是知在一般語言的孳生中，本不少見對反的分化，只是孳生語實多有殊文爲之區隔，故不易爲人所覺知。而𢿫者，在由𤔔孳生而後，卻又與亂字假借，以是遂造成反訓之假象，突顯了對反之孳生，而易啓人疑竇。

因此約而言之，章氏蓋以引申孳生與假借二項原因以言「相反爲誼」者，在此脈絡下，或有歸納爲三種情形，其一是一般所謂造字之假借，如苦、徂、故之例；其二是一般所謂用字之通假，若特借爲等、介借爲子者；其三是引申孳生，亦即章氏之假借轉注。蓋以相反之引申，如未制字，而仍寄原形者，固即形成反訓。以章氏所謂：

> 若從雙聲相轉之例，雖謂苦耤爲快、徂耤爲存、故耤爲今，可也。（《小學荅問》，頁 53）

則上述苦、徂等字，亦可爲其例證。至另制新字，本已分化爲孳生語，卻仍與原詞（詞族）發生通假，如斁者，則亦見反訓矣。事實上，此二者本可謂之一事，蓋章氏所重在引申有相反而變者，唯此已足以解釋一詞之兼有正反矣。

（二）聯綿詞

質實而言，章氏於聯綿字一題似亦不曾正面論述，唯有孫德宣者，因見章氏所論悉蠪、窟籠等見視爲聯綿字之成因，而直接將「一字重音」、「餘音添注」二者等同於章氏對聯綿字形成之解釋。孫氏曰：

> 前人於聯綿字之成立，向罕有系統之論斷，今要刪近人所言，評述
> 如次：
>
> （甲）一字重音說：章太炎《國故論衡》內有是說，雖覺新奇可喜，
> 而證據殊爲薄弱。（〈聯綿字淺說〉）

又：

> （乙）餘音添注說：章氏又有餘音之說，《新方言・釋器第六》云：
> 「《說文》：匫，古器也。呼骨切。今人謂古器爲「骨董」，相承已久，
> 其實骨即匫字，董乃餘音，凡術物等部字多以東部字爲餘音，如窟
> 言窟籠，其例也。」……。是章氏以爲聯綿字之成立，由於一字餘
> 音，增加語尾而複爲二字也。（同上）

然而如果回到章氏文本之主旨，則實情似不如是。蓋如前述，章氏一字重音之說，其主旨所強調者乃在一字兼表二音之現象，雖然所例客體之描述似同聯綿詞：

> 凡一物以二字名者，或則雙聲、或則疊韻，若徒以聲音比況，即不
> 必別爲製字，踸踔而行，可怪也。（〈一字重音說〉）

然則吾人不應忽略的是，一字二音表現的是文字之於語言的配合狀況，而聯綿詞只是語言現象，是不論文字爲一爲二，實與語言本身無妨。若以聯綿字起因於一字衍爲二字，則必假設其一字之時唯僅單音，而此適與章氏之主旨相違矣。

至餘音之說亦有斟酌之處。若孫氏所引「骨董」之例，章氏明以「骨」爲匫之借字，而匫之一字即爲古器之義，「董」之餘音殆可有可無者。因此，如以匫董言，不必合「董」字而可爲一語；僅釋匫字，可知古器，亦非不可分訓，

是亘董一詞便不得爲聯綿字矣。〔註64〕

因此，排除「一字重音」、「餘音添注」二者與聯綿字之聯繫後，殆不可謂章氏於聯綿字上有其積極之意見與主張。然而反過來說，謂章氏於聯綿字上未及一語，卻又不盡然，在前引〈新方言序〉裏的一個小注中，章氏其實也透露了一點訊息：

> 此例亦昉於古，如焦僥有僥亡焦、旁皇有旁亡皇。與疊韻連語純無本字者又各有異。

在沒有發現其它解釋的跡象、可能時，此處之連語應即聯綿字者。據此，則連語與重音之別乃在本字之有無，而章氏既以之相對區隔，則重音之不爲連語又增一證矣。〔註65〕

同一種特出的語言現象，而以本字之有無別爲二類，分散其可能存在的同質性，似乎是有待商榷的，至其間是否尚有本質、內涵上的差異，或是形成原因的不同？在有限的訊息中，恐怕亦無從深論之矣。也或者，章氏只是看見連語有字無定形的特徵，而有此區隔乎？然則可以肯定的是，取消了本字的因素，可能表示連語因而只能視爲一純語言的現象，這個現象或是雙聲、或是疊韻，要之，乃會合二音以成一詞者。此自然迥異於二王之「連語」，而已近於今日較普遍認爲的聯綿詞了。

對章氏連語之認知，也許僅能保守地窺探至此。除此而外，過度的擬測，有時不見得有助於事實的理解。如張壽林〈三百篇聯綿字研究〉中，曾引章氏語言源起的主張，設想了一個聯綿字形成的原因：

> 原始語言，非憑虛構，文字之興，所以濟語言之窮。吾華文字，以形表聲，系屬單音（Monosyllabic）；然原始語言，多象徵事物之音響，謂之"聲訓，"於理爲近。儀徵劉氏（師培）之論字音起源也，

〔註64〕此所謂「餘音」之義，乃就孫氏之理解云爾，倘以章氏《新方言》六例中「餘音重語」一項而言，其一字重音與餘音添注似可爲一事，故焦僥、旁皇之重音乃與釜盧、楬桀之餘音並列。若是則餘音實爲重音中所添注做爲音符之借字，而未增餘音前，本字實亦兼讀兩音。唯章氏於「餘音」一詞未曾精確定義，亦未敢論定矣。要之，不論二者爲一爲二，蓋一爲文字現象，一爲虛語贅字，皆與聯綿字之成因得不無涉。

〔註65〕若一般所謂之餘音說中，亦有一字爲本字，同樣不得視之爲連語也。

於此理詮釋尤詳，……。餘杭章氏（炳麟）持論亦同。（〈三百篇聯綿字研究〉）

又：

模倣之聯綿字者，蓋發乎理性，屬於客觀，象物音之所製也。故海岱爾理論（Herder's Theory），以爲原始語言，由於自然音之模倣，此固世界語言文字之所同然。餘杭章氏之言曰：「"何以言鵲？謂其音錯錯也；何以言鴉？謂其音亞亞也；何以言雁？謂其音岸岸也；何以言鵝？謂其音加我也。……此皆以音爲表者也。"」（語言緣起說）單文如此，複語亦然。（同上）

蓋章氏之原旨，只在泛論最初語言之源起耳，而張氏似乎沒有其他的佐證，便類比地推衍出「複語亦然」的結果。究竟複語是否可以如此生成，這可以是另外的問題，然而針對此論，以謂張氏之認知則可，倘若草率地以爲這可以是章氏邏輯下的應然結果，則不免以作爲述了。

（三）語言片論

除了傳統的訓詁議題之外，本文以爲章氏在〈正名雜義〉中所透露的一些片段的語言概念，其實頗亦值得留意。概括而言，這些概念可分爲三個層面，一是語言屬性；其二是語言發展；其三是句式語法。

在屬性方面，章氏首先注意到語言在社會的不同階層與層面中，可能會有相異的表達方式與內涵外延，以是同一概念，而所使用的語言可能相異；而同一語詞，在不同族群中，其用義亦可有不同。章氏之言曰：

有通俗之言，有科學之言，此學說與常語不能不分之由。……。日與列宿，地與行星，在天文亦豈殊物？然施之官府民俗，則較然殊矣。夫盤盂鍾鎛，皆治以金；几案杯箸，皆彫以木；而立名各異，此自然之理。然苟無新造之字，則器用之新增者，其名必彼此相借矣。即如炱煤曰煤，古樹入地所化，亦因其形似而曰煤，不知此正宜作墨爾。

又：

有農牧之言，有士大夫之言，此文言與鄙語不能不分之由。天下之士大夫少而農牧多，故農牧所言，言之粉地也。而世欲更文籍以從

鄙語，冀人人可以理解，則文化易流，斯則左矣。今言道、義，其
旨固殊也。農牧之言道，則曰道理；其言義，亦曰道理。……。更
文籍而從之，當何以爲別矣？夫里巷恆言，大體不具，以是教授，
適使眞意詼豛，安得理解也？……。故教者不以鄙語易文言，譯者
不以文言易學說，非好爲詰詘也，苟取徑便而豛眞意，寧勿徑便也。
（〈正名雜義〉，《訄書重訂本》）

雖然章氏論此之目的，乃因時務所趨，而強調常語不能替學說、鄙語無以代文
言者。不過，其所持之論點，實已近於今日所謂社會語言學（Sociolinguistics）
者，依眞田信治等人之描述，社會語言學的一個研究範疇即在「語言與社會屬
性」，其《社會語言學概論》中曰：

〔語言與社會屬性〕是從"屬性論"的觀點探討語言的使用狀況。
一種語言即使在同一時代、也會因說話人所屬的地區、年齡、性別、
身分、修養等不同而產生差異。……，柴田武（1978 年）曾經提出
"集團語"這一概念。它是指特定的社會團體、專業領域所使用的、
特殊的或具有特色的表達方式。這裏的特定集團在當今不僅指盜竊
團伙、黑社會等反社會團體，還包括政黨、企業、工會、甚至還包
括右翼集團等各種各樣的社會群體。其中的專業領域，也不僅限于
以職業劃分的領域，還包括體育、藝術、科技等領域。（頁 7）

這裏不擬更去特意強調章氏之說與社會語言學之異同與淵源，〔註 66〕因爲即使
其「同於社會語言學」，那也不該是判斷章氏成就的「理由」。而況章氏之目的
絕不在此。此處所應著眼的，恐怕是章氏的認知在傳統的脈絡中究竟有何異
同。就此而言，本文以爲傳統訓詁本以經典古籍爲其主體，以是方言俗語僅能
見視爲雅言古語的佐證資料，向來缺乏獨立的地位，所被重視、被援引者，也
只在其同於雅言的部份而已。而章氏此論則突顯了雅俗之間的異點，即使無意
開啓方言俗語的獨立研究，僅就其對語言差異的進一步離析與認知，亦有助於

〔註66〕據眞田信治《社會語言學·前言》所謂：「日本早在二十世紀四〇年代末就展開了
『語言生活』調查這一具有社會語言學性質的研究。當時，國外社會語言學研究
還未形成。美國的 the sociology of language 是在二十世紀五〇年代中期興起的。」
（頁 1），則 1904 年即已修訂的《訄書》，是亦不能受到其影響也。

吾人對這些材料的精確操作。可想而知，如果認真地考慮這些同時同地同一語言系統中的差異性，對於過去的訓詁工作，應該是可以有極大程度的反省與檢討的。

其次，即在古籍文獻中，章氏亦區別出不同文體在語言的使用上也有差異，特別是韻文，由於受到句數格律或是音韻美感的影響，而可能出現若干文義不合「常理」之處，章氏曰：

> 然則有韻之文，或以數字成句度，不可增損；或取協音律，不能曲隨己意。彊相支配，疣贅實多。故又有訓故常法所不能限者。如古辭《雞鳴高樹顛》云：「黃金絡馬頭，頴頴何煌煌。」頴頴、煌煌，義無大異，而中間以「何」字，直以取足五言耳。亦有當時常語，非故訓所能割解者。魏武帝《蒲生篇》，東阿王《明月篇》，皆云「今日樂相樂」。魏文帝《朝日篇》，云「朝日樂相樂」。是「樂相樂」為當時常語也。斯二者必求其文義，則窒閡難通，誠以韻語異於他文耳。(〈正名雜義〉)

這些意見看似輕描淡寫，也沒有被視為主題去論證、強調，然而僅就表面言，其實亦可見出，章氏在取材的抉擇與判斷上較之前人已然細緻許多。而如果更參酌章氏治經與治史不同之論，則似乎可以推測潛藏在這些意見的背後，章氏注意到的可能不僅僅是材料屬性的不同而已，因為其間存在一個共相，是語言與概念間的距離。具體而言，是語言不能全等於概念，同一個語言符號在不同的使用目的與使用習慣下，所指涉的內涵其實是不盡相同的。以是在判讀語言時，便不得不考慮使用主體或自覺，或不自覺的，對語言所造成的影響。

這種概念進一步離析了語言與思維二者，語言因而只是思維的一種表達形式而已，同一個思維可以用不同的語言表現，而同一個語言也不盡然是同一個思維。較之清儒在文字與語言間的辨析，章氏其實更超越了一大步。可想而知，清儒以訓詁即義理的認知，對章氏而言已然不能成立，無怪乎章氏曾謂：「若王、俞二先生，則暫為初步而已耳。」〔註67〕而胡適對章氏的力辯，由此看來，則似不免如井蛙夏蟲者矣。

至於語言發展的一端，章氏再次強調了古今文義的不同，切不可遽以今人

〔註67〕見前引〈太炎先生〔致章行嚴〕的第二書〉。

用義而曲解古人也：

> 古人文義，與今世習用者或殊，而世必以近語繩之。……。蓋之、
> 其、是、者四文，古實同義互用，特語有輕重，則相變耳。……。
> 比類觀之，知古人於普通代名詞，通言互用。不得以《孟子》「之」、
> 「其」偶異，而謂辭氣異施矣。（〈正名雜義〉）

這樣的概念其實自清以來已經是個常識了，而章氏之重申，其意義或不在概念
之新陳，而在於實踐之糾謬，顯示在具體的訓詁工作中，未能神入於古人之語
言系統仍是個常見的問題。而如果今人尚偏執地以為惠棟凡古皆是的取向是一
無可取者，也許亦不免蔽於此而猶不自覺了。

　　復次，章氏又援引了武島又次郎的說法，而有見在語、國民語、著名語，
以及廢棄語、外來語、新造語的分類：

> 武島又次郎作《修辭學》曰：「言語三種，適於文辭，曰見在語、國
> 民語、著名語，是為善用法；反之亦有三種，曰廢棄語（千百年以
> 上所必用，而今亡佚者，曰廢棄語）、外來語、新造語，施於文辭，
> 是為不善用法。……」（同上）

雖然章氏引用此說，並不深論其分類與發展，而唯只針對廢棄語一項論其取捨
而已：

> 繇是以言，廢棄語之待用，亦與外來、新造無殊，特當審舉而戒濫
> 耳。（同上）

然而僅就章氏緣其框架而申己之議論，亦可見其在語言「新陳代謝」規律上的
一種態度的接受。

　　然而更重要的是章氏認識到後人對於古人之篇題有一種「顧名思義」的錯
用現象：

> 前世作述，其篇題多無義例。《和氏》、《盜跖》，以人名為符號。《馬
> 蹄》、《駢拇》，以章首為揭櫫。穿鑿者，或因緣生義，信無當於本恉
> 也。（同上）

其中又以韻文之篇題最易遭誤用：

> 至韻文，則復有特別者。蓋其弦誦相授，素繇耳治，久則音節諧孰，
> 觸激脣舌，不假思慮，而天縱其聲。此如心理學有曰聯念者，醒醉

> 之夫，或書一札，涵亂易訛，固其職矣；而訛者或有文義可通，要
> 必其平日所習書者，此手有聯動也。歌謠舊曲，成響在喉，及其抒
> 意倡歌，語多因彼，此口有聯聲也。（同上）

至其具體情況，章氏則例舉三項以明之也，其一，或有襲用古辭而實有誤解者：

> 是故後人新曲，往往襲用古辭，義實去以千里。……。又有《上邪》，
> 其辭曰：「上邪！我欲與君相知，長命無絕衰。山無陵，江水爲竭，
> 冬雷震震夏雨雪，天地合，乃敢與君絕。」及承天擬作《上邪篇》，
> 則曰：「上邪下難正，眾枉不可矯。」以邪爲邪正矣。（同上）

其二，或有用義相近，而內涵不同者：

> 亦有義訓相近，而取舍殊絕者。若《呂氏‧古樂》所載有娀二女作
> 歌曰「燕燕往飛」，而《邶風》曰「燕燕于飛」；塗山女作歌曰「候
> 人兮猗」，而《曹風》曰「彼候人兮」。孔甲作《破斧之歌》，而《豳
> 風》亦有《破斧》。尋其事指，絕非一揆，而文句相同，義訓亦近，
> 斯皆所謂音節諧孰，天縱其聲者也。（同上）

其三，則亦有不明本恉，而逕自附會者：

> 復有用古調以成新曲，而其篇題與詩恉絕遠者，及戩曲傅合以就
> 之。如古《黃爵》、《釣竿》二行，未知何指。及傅玄作《鼓吹曲》
> 以頌晉德，則因？爵而傅合於伯益之知鳥言，因《釣竿》而傅合於
> 大公之善餌術，然後可以言「神雀來游，飛龍庪天」，而與晉德相
> 會。夫古之《黃爵》、《釣竿》，亦未必取於致嘉瑞，用《陰符》也。
> 此戩曲遷就者又爲一例，三百五篇蓋未之見。（同上）

由此，而章氏分別指出吾人在訓詁操作中所應保持的三項警覺與態度：

> 是皆聲相同，辭恉大異，其名實訛變，又不可以訓故常法限之也。
> （同上）

> 必欲彼此互證，豈非陷於兩傷者乎？（同上）

> 六代之樂，今盡崩阤；文始五行，唐後亦闕。古樂章之篇題，既不
> 可睹，寧知三百五篇必無是例乎！（同上）

這種意見，吾人自然也可以單純地在傳統的概念下，認爲章氏認識到語言的誤

用，以是在訓解古籍時，不得引以爲據者。然則就章氏之語氣而言，若「兩傷」之謂，似已平視二者，而無絕對之是非了，易言之，原文之用義有其本然殆可無疑，然誤用者雖與之不符，就其用義而言，確實是以誤用之義爲其本義的。以是以原義正誤用義，以誤用義釋原義，皆不得其正，故乃謂之兩傷。在如此態度下，本文以爲章氏是較能客觀地看待語言的自然發展的，因此即使是誤用，而誤用之義也確實成爲該語詞的義項之一。若此，則不啻承認了語義的發展，除了常態的引申、假借之外，尚有例外的「孳生」途徑，故章氏乃謂此「不可以訓故常法限之」。

也許，吾人不必過度地誇大章氏此論的積極程度，然而承認了這種誤用可以是語言發展過程中的一種現象，對過去由字、詞以通經聞道的這麼一個純粹的應然理路不免將有所動搖。換句話說，在乾嘉的理路下，這種現象被直接視爲後人的錯誤，以是與古經相較，可以直接摒棄，或透過校讎而予以修訂。然而章氏既從語用的立場出發，則所著眼者便不只是古今的異同是非，而進一步地懷疑即使在古經時代，作者亦可能出現不合「常理」的用義，「寧知三百五篇必無是例」云云，大抵便是這個心態的一種表現。若由此推衍開來，則傳統只就字形以確定本義、引申義的作法，或認爲用義必然要由本義的引申找到合理據依的標準，也許都有必要再重新討論了。

可惜的是，除此而外，本文並沒有發現其他訊息可以進一步地去推測章氏的精確態度。而儘管如此，其在乾嘉格局、理路上的突破，亦是足以肯定的了。

最後在句式語法方面，主要則表現在其對二王的批評，具體而言，章氏以其在「倒植」與「間語」二事之未明也：

> 高郵王氏，以其絕學釋姬漢古書，冰解壤分，無所凝滯。信哉！千五百年未有其人也。猶有未豁然者，一曰倒植，一曰間語。（〈正名雜義〉）

所謂「倒值」，約即今言倒裝者，章氏解釋謂：

> 倒植者，草昧未開之世，語言必先名詞，次及動詞，又次及助動詞。譬小兒欲啖棗者，皆先言棗，而後言啖。百姓昭明，壤土割裂，或順是以成語學，或逆是以爲文辭。支那幅土，言皆有序，若

其蹤跡,未盡滌除。《書·禹貢》言「祗台德先」即「先祗台德」也。……。此其排列,亦不能盡合矩度。要之此方古語,必有特別者矣。(同上)

是以語序與今相反,故乃有「倒植」之稱。

至「間語」,章氏解釋謂:

間語者,間介於有義之詞,似若繁冗,例以今世文義,又如詰詘難通。如《卷耳》言「采采卷耳」,而《傳》云「采采,事采之也」,訓上「采」字爲「事」;以今觀之,似迂曲不情。……。如《釋故》云「言,間也」(間即助詞);又云「言,我也」。若《詩》「言告師氏」、「言告言歸」、「受言藏之」之輩,以今觀之,皆可訓「間」,而傳皆訓「我」;箋則「言」訓「我」者,凡十七見。近人率以詰詘不通病之。毛公生於衰周,文學方盛,寧於助詞尚不能通?鄭君雖專治樸學,不尚文采,觀其《譜序》與《戒子書》,固文章之傑也。然其訓說,必如是云者,正以二公深通古語耳。(同上)

此章氏以爲毛《傳》訓「采」爲「事」,並同與鄭《箋》訓「言」爲「我」者,皆古語之句式與今相異者。章氏並以日語存吾古語之遺而引以爲據:

夫絕代方言,或在異域。日本與我隔海而近,周秦之際,往者雲屬,故其言有可以證古語者。彼凡涉人事之辭,語末率加「事」字,或以コト代之,コト亦事也。又凡語不煩言我而必舉我字者,往往而有,如「事采」輩,特以事字居前,其排列稍異東方,而「言告」、「言藏」之訓「我」,則正與東方一致。以今觀古,覺其詰詘,猶以漢觀和爾,在彼則調達如簧矣。(〈正名雜義〉)

日語中コト的這個用法,參酌朱万清《新日本語語法》中的定義,殆可謂爲「形式名詞」者:

名詞本來都具有一定的實質內容。例如「机」(桌子)、「紙」(紙)、「本」(書)等。但部分名詞失掉了它本來的實質意義,只是在語法上具有名詞形式的功能,這種情況的名詞叫做形式名詞。((上),頁17~18)

至「我」者,則實未知其詳。然以章氏之概念言,二者殆不宜有二致。大抵章

氏以爲此類用詞實介於有義無義之間者，雖有實義，卻表現爲助詞功能，以是前人之訓「事」、訓「我」固得其本，而後人之解爲「辭」者，亦不得爲非：

> 雖然，訓事訓我，又不可膠執讀之。「事」與「我」即爲助詞。故「載」
> 之訓「事」，與訓「辭」同；「言」之訓「我」，與訓「間」同。同條
> 共貫，皆以助脣吻之發聲轉氣而已。（〈正名雜義〉）

緣此則章氏乃謂之爲「間語」。

　　似此二者，確實可以說章氏已較爲自覺地意識到語法的概念，若「名詞」、「動詞」、「助動詞」之用語，乃與今日不二。只是若由具體操作與論述而言，似仍不脫清儒模式，只在句式之比對而已。要之，從語法的角度與理論來看待一個問題，以及討論一個問題而涉及到語法的形式、概念，在本質上有其絕異，不可相提並論。而一門學科的建立，除了目的、對象的確立外，其相應的理論以及操作的技術也常常是一種表徵，雖然本文認爲在傳統的理路下，也可能發展出一種同樣以句式爲研究客體，而目的、內容卻相異於西方語法學的學科，然而在《馬氏文通》之後，這個可能至少到目前爲此是沒有發生。以是吾人必須承認，現今一般所謂的語法學，確確實實全然是西方的概念，那是以「詞的變化規律和組詞成句的規律」〔註68〕爲研究對象的學科，與傳統偶然透過句式的比對去解釋語義者，在本質上乃有極大的不同，前者可爲一獨立學科，而後者則只是附屬在經學下的訓詁學中的一個操作而已，切不可因爲二者偶然的相似，便貿然地混同二者而建立起其間淵源。本文以爲《馬氏文通》得以號稱中國的第一部語法著作，其原因在此，而語法學與傳統句式歸納的差異也正在於此。

　　以是返顧章氏的學術體系中，吾人著實沒有看到他在語法上的探討與強調，而上述二端，章氏的據依其實只是一個揣度的原始語言的邏輯，以及域外句式的形式類比，這與語法性的思維實爲迥異，比諸二王的歸納則有近似，唯在證據的呈現與操作的精細上又略遜之矣。是僅憑其涉及的領域以及片斷的用語，便欲誇大其在語法學上的認知，似嫌稍欠精審。

〔註68〕見呂冀平《漢語語法基礎》，頁 1。自然，在語法學內部對其研究的內容、主題可能還有爭議，然大體而言，不論內在外在、表象深層，以句子的結構爲其研究對象或是媒介，應仍是符合多數語法學主軸的。

除此之外，在這個部份，本文仍要附帶地提出章氏對待辭例的一個態度。在此，章氏所謂之辭例，可說是語言表達的一種格式或慣性。其所具體言之者，則在乎對偶之一端，章氏謂：

> 儷體爲用故，緣意有殊條，辭須翕闢，孑句無施，勢不可已。所以晉、宋作者，皆取對待爲工，不以同訓爲尚，亦見駢枝同物，義無機要者也。
>
> 夫琴瑟專一，不可爲聽，分間布白，鄉背乃章。故儷體之用，同訓者千不一二，而非同訓者擅其全部矣。辭氣不殊，名物異用，於是乎辭例作焉。（同上）

由是則做爲對仗的二義，要非相同，即應相對相反者。若是則可因其格式之認識，而推度詞義之大略矣。這樣的概念其實並不特別，若伯申「經文數句平列，上下不當歧義」一條，即異曲而同工者。然而這裏所要強調的是章氏在此條例後續論的態度：「即又不可執」者，其言曰：

> 辭例者，即又不可執也。……。至如《墨子・經說下》云：「白馬多白，視馬不多視。」（視馬，謂馬之善視者）白馬、視馬，辭例一也。而白爲全體，視爲一部，觀念既殊，則詞性亦殊矣。……。推是以言，春爲蒼天，秋爲旻天。仁覆愍下而言旻，遠視蒼然而言蒼；函德與表色不同也。天子曰后，庶人曰妻。君母得言大后，民母不得言大妻；尊號與常名不同也。……。若膠執辭例，而謂準度兩語，分刌無差，至於白視素鮮，亦必爲之穿鑿形聲，改字易訓，則是削性以適例也。（〈正名雜義〉）

是在掌握現象的一般規律下，而又存其空間，尊重單一現象可能的歧出與例外，殊可不令本末倒置矣。

似章氏此論，實亦有勸於時弊者：

> 近世作者，高郵王氏實惟大師，其後諸儒，漸多皮傳。觀其甚者，雖似渙解，方更詰鞫，宜有所殺止矣。（同上）

若今日虛執科學，徒信條例而未能務實於現象者，亦何嘗罕見乎？

約而言之，章氏在〈正名雜義〉中的表述實多有溢乎傳統訓詁之理解者。趙振鐸以爲：

這些論述〔正名雜義〕在引用材料上也許還有不確切的地方，有待
補充修正；在論點上也還有商量的餘地。但是他的立論具有理論意
義，大大地超過了前代學者。不受普通語言學的影響，沒有這方面
素養，是講不出這番話的。（《中國語言學史》，頁445）

這樣的意見大致上是可以接受的，不過語氣間也不免有所溢美。蓋以章氏為清
末民初的學術代表，而對比於戴段二王的成就，然後又以現代、西方的理論框
架來做為進步、落後的評定標準，以是其異於清儒，而合於西學的部份，都被
視為一種「超越」而歸功於其「個人」，無形中則放大了章氏本身的表現。然而
質實而言，章氏畢竟仍是乾嘉的根柢，其對外學的吸收常常只是片面的援引，
以及結論的套用，並不能深入外學的思維邏輯與研究模式，因此，不難發現，
其中較為可取者，若言語之分類、發展，多半是逕取原說者。而其類比所推衍
者，如倒植、間語二項，則頗見粗疏。至其在現象下所做的評論與主張，更時
時透露傳統士大夫的高傲心態，似其制字的「責任」與「廢棄語」的舉用，大
抵皆不能尊重語言的俗成性者。固然吾人可以同情地理解章氏做為一個知識份
子的淑世責任，然而意欲強力地干涉與主導語言文字的形成、發展，實亦不似
對語言得有深知者。

　　對於身處現代學術初起時期的章氏，如是的批評也許顯得過度苛刻，不過，
本文的用意也只是想在過度的盛讚聲中，去呈現一個較為真實的狀態而已。如
果1899年問世的《馬氏文通》〔註69〕已經可以「套」出一套中國語法，而五年
後出現〈正名雜義〉還只能臆想性地推論名詞、動詞的先後，那麼便可參酌窺
見，即使在同時代的比較中，章氏的「超越」其實也是頗為有限的。因此，吾
人固然不能忽略章氏對乾嘉格局的開創意義，然則卻也不應過度地衡量其絕對
的高度，而以其個人的成就來概括整個時代的里程，恐怕也太減化了歷史的多
元性。

（四）文字與聲韻

　　大致說來，章氏文字、聲韻之重要概念，在本論前述的訓詁體系中俱已配
合提及，而這不啻表示，文字、聲韻仍主要是訓詁的從屬之學。以是，在此不
擬大費周章再去討論細節，僅欲章氏文字、聲韻之大要，與夫特出之表現約略

─────────────
〔註69〕參見趙振鐸《中國語言學史》，頁413。

陳述耳。

1. 文字

扼要地說，章氏之文字學可謂即《說文》之學，而此不外乎是主導章氏小學研究的二大目的所構成。蓋傳統小學之理路自不待言，而基於保存國粹的需要，章氏亦由文化淵源的寄託以言固有文字之不可廢者，以是二者皆導向追本溯源以及本形本義的確定，而《說文》便順理成章地成為章氏文字研究的主要核心了。

至於《說文》的研究，章氏所著重討論的議題，乃繫於六書一端。故在《國學講演錄・小學略說》之文字學一段，可見六書以為之軸。其中又以轉注、假借為章氏饒有心得者，是《國故論衡》中復專列有〈轉注假借說〉之一項。

涉乎轉注、假借者，已見於上述，而其餘文字學上的細節，殆亦不暇深論，於此可略一及之者，則在章氏對於古文字之不信任事。此事於章氏自身似乎頗為強調，故《國故論衡》中有〈理惑論〉一篇專意辨之。該文之言曰：

> 又近有掊得龜甲者，文如鳥蟲，又與彝器小異，其人蓋欺世豫賈之徒，國土可鬻，何有文字！而一二賢儒信以為質，斯亦通人之蔽。按《周禮》有釁龜之典，未聞銘勒，其餘見于龜策列傳者，乃有白雉之灌、酒脯之禮、梁卵之袚、黃絹之裹，而刻畫書契無傳焉。假令灼龜以卜，理兆錯迎，釁裂自見，則誤以為文字，然非所論于二千年之舊藏也。夫骸骨入土，未有千年不壞，積歲少久，故當化為灰塵，龜甲蠯珧，其質同耳，古者隋侯之珠、照乘之寶、瑤瑉之削、餘蚳之貝，今無有見世者矣，足明堊質白盛，其化非遠，龜甲何靈，而能長久？若是哉，鼎彝銅器，傳者非一，猶疑其偽，況于速朽之質，易霾之器，作為有須臾之便，得者非貞信之人，而群相信以為法物，不其僅歟！（《國故論衡》上）

而董作賓先生據之則歸納其證據有四：

> 章氏小學功深，奉說文為金科玉律，不容以鐘鼎甲骨，訂正說文之訛誤。他對於今文，是疑信參半，所以說「然則吉金著錄，寧皆贗器？而情偽相雜，不可審知，必令數器互讎，文皆同體，斯確然無疑耳。」對於龜文卻斷然斥為偽作，他的證據：第一是流傳之人不

可信，因爲流傳之人不可信，因爲羅振玉「非貞信之人」；第二是龜
甲刻文不見於經史；第三是龜甲乃「速朽之物」，不能長久；第四是
龜甲文容易作僞。(《甲骨文六十年》，頁 57)

儘管章氏晚年，對此意見似乎有軟化的傾向，〔註 70〕不過其終身未能深入甲骨
學，及其對甲骨學發展所造成的「威脅」，〔註 71〕已然是個既定的事實。

　　對於此事，後人之討論或者多在章氏反對甲骨文的「眞正」原因上，而上
述的四項原因大抵亦有輕重虛實之別，然而這與本文的主旨相距已遠。在此本
文想藉以指出者，反倒是在章氏在論辯過程中所透露的幾個概念。其一是對
《說文》的執著。金祖同曾記章氏之語謂：

先生〔章太炎〕憮然者久之，曰：「烏乎可！研幾文字之學，說文其
總龜也，由此深入，可見蒼聖制作之源。今舍此外求，而信眞僞莫
辨之物，是不揣本而齊其末，得無誣乎？」〔註 72〕

又：

文字源流，除說文外，不可妄求。〔註 73〕

是據此可以確定章氏文字學之核心，以及《文始》取材考量矣。其二是六書與
文字學的定位，此論則出現於其〈小學略說〉中：

宋人、清人，講釋鐘鼎，病根相同，病態不同。宋人之病，在望氣
而知，如觀油畫，但求形似，不問筆畫。清人知其不然，乃皮傅六
書，曲爲分剖，此則倒果爲因，可謂巨謬。夫古人先識字形，繼求
字義，後乃據六書以分析之，非先以六書分析，再識字形也。未識
字形，先以六書分析，則一字爲甲爲乙，何所施而不可？……？倒
果爲因，則甲以爲乙，乙以爲丙，聚訟紛紛，所得皆妄。如只摹其
筆意，賞其姿態，而闕其所不知，一如歐人觀華劇然，但賞音調，
不問字句，此中亦自有樂地，何必爲扣槃、捫燭之舉哉！(《國學講
演錄》，頁 4)

〔註 70〕詳見董作賓先生《甲骨文六十年》，頁 56～60。

〔註 71〕參見董作賓先生《甲骨文六十年》，頁 56。

〔註 72〕金祖同《甲骨文辨證・跋》，轉引自董作賓先生《甲骨文六十年》，頁 57。

〔註 73〕章氏復金祖同書，轉引自董作賓先生《甲骨文六十年》，頁 58。

是六書在章氏而言，只在識字後之分析，而不在識字前之考釋。除此而外，章氏更進一步否定了考釋文字的必要性，欲人「如歐人觀華劇」，而不應有「扣槃捫燭之舉」。若此則不啻又否定了文字學研究的可能性，而將之全然限定在識字一事了。在這種概念下，吾人更可以肯定章氏之文字學確實還是典型的「小學」性質，緣其拒絕了獨立研究的目的與意圖，欲言文字學為一獨立學科不免缺乏立場。

也許吾人很難確定，這些議論真是章氏本旨，不過大抵也在一定程度上表現了章氏的學術傾向，而在此概念下，對章氏在小學上的開創性恐怕還須有所保留。

2. 聲韻

至聲韻學者，章氏之成績則主要集中在成均圖一項，若其上古聲紐、韻部之分合，及其相轉條例之構擬，大抵皆集中配合成均圖而作者，章氏曾謂：

> 欲治小學，不可不知聲音通轉之理。……。音理通，而義之轉變乃明。（《國學講演錄‧小學略說》，頁 5）

以成均圖為韻學之總成，則較之文字學，其從屬立場實有過之而無不及。

外此，章氏韻學之表現為人所稱述者，尚有其「注音符號」之「設計」也，若陳梅香即謂：

> 可以說，我國第一套注音符號——五十八個切音符號，正是太炎先生所創。（《章太炎語言文字學研究》，頁 111）

而姜義華亦謂：

> 即如他所擬定的漢字注音符號，1913 年教育部召集 "讀音統一會" 一致決議採用。（《章炳麟評傳》，頁 438）

然而如果徵之實情，則情況恐怕是有些落差的。

蓋章氏之作「注音」者，初乃因其時一群巴黎學生所提倡「廢漢文，而用萬國新語」者，〔註 74〕為力主中國文字之不可棄，又將改進其即形不能見音之弊，故有標注反語於其旁之設想。至其設計所慮，則俱見於其〈駁中國用萬用

〔註 74〕見章炳麟〈駁中國用萬用新語說〉，《太炎文錄初編‧別錄卷二》，《章太炎全集》，冊四。

新語說〉一文中：

> 若欲了解定音，反語既著，音自可知。然世人不能以反語得音者，
> 以用爲反語之字，非有素定，尚不能知反語之定音，何由知反語所
> 切者之定音哉？若專用見、谿以下三十六字，東、鍾以下二百六字
> 爲反語，但得二百四十二字之音，則餘音自可睹矣。然此可爲成人
> 長者言之，以教兒童，猶苦繁冗。又況今音作韻，非有二百六部之
> 多，其字自當并省。欲使兒童視而能了，非以反語注記字旁，無由
> 明憭。而見、谿諸文，形體茂密，復不便于旁注。於是有自矜通悟
> 者，作爲一點一畫，縱橫回復，以標識字音，……。余……故嘗定
> 紐文爲三十六，韻文爲二十二，皆取古文、篆、籀徑省之形，以代
> 舊譜，既有典則，異于鄉壁虛造所爲，庶幾足以行遠。(《章太炎全
> 集》，冊四，頁 345～346)

據此則知，其一，其「注音符號」乃以反切爲其雛型，而整齊用字，收歸於 36
字母與 206 韻。其二，爲合於今音之實際，而省併不用者；又便於字旁標示與
夫辨識容易，則又簡筆書寫。至其形體之來源，則嵩取之於古文、篆籀。然此
省併之事亦不將使 206 韻銳減至 22 者，復視其所言學習之方：

> 然當其始入蒙學，即當以此五十八音審諦教授，而又別其分等分聲
> 之法，才及三旬，音已清遴。(〈駁中國用萬用新語說〉，《章太炎全
> 集》，冊四，頁 350)

則知分聲分等又在運用之間矣。

以章氏之意：

> 余謂切音之用，只在籤識字端，令本音畫然可曉，非廢本字而以切
> 音代之。(同上，頁 345～346)

是此五十八音者殆可視爲「注音符號」者，唯其等第四聲之另行，是其表音又
有不全矣。揆其實際，乃取合於今音之聲紐、韻目，便宜書寫，標於字旁以便
定音者，故黎錦熙乃以爲「這只算是一種「反切改良」運動」。[註75]

至其成爲今日之注音符號者，則亦有因緣，據黎錦熙《國語運動史綱》中

〔註75〕見《國語運動史綱》，卷一，頁 47。

的記載：

> 第二步，照章要核定音素，採定字母，……。當時字母提案頗多，
> 主張可約爲三派：
>
> 一、偏旁派：仿日本片假名，用音近之漢字，任取其偏旁筆畫以爲
> 　　字母：……
>
> 二、符號派：自定符號以爲字母：……
>
> 三、羅馬字母派：符號派中，有兼采羅馬字母而變通之者：……；
> 　　其主張純用羅馬字者，……。
>
> 爭論不完，終於依據浙江會員馬裕藻、朱希祖、許壽裳（都是章炳
> 麟的學生）、錢稻孫及部員周樹人（即魯迅）等之提議，把審定字音
> 時暫用之「記音字母」正式通過，此於前三派都無可屬，可稱爲『簡
> 單漢字派』而創其例者實章炳麟也。當時定名曰『注音字母』者，
> 即依元年臨時教育會議「采用注音字母議決案」之原案名稱也。（卷
> 二，頁 54～56）

是知其所作非一，而章氏本亦不在選項之中。

　　而雖然有如此決議，比較章氏與今日所用系統，則亦有不少出入，是黎氏
所謂：

> 可見這個「注音字母表」，實是薈萃眾說，煞費斟酌而成。（同上，
> 卷二，頁 81）

更參酌黎氏所引勞乃宣《讀音簡字》之序：

> 〔勞乃宣〕而陳其所見，主張：母（聲母）用《京音簡字》之十九
> 母，而加以疑（兀）微（万）爲二十一母；韻（韻母）用《京音簡
> 字》之十二喉音，而加以支（ㄖ，ㄙ的韻，今定作帀）微齊（一）
> 魚虞（ㄨ，ㄩ）爲十六攝；聲（聲調）用《京音簡字》之四聲，而
> 加以入聲爲五聲；符號（字母）用漢字省筆；拼法用一母一韻兩
> 拼，而左右橫列。……。是余之所陳，不啻全經採用矣。（同上，頁
> 80）

則更知勞氏之思維乃能眞正呈現完整之音值者，而使章氏之改良反切化爲注音
符號，其樞紐亦端在乎此。

同在《國語運動史綱》中，黎氏曾引吳稚輝的一段話說：

> 自三十年以來，外人之著作勿論外，國人之從事於此者，有數十家。
> 任擇一家而用之，二五猶之一十，均可合用。當日王小航〔照〕，勞
> 玉初〔乃宣〕兩先生之所作，尤近適當。若早經政府社會合而歡迎，
> 則今日普通教育已久有利器。（同上，頁82）

則在吳氏心中，章氏之系統恐怕並無特出之處，至相較於這些能夠反映準確音值的標音系統，章氏其實仍停留在反切之思維。以是忽略這些細節，而逕謂章氏「創造」了「我國第一套注音符號」，或謂之「一致決議採用」云云，似乎都有些言過其實。

整體看來，章氏的學術型態仍是一種傳統的思路，尤其在小學一事，其乾嘉系統的痕跡仍是頗為明顯的，以是儘管在其議論中可以看到許多東西方學說的引述，不過多半只是「六經注我」式的說明，以及類比式的套用而已，尚未能真正探入其思維模式與研究方式。而反視其引以為傲之代表作《文始》一書，在因聲求義的主軸上，與《廣雅疏證》全無二致，所不同者，是其音轉規律更為具體，而語源概念更為直接標舉而已。因此吾人實不須過度強調其「語言文字學」在現代化與科學化的推進作用。

至於章氏實際呈現的成果，卻反而不甚受到重視，以《文始》言，除了義的引申系聯見視為任意、主觀之外，成均圖的設計也被批評成漫無節制、無所不轉，至初文、準初文的提出更被認定為語言文字仍然相混的誤謬。因此在高本漢《漢語詞類》、王力《同源字典》等相繼問世之後，《文始》便幾為束諸高閣而成為一個歷史的里程。然則如此的評價其實是不甚合理的。因為其中除了對章氏的部份誤解外，還在於所持以檢視的標準，是一種未能真正掌握現象、問題，而唐突截取的西方語源學概念，是所求非所為，而圓枘不合之衝突自然發生。如果吾人只將初文、準初文視為探求語源的「過程」，將成均圖的旁轉、通轉做為語轉現象的「說明」，更回到漢語、漢文的文化、特質來思考中國語源學的目的與途徑，那麼，章氏與高本漢、王力二者，甚至與今人相較，在研究的態度與技術上，孰高孰下，孰優孰劣，可能都不是如此絕對的了。

雖然吾人不能否認章氏的某些概念還不夠精準，若其過度信任文字與社會發展之呼應，而大大地取消了語言文字的距離，因謂：

> 青、黃、赤、白、堅、耎、香、殠、甘、苦之名，則當在實先，但
> 其字皆非獨體，此不可解。（〈語言緣起說〉）

這個結論確實是令人懷疑的，不過，如果其中有誤，則原因大抵是出現在前提
的理解不真，而非語言、文字之不別。從章氏其他在語言、文字上的理解，其
疏忽殆不致粗糙若此。至其在沒有足夠的理據下，便將清儒以言轉語之理論、
途徑直接轉成語源的探求，則恐怕還更待斟酌。可怪的是，這一點反而罕見有
人提出質疑。

　　隨著清朝的消失，傳統學術似乎也因而走入歷史。而在此轉折中，章氏的
小學被視為舊學的總結與新學的權輿，而這，自然是後人給予的定位。以舊學
一面而言，章氏在其自訂的研究目的與研究模式下，其實已獲得了高度的完
成。而就新學一端來說，其結果也許便不甚令人滿意了，只是雖然後人不能信
任其所得之結論，實際上卻仍沿續著其主要的研究模式，以致造成一種矛盾的
處境。要之，這種窘況本是後人在自我的期許與認定中，橫加價值標準所致，
已與章氏可無涉矣。新學與舊學，實是本質各異的兩個系統，我們也許不能、
也不須去論定二者之優劣而有絕對的取捨，然而，不論在個人，或是在單一議
題，確定一個研究目的，而配合、構擬以適切的研究途徑，似乎仍有其必要
性。並且，在目前的學術現象下，這恐怕也是一個應有的反省，與亟需解決的
問題。